我太晚學會什麼是喜歡，
才會陷入一場，從你離開後才開始的戀愛。

薄霧後的月亮

MOON HIDING BEHIND THE FOG

煙波 —— 著

出·版·緣·起

三百六十度全媒體出版

城邦原創創辦人　何飛鵬

當數位變革浪潮風起雲湧之際，做為一個紙本出版人，我就開始預想會不會有數位原生內容出版社出現？如果會的話，數位原生出版會以什麼樣貌出現？而我又將如何面對這種數位原生出版行為？

就在這個時候，我看到了大陸的起點網，這個線上創作平台，聚集了無數的寫手，形成數量龐大的創作內容，無數的素人作家在此找到了夢許之地，也成就了一個創作與閱讀的交流平台，而手機付費閱讀的習慣養成，更讓起點網成為全世界獨一無二、有生意模式的創作閱讀平台。

基於這樣的想像，我們決定在繁體中文世界打造另一個線上創作平台，這就是POPO原創網誕生的背景。

做為一個後進者，再加上我們源自紙本出版工作者，因此我們在POPO上增加了許多的新功能，除了必備的創作機制之外，專業編輯的協助必不可少，因此我們保留了實體出版的編輯角色，讓有心成為專業作家的人，能夠得到編輯的協助，我們會觀察寫作者的內容、進度，選擇有潛力的創作者，給予意見，並在正式收費出版之前，進行最終的包裝，並適當的加入行銷概念，讓讀者能快速認識作者與作品。這就是POPO原創平台，一個集全素人創作、編輯、公開發行、閱讀、收費與互動的一條龍全數位的價值鏈。

經過這些年的實驗之後，POPO已成功的培養出一些線上原創作者，也擁有部分對新生事物好奇的讀者，不過我們也看到其中的不足—我們並未提供紙本出版服務。眞實世界中，仍有許多作家用紙寫作，還有更多讀者習慣紙本閱讀，如果我們只提供線上服務，似乎仍有缺憾。

爲此我們決定拼上最後一塊全媒體出版的拼圖，爲創作者再提供紙本出版的服務，讓所有在線上創作的作家、作品，有機會用紙本媒介與讀者溝通，這是POPO原創紙本出版品的由來。

如果說線上創作是無門檻的出版行爲，而紙本則有門檻的限制，線上世界寫作只要有心，就能上網、就可露出，就有人會閱讀，沒有印刷成本的門檻限制。可是回到紙本，門檻限制依舊在。因此，我們會針對POPO原創網上適合紙本出版的作品，提供紙本出版的服務，我們無法讓所有線上作品都有線下紙本出版品，但我們開啓一種可能，也讓POPO原創網完成了「三百六十度全媒體出版」的完整產業及閱讀鏈。

不過我們的紙本出版服務，與線下出版社仍有不同，我們提供了不同規格的紙本出版服務：（一）符合紙本出版規格的大眾出版品，門檻在三千本以上。（二）印刷規格在五百到二千本之間的試驗型出版品。（三）五百本以下，少量的限量出版品。

我們的宗旨是：「替作者圓夢，替讀者服務」，在作者與讀者之間搭起一座無障礙橋梁。

我們的信念是：「一日出版人，終生出版人」、「內容永有、書本不死、只是轉型、只是改變」。

我們更相信：知識是改變一個人、一個組織、一個社會、一個國家的起點。讓想像實現、讓創意露出、讓經驗傳承、讓知識留存。我手寫我思，我手寫我見，我手寫我知，我手寫我創，變成一本本的書，這是人類持續向前的動力。

我們永遠是「讀書花園的園丁」，不論實體或虛擬、線上或線下、紙本或數位，我們永遠在，城邦、POPO原創永遠是閱讀世界的一顆螺絲釘。

第一章

八月的最後一個星期五，也是新生訓練最後一天。

薛凱易站在教室講臺上，我則待在一旁冷氣出風孔下，等著底下那些小高一就著手上的平板電腦，把制服訂購及尺碼調查問卷填寫完畢，只要將資料上傳到學生事務處的系統後，爲期兩天的新生訓練就算圓滿結束了。

我閒著沒事，拿出手機傳了LINE給還宅在家裡的潘潘。

被無辜抓來充當輔導學姊的我表示：憑什麼我要比大家早兩天開學？

我不能睡別人也不能睡！

軍綺：起床啦！

潘潘：幹麼？

軍綺：這屆高一都沒有帥學弟。

潘潘：那不是很好嗎？

軍綺：……哪裡好？

潘潘：這樣的話，程譽軒依然還是鄧季維的，帝王攻×誘受，完美的組合！

我看到這句話也不自覺跟著淫笑……我是說銀鈴般的笑。

雲華高中在我這一屆出了兩個極品天菜，一個是霸氣帝王攻學生會會長，一個是陽光溫柔誘受游泳校隊隊長，他們倆從高一開始，兩人還不是學生會會長與游泳校隊隊長時，官方認證CP的戳章就妥妥地蓋在他們身上了。

故事要從一場學生會的社團會議說起，當時鄧季維只是個名不見經傳的學生會小咖，而程譽軒是以游泳體保生資格入學的超耀眼新生。

據傳程譽軒會選擇雲華高中就讀，正是因爲校內的高規格泳池設備，此外泳隊和教練也一向有著高水準。程譽軒的到來，也使全校師長開始期待雲華能在游泳領域發展更上一層，雖然他家中已有爲他聘請專業教練，不過校方仍特意爲他另組了教練團。

才剛入學，程譽軒就被當時的隊長抓著參與各種校隊事務，打算隔年便把隊長職務交到他手上，這些事務當然也包括了跟學生會開會。

程譽軒和鄧季維就是在開會教室外頭的走廊上相遇的。

那天，夏末的夕陽輕輕穿過空氣，越過塵埃，落在程譽軒身上，而鄧季維的視線，也隨著這道光線停駐在程譽軒的臉上。

他們視線交接的刹那，周圍空氣彷彿都凝結了，耳中只剩下彼此心臟劇烈跳動的聲音，這就是，遇見了對的人吧？

這幕剛好被路過的學姊用手機拍下，還附上了這段文字，傳到我們學校的論壇。隔天校內所有女生的手機裡都多出了這張照片，我也不例外。

我不知道程譽軒和鄧季維相遇的瞬間，兩人的心臟是否眞的有劇烈地跳動，但我知道，我的心臟有！那是看見命定CP的感應啊！

對了，我還沒說，雖然不認識拍照的學姊，可是我百分百肯定學姊絕對是腐女，想當然耳，爲這對CP心跳不已的我也是。

LINE訊息提示聲忽地從我的手機傳出，打破教室內的寂靜，也引來眾人的注目。

薛凱易瞥了我一眼，輕輕咳了一聲，「對了，提醒大家，上課不能帶手機，一旦被老師發現，就會強制沒收，然後請家長過來領回。」

我眨了幾下眼睛，瞪向薛凱易，你居然趁機拿我做一場完美的機會教育啊……我不過只是忘記把手機轉震動罷了。

接收到我憤怒眼神的薛凱易，竟慢吞吞地轉過頭，完全沒打算要搭理我的意思。

儘管下課鐘聲尚未敲響，小高一們都已經乖乖按照指示，塡妥調查問卷並上傳至系統。

我很想直接轉身就走，趕快回家睡覺，但令人無奈的是，薛凱易才是主導這場新訓的人。我只是那個特別倒楣，在他的伙伴請假時恰巧經過了他身邊，被他抓來學校的替死鬼。

「你們還有什麼事情想問嗎？」他站在臺上一副模範學長的模樣，其實只不過是裝裝樣子而已，平常在班上還不是和那些白目的臭男生一樣。

這些剛升上高中的小高一，臉上都依然帶著茫然與青澀，他們問了幾個有關學校放假和社團的問題，薛凱易也耐心地一一回答。

我打了個呵欠，瞄了眼手機螢幕上的時間，實在是睏死了。

下課鐘聲終於響起，我忍不住伸了個大懶腰，聽見薛凱易說：「開學後會有直屬學長姊來認領你們，如果有別的問題想問，不妨到時候再問他們。那就先這樣，你們東西收一收就可以回家了。」

太好啦！我也在心裡大聲歡呼。

正準備要離開教室，就聽到薛凱易喊住我，「林軍綺，妳等一下有事嗎？」

我偏了偏頭，「沒事啊，你要幹麼？」

「請妳喝飲料，算是感謝妳臨時來頂替輔導學姊的位置。」薛凱易說得自然無比，我倒有些不好意思了，他是不知道我剛剛心裡的吐槽才會想請我喝飲料吧。

我擺擺手，「不用啦，我也……只是剛好有空罷了。」

「不管怎麼說，妳本來是不用特地來一趟的，走吧，不然我都不好意思了。」

唉，我這人就是吃軟不吃硬，他都這麼低聲下氣了，我還真不知該怎麼拒絕。

「好吧，那要喝什麼？」

「妳決定。」薛凱易大方地朝我笑了笑，「什麼都可以。」

儘管他說什麼都可以，我也不好太占人便宜，雖然一杯飲料貴也貴不到哪裡去。

「那……隔壁的果汁店？」

「沒問題。我先去社團辦公室拿個資料，十分鐘後我們側門見。」

我連忙點頭，「好，你快去吧。」

薛凱易步出教室之後，我隱約感覺到似乎有誰在看我，一轉頭就見剛才帶的那群小高一正目不轉睛地盯著我，一臉八卦，不用開口，我都猜到了他們從我方才與薛凱易的對話中腦補些了什麼。

我心中頓時一陣尷尬，想也沒想便落荒而逃。

我和薛凱易同班一年，平日沒什麼交情，只是單純覺得他找不到人幫忙很可憐，而且這兩天我也沒別的事要忙，所以才會過來。

不過，我可對他沒意思，他完全不是我的菜。我必須膚淺地承認，我就是個顏控，就是喜歡長得好看的男生，對著帥哥用餐，白飯都能多吃三碗。

對了，我絕對不是說薛凱易長得醜，我的意思是他顏值不算高，真要界定的話，大約是落在正常人的區間裡，說帥不帥，說醜也不醜。

但我們這屆有鄧季維跟程譽軒做對比，拉高了大眾的審美眼光，所有位於正常區間的男性人類往他倆身邊一站，什麼光彩都沒了，幾乎可以被徹底無視。

◆

當我拎著喝剩的半杯飲料回到家時，潘潘已經站在我家門口等著我了。

覷她一眼，我微微挑眉，「我們有約？」

潘潘猛地衝上前，一把抱住我，「綺綺，救我！」

她哭喊得像是世界末日一般，我無動於衷地用一隻手指抵住她的額心，將她推遠了點。

「把話說清楚，我再考慮一下要不要救妳。」

實在不是我狠心，而是這傢伙是拖延癌末期患者，任何功課不到最後一刻，她絕對不肯動工，儘管我不是那種積極向上的模範生，仍無數次拯救了她的數學寒假作業、英文暑假作業、國文心得報告，以及各式各樣的觀察日記。

喔，當然高中生不用再寫什麼觀察日記，我說的是小學作業，誰叫我們從國小同班到現在。感謝雲華的創辦人，設立了這間從幼稚園到高中一手包辦的學校，讓我和潘潘孽緣不滅。

順帶一提，潘潘他爸也是我爸的公司合作伙伴。

「我作文要來不及寫完啦！」潘潘抱住我的手臂嚶嚶假哭，「依施小姐的個性，一定開學第一天就要我們交作業。」

施小姐是我們的國文老師，人好，長得又有氣質，但頗爲嚴格，不喜歡學生耍小聰明，她堅持暑假作業必須在假期中完成，開學當天就要收齊，遲交必定會被扣分，而且愈晚交扣的分數愈多。

我從包包裡拿出家裡鑰匙，從容不迫地開門，「太熱了，進來說。」

潘潘跑得老快，彷彿沒趕在我前面進到家裡，下一秒就會被我擋在門外。

我倒了杯水給在客廳坐定的潘潘，「我又不能幫妳寫作文，妳來找我也沒用啊。」

「可是還有數學跟英文。」潘潘接話接得飛快，絲毫沒有悔過之心，「妳肯定寫完了，全都借我抄吧！」

我故意做出恍然大悟的模樣，「這臺詞我爲什麼覺得好像有聽過？啊，是寒假快開學時吧？妳也說了一模一樣的話。」

潘潘老臉一紅，「此一時彼一時……」

「妳怎麼不說『物是人非事事休』？」我瞪向她，「妳這拖延症何時才會好啊？」

「該好的時候自然就會好了。」潘潘嘿嘿笑，亦步亦趨地跟在我身後，一起進到我房間。

我從書架上抽起幾本簿子放在書桌上，「數學和英文題目又不多，即使一週前才開始寫都寫得完啊。」

「就像妳改不掉妳碎碎念兼吐槽的習慣一樣，我的拖延症也很難戒。」潘潘坐在書桌前的椅子上，「我就在這裡寫吧，不然一回去我又要發病了。」

我朝她做了個鬼臉，下一刻，潘潘直接把我撲倒在床上，對我歡快地大喊：「我最愛妳啦！」

「滾開，我愛的是男人。」

潘潘呵呵笑了，「如果是兩個男人就更好了。」

一想到那些賞心悅目的場景，我不由得勾起嘴角，但在察覺到自己這樣眞的太像變態後，趕緊拍拍臉，把笑容收了起來。

「妳快點抄吧，我去看小說了。」我拿起桌上的筆電，盤腿坐在床上。

畢竟死到臨頭了，潘潘也不再胡攪蠻纏，提筆抄起作業來。

用抄的當然會快很多，但是我依然時時驚嘆潘潘的腎上腺素真是不簡單。大約四十分鐘她就把數學和英文作業都抄完了，這期間我不過只看了幾章新連載的BL小說，加上喝完一杯水而已。

潘潘起身倒在我床上滾來滾去，「欸欸，妳說這屆都沒有帥學弟喔？」

我嗯了聲，趕緊伸出手搶救差點要被潘潘推到床下的筆電，「欸，我的電腦！」

潘潘突然停下動作，眨了眨眼，「對了，游泳校隊今天有練習嗎？」

我頓了片刻，才搖頭，「這幾天泳池似乎在清掃的樣子。」

「那今天學生會有開會嗎？」

我又思索一下，「剛才學生會會辦大門深鎖，感覺沒有開會。」

潘潘嘖一聲，接著哀怨地嘆了口氣，「我的兩大男神都消失了，我要怎麼活下去？」

我把枕頭扔到她臉上，「妳還是先想想，怎麼在週末生出三篇作文給施小姐吧。男神？現在沒有妳的份！」

潘潘哈哈大笑，面上滿是揶揄，「妳得意什麼，妳什麼都寫完了，兩大男神還不是也沒妳的份，跟妳一比我完全不虧。」

「……我開學就告訴老林，妳的作業是抄我的。」

潘潘一聽到我的話，馬上抱住我的腰，「別這樣，我請妳吃晚餐？」

我掐了掐她的手，表達我對這個提案極度不滿意，「妳抄了我的作業，本來就該請我吃飯。」

潘潘厚著臉皮貼上來，「說起來，妳覺得今年兩大男神會不會兄弟成CP？」

我不禁幻想起他們兩個站在一起的畫面，簡直美得讓我不敢直視啊！

「妳在說什麼？他們本來就是CP啊。」我駁斥了潘潘，開始和她聊起今天新生訓練結束後，薛凱易請我喝飲料的事情。

潘潘很顯然對這件事毫無興趣，「我去寫作文了。」

「妳怎麼這樣……我感覺自己被妳利用了。」我摀著胸口，故意用受傷的語氣說：「我只是想跟妳閒聊而已啊。」

「我現在沒空閒聊，何況薛凱易這個人有什麼好聊的？」潘潘扁嘴，「他又不萌。」

確實啦，薛凱易看起來就是個妥妥的直男，真的沒什麼好說的。

「好吧，那妳快點寫完作文，待會吃飯前我們還可以去逛街。」我一邊開啓網頁，一邊盤算了會兒，「要開學了，順便買些文具。」

「好啊。」

我點進我們學校的論壇，本來只是閒著沒事，想刷個消息打發時間，卻沒想到一則十分荒謬的標題跳進我的眼裡。

偷問：有沒有一年五班輔導學長跟輔導學姊的八卦？

我不信邪地眨幾下眼睛，再定睛一看，嗯……標題依舊沒變，我不能理解的是，爲什麼會有人想問我和薛凱易的八卦？是誰瘋了？

我點進去，照片裡薛凱易抱著一疊資料，站在我對面，發文者甚至配上一段文情並茂的

「解說」，描述我們是如何隔著一扇窗框深情相望。

……這簡直是廢話連篇，他問我話，我當然會看著他啊！莫名其妙！

我往下一滑，還沒有半個人回帖。

我抹了把臉，「潘潘，出事了，妳快來看。」

其實這事情也沒鬧大，帖子都掛了三個小時也沒有半個人回覆，想也知道，這就代表我和他之間清清白白的，沒東西可以爆料啊！

再者我和薛凱易是什麼咖？如果出了個雲華高中名人榜的話，我們兩個就是路人甲乙，連榜的邊框都摸不到的那種，就算有人想問八卦也問不出個所以然來。

在我正考慮著要不要在下面回個帖澄清一下時，手機居然響了，而且打電話來的是薛凱易。

我盯著手機，遲遲沒有接起，頓時略感困惑。我會有薛凱易的手機號碼，還是爲了在新生輔導期間也許會臨時需要聯絡，才在幾天前和他交換了號碼。

我只是想解釋一下，我和薛凱易眞的一點交情都沒有。

「接啊！」潘潘在旁邊催促。

「喔。」我滑開接聽鍵，「喂？」

薛凱易劈頭便問我，有沒有看到論壇上的帖子。

「有啊，我覺得應該不用放在心上……」

我話都還沒說完，薛凱易就直接打斷我，「不行！一定要澄清！」

他語氣中的急切，讓我差點要以爲這件事嚴重到若是不講清楚的話，美國和中國就要立刻開戰了。

「呃……」我想了幾秒，「那你想要怎麼澄清？」

手機那頭安靜了好一會兒，久到我都懷疑他是不是已經偷偷掛斷，才聽見薛凱易說：「我想一想再告訴妳。」

我隨意應了一聲，「好吧，那你想清楚再跟我說，我是沒放在心上啦，反正久了他們就知道這不是眞的了。」

「不行！」他再次強烈地否決我的提議，隨即掛上電話。

我本來並沒有很介意自己和薛凱易的名字被連在一起，但見他竟然如此極力想要跟我撇清關係，那種避之唯恐不及的態度，使我瞬間有點不爽。

這什麼意思！難道是認爲老子配不上你嗎？

我把手機扔在一旁，「潘潘，妳說這個人是不是有病啊，我都不在意了，他一個大男人在鬧什麼彆扭，好像跟我扯上關係有多丟臉一樣。」

潘潘從頭到尾都對這件事興趣全無，她轉著筆桿，漫不經心地回：「他大概是有喜歡的人，所以怕被誤會吧。」

我思索半晌，「假如眞是這樣，我就能原諒他了。」

潘潘頭也沒抬便回：「妳幹麼原諒他？他喜歡誰關妳屁事？妳何必受他這種鳥氣？」

「……也不是這麼說，畢竟如果我有喜歡的人，我也怕被對方誤會。」

「拜託收收妳那氾濫的善心，我不懂欸，妳是每熱心助人一次，就能集一點換飯吃嗎？」

「我要是人不夠好，妳還能在這裡抄我的作業嗎？」我輕踹她的小腿，順便提醒一下潘大小姐，她目前是在誰的地盤。

潘潘隨即改口，「妳說得對，善良的確是每人必備的美德，既然如此，我就幫妳跟薛凱易說清楚好了，讓他知道妳也是受害者，但現在出面澄清只會愈描愈黑，不如等謠言慢慢散去就好。反正上帝製作我的時候忘記添加善良，倒是手滑加了一整瓶的厚臉皮和沒良心，這事情我去做正好。」

潘潘竟然拿之前網路上流傳的上帝製造搞笑圖開玩笑。

「妳眞的要幫我跟他解釋啊？」我有些不可置信，「我一直以爲上帝在製作妳的時候，只記得倒入整瓶的懶惰和拖延，沒想到還摻了一點挺身而出？」

潘潘朝我假笑，「好，妳不要再爲了這種小事吵我，我要開始寫作文了，要是寫不完，晚上就只好睡妳家啦。」

我隨便擺了兩下手，示意我有聽見。我和她借宿彼此家裡的次數，多到兩隻手都數不過來，這本來就不用多提。

不過潘潘今天難得會表明要幫我處理這種麻煩事，那我就全權交給她吧。

況且我和薛凱易超級不熟，他又這麼積極跟我撇清關係，倘若我主動去找他講開，感覺就和熱臉貼冷屁股沒有兩樣，我又何苦？

想明白後，這件事立刻被我拋到腦後，我便和潘潘一起歡樂地揮霍開學前的最後兩天假日。

直到開學當天第一堂下課，我被導師喊進教師辦公室時，我才頓悟，事情根本不是潘潘去找薛凱易解釋清楚就好這麼簡單，更不用說潘潘這傢伙大概壓根忘了去找他談！

想想也是，我們整個週末都在看動畫跟BL漫，還再複習一次在今年腐女盛會CWT買的同人誌新刊，潘潘和我都忙著沉浸於這些美好的故事裡，她哪有空去跟薛凱易「溝通」？

「……你們這一代早熟，老師也不是要阻止你們談戀愛……」

我從導師的叨念中回過神來，連忙抬起手，「等等、等等，老師，我沒有跟薛凱易交往，我和他完全不熟啊！」

我苦著臉解釋，這時才明白薛凱易當初那麼積極想要消弭謠言是對的，我要是早知有這一天，在看到帖子的那一刻就會馬上澄清啊。

「所以你們沒有談戀愛？」

「沒有啦，他只是在新生訓練結束後，請我喝了一杯果汁而已。」我委屈地扁嘴，「老師你不要亂說，我才……」

我話說了一半，就瞥見那道頎長的身影從窗外走過，我的小心臟忽然縮了一下。

天啊，運氣太好了！居然可以在這裡看到鄧季維，過了一個暑假，他還是這麼帥。剪裁合身的制服襯得他身材如此完美，假如他能壁咚程譽軒的話，畫面不知道有多美多動人！

光是想像那幕情景，我心中的那頭小鹿就胡亂撞得胸口湧起一陣幸福的疼痛。

「才怎麼樣？」導師追問。

「我才不會喜歡他，」我眼神緊追著鄧季維，無意識地說出眞正的心聲，「我要是喜歡誰，也是喜歡鄧季維啊！」

可能是我說得太大聲，鄧季維下意識朝我看來。

在那一刻，我和鄧季維四目相接，他淡漠的目光停在我臉上幾秒，接著面無表情地轉開，腳步絲毫未停，慢慢走出我的視線。

「林軍綺。」導師無奈地輕拍我的手臂，「好啦，我明白妳的意思了，沒事就好。」

我對導師噘嘴，「爲什麼只找我過來？薛凱易也是當事人啊，老師你重男輕女。」

眞正令我感到懊惱的是，不知道鄧季維剛剛聽到了多少，嗚嗚嗚，好丟臉啊……我眞的不是故意趁亂告白，只是想也沒想便脫口而出啊！

如果時間可以倒流，我一定會認眞想過再說話的。

至於要說些什麼……嗯，也許我能把握那個難得的時機對鄧季維說：

我無限期支持你和程譽軒在一起！

回到教室，我無精打采地趴在桌上。

「幹麼？老師罵妳？」潘潘回過頭問我。

「我看見鄧季維了。」我有氣無力地答。

潘潘尖叫出聲，「那有什麼不好，妳的反應未免也太反常了吧？」

「但我做了件蠢事。」我把方才的事轉述給潘潘聽，「妳說他會怎麼想？」

潘潘拍拍我的頭，「妳想太多了，鄧季維根本不會多想，他又不認識妳。」

我瞬間頓悟，潘潘說得有道理，我這無謂的煩惱已經接近自作多情了啊，可是我又想起另外一件重要的事情。

「對了，妳不是要幫我和薛凱易說清楚學校論壇上帖子的事？妳沒去找他？」

潘潘從口袋裡掏出手機，得意洋洋地點開了LINE，「就猜到妳會問這個，我早就解決啦。」

「妳怎麼有他的LINE？」我一邊滑動螢幕，一邊問，發現潘潘跟薛凱易的對話還真是超乎我意料的長，忍不住問：「你們……有姦情？」

潘潘完全被我天外飛來的發言所震驚，愣了一瞬，才用力拍了我的手臂一記表示抗議，「妳有病啊？上學期他是物理小老師，我是化學小老師，我們合作的機會很多啊，那時我就有加他的LINE了。」

經潘潘一提，我才想起來確實有這回事。

「那妳怎麼不早說？」雖然嘴上這麼說，我的直覺卻告訴我，這似乎另有內幕！而我快要靠近真相了，只不過一時之間還摸不透罷了。

潘潘指了指我手上的手機，聳聳肩，「妳自己看就知道了，我和他的對話很一般，沒什麼特別好說的啊。」

我隨意地瀏覽，他們除了作業、考試之外，還真沒有聊過什麼重要的話題。

我將手機還給潘潘，本來想再多問幾個問題，但上課鐘已敲響，沒過一會兒，數學老師便準時走進教室。

在講臺上站定後，老林叨叨絮絮地說起一些小事，又花了大半節課複習暑期輔導時教過的課程，直到下課前十分鐘，他總算提了個有趣的話題。

「這學期有人想當數學小老師嗎？學期成績平均加三分。」

儘管他開出優渥的條件利誘，全班依舊一片寂靜，沒有人要理他。

老林似乎一點都不意外，「那上學期的學藝，這學期有擔任什麼職務嗎？」

上學期的學藝？嗯……那個人貌似是我啊？我愣在座位上，只見全班同學的目光不約而同都落在我身上，那視線強烈得好似我不承認的話，就要被他們的眼神殺死，只得誠實地搖搖頭，我本來還很開心這學期終於可以不用當股長了……

「哦，是林軍綺啊，妳是不是在跟薛凱易談戀愛啊？」老林非常沒有眼色地問：「網上的帖子我也有看到喔。」

我幾乎想一頭撞死在桌上，隨即用力搖了搖頭，「我沒有！」

沒想到薛凱易反應比我更激烈，他拍了桌子站起來，大聲辯駁，「老師！這怎麼可能！我怎麼可能跟她交往？」

我猛一抬頭，錯愕地看向他。要反駁也是該由我來吧！你這樣說，好像我很喜歡你，硬要跟你扯上關係似的。

我都還沒反應過來，潘潘已經先大力拍了下桌子，氣勢凌人地質問他：「我家綺綺哪裡不好？」

對對對！你給我把話說清楚……不對啦！

潘潘，妳這是在強迫推銷我嗎？

我也趕緊站了起來，慌忙地解釋：「不是啦！那是高一學弟妹不懂事亂傳的！薛凱易喜歡的不是我！他喜歡的是其他人！」

班上一片譁然。

……完了，我都說了什麼？

「好了、好了，我只是開玩笑而已。」老林看到情況快要不可收拾，連忙出聲制止同學們，「那就麻煩林軍綺擔任這學期的數學小老師了，放學之後妳把大家的暑假作業一起收到我辦公室，順便登記一下誰沒交作業。」

正巧這時下課鐘聲響起，老林快步離開教室，班上一半的同學則圍到薛凱易的桌子旁，開始逼問起他喜歡誰。

潘潘湊了過來，低聲問我：「妳怎麼知道他有喜歡的人？」

我奄奄一息地趴在桌上，「不是妳告訴我的嗎？」

「我什麼時候說的？」

「前幾天妳說他這麼想和我撇清關係肯定是因爲有喜歡的人。」

「我是亂猜的……」潘潘一臉心虛，「妳怎麼當眞了？」

「我沒當眞，是不小心脫口而出。」我也有些懊惱，開學第一天就碰到一堆莫名其妙的事，這學期我還能好好過日子嗎？

我起身走到講臺前，請大家在午休前把暑假作業交到教室後方的櫃子上，這樣我才有時間整理，好放學後準時送往辦公室。

數學課後，我整個早上都沒什麼精神，幸好今天是開學日，全班有八成的人狀態跟我一樣，也沒特別引起誰的注意。

下午趁著休息時間，我開始整理數學作業的遲交名單，潘潘在一旁和我閒聊。

「今天放學游泳隊有練習欸，我們一起去看吧？」潘潘邊吃零食邊問。

我頭也沒抬便回：「不行啊，我要把暑假作業送過去給老林。」

「那只是幾分鐘的事情而已，我先去幫妳占位子，妳來了就可以馬上看。」潘潘興致很高，「走吧走吧，我一個人看多無趣啊？」

「好啦，其實我也挺想去的。」我笑了起來，「妳吃什麼，我也要一塊。」

潘潘餵一塊零食到我嘴裡，我嚼了幾口，就聽見她說：「話說回來，妳怎麼沒想去找那個發帖子的人說清楚？讓對方把文章刪掉不就解決了？」

我搖搖頭，「這麼做只會愈描愈黑罷了，等到再過幾天，大家自然就會忘記這件事。我和薛凱易也不是什麼名人，要不是開學太閒，才不會有人關注。」

潘潘又塞一塊零食給我，「虧妳忍得下這口氣，要是我，早就去找那個人說清楚了。」

我看向扁著嘴的潘潘，不禁笑出聲，「不過早上謝謝妳幫我說話啊，不然當時眞的很尷尬。」

「小事一件。」潘潘擺擺手，「但妳說得對，薛凱易還眞是個小家子氣的男人。」

我轉頭瞥一眼坐在不遠處的薛凱易，果斷認爲我們該結束這個話題了。我可不想在和他鬧出子虛烏有的緋聞時還得罪他。

「我暫時不想聽見這個名字啦，我和他又沒關係，他是什麼樣的人關我什麼事啊。」

「說的也是，既然如此……」潘潘把最後一塊零食塞進我嘴裡，「妳繼續登記，我要睡一會兒，下節下課再叫我。」

「好。」我飛快答完才發覺不對。

咦？下節下課？她是打算開學第一天就把歷史課睡掉嗎？

放學後我抱著一疊數學作業去到教師辦公室，才剛放下，老林就走過來對我說：「不好意思啊，老師今天早上只是在開玩笑，沒想到你們反應這麼大。」

我略感驚訝，立刻擺了擺手，「沒關係啦，我沒有放在心上。」

老林笑了下，「那就好。」

見場面有點尷尬，我趕緊從作業簿上頭拿起一份名單，「這些是沒交暑假作業的人。」

老林沒接，而是指向角落的電腦，「幫我登記在系統裡面好嗎？」

我一怔，忍著瀑布淚的衝動，咬牙道：「……好。」

嗚嗚嗚，我想去看游泳隊練習！

我拿著名單跟老林走到電腦前，這時就要慶幸自己上學期當過學藝股長，對學校的教師用登記系統實在是無比嫻熟啊。

老林輸完密碼，登入教師系統後，就回他的位子上去做自己的事情了。

我看了名單一眼，幸好缺交人數不多，應該很快就能登記完名單。

誰知正當我快要處理完時，老林突然走到我旁邊，指著不遠處的一疊作業本發話：「林軍綺，這是六班的暑假作業，他們班還沒選出數學小老師，妳順便幫忙對照一下學生名單，看看有哪些人沒交，一併登記到系統裡吧。」

我先是欲哭無淚地看向老林，又仔細觀察起那疊作業簿的高度，想哭的情緒立即變成瞠目結舌。

老林，你開什麼玩笑……

「老師，他們班沒交的人，比交的還多啊……」我眼巴巴地看向老林。

之所以會這樣說，是期待老林可以理解這是份過於麻煩的工作，不該隨意扔到我頭上，這樣我很可憐啊。

不過要期待數學老師與我心靈相通，可能有點太不科學，所以老林並未察覺到我殷切期盼的眼神，而是直接轉身走掉。

我悲憤啊！

我從口袋裡拿出手機傳訊息給潘潘，在一連串貼圖連發轟炸後，才寫下一句人話。

軍綺：老林叫我留下來登記隔壁班的名單，我去不了！

潘潘：妳不來可惜啊！那鎖骨、那腰、那基情！呼哈呼哈！

我仍在想像那個畫面，潘潘的訊息便再次傳來。

潘潘：誰說這屆沒有帥哥？游泳隊來了好幾個帥得不要不要的學弟啊！

可惡！我恨恨地把手機螢幕關掉，塞回口袋。

嗚嗚，美好的腰和鎖骨……

我在心裡淚流滿面地登記起隔壁班的缺交名單。他們班是怎麼回事啊，這麼多人沒交暑假作業，不怕被罵嗎？

這意外的插曲，使得我將所有名單處理完時，已過了四十分鐘。

我又檢查了一遍，確認沒有錯誤後，急忙關掉電腦，「老師，我弄好了，我還有事先走了。」

老林抬頭看我，沒等他說話，我就飛奔出辦公室，只見走廊一片空曠。

嗚嗚嗚，臭老林，你看大家都散光了，不知道我能看到游泳隊練習的尾聲嗎？

我一步也沒停地跑到泳池，迎接我的卻只有滿場的淒涼跟未乾的水漬……我一口氣差點沒喘過來，我那僅存的小確幸啊！

就因爲隔壁班沒選出數學小老師，害我什麼美景都沒能看見，我不甘心！

我連忙拿出手機，看到潘潘很上道地傳了幾張照片過來。

我這才總算釋懷了些，果然是好閨蜜，看見好東西還記得和我分享！

可是那幾張照片裡沒有程譽軒。

若要認眞評斷，我的天菜的確是鄧季維沒錯，然而程譽軒的鎖骨也令我難以割捨！我這輩子還沒見過誰的鎖骨比他長得更好看！

我在原地來回踱步了一陣，眞的不想就這樣放棄，便決定去更衣室看看。

雖然這樣實在很像變態，但反正大家都散了，我也只是……過去碰碰運氣嘛，說不定能剛好遇到程譽軒濕著頭髮從更衣室裡出來，水滴會沿著他的瀏海滴下，落在他在暑假曬得略帶小麥色的臉龐，以及那彷彿刀刻出來的鎖骨上。

嗷嗚！程譽軒，我來啦！

當我內心正陷入小宇宙爆發時，腳已經很自覺地跑到更衣室外面。

從更衣室門口的空曠程度就能判斷，游泳隊的成員大概差不多都離開了，畢竟這裡一向是鎖骨控的搖滾區，而我們學校迷戀鎖骨的人，沒有一百也有八十。

我惆悵又失落地在門外徘徊，忽然聽見更衣室內有對話聲傳出。

咦？人不是都散了嗎？我好奇地側耳聽去，這聲音聽起來似乎有點耳熟……

舉凡我們學校的鎖骨控都知道，站在更衣室外往內看去，基本上只能看見裡面那些人的臉，想再往下看便會被門板擋住。

讓人看得見臉，卻看不見鎖骨，明知裡面的人沒穿衣服，卻只能看到平常就看得到的地方。這裡就是如此夢幻又殘忍的寶位啊！

不過，現在這位置正合我意，我只是想看看裡面有誰而已。

我偷偷把眼睛靠到門邊，裡頭的人像是了解我的心意般，恰好站在我視線所及之處。

難怪那聲音這麼耳熟呢，果然是程譽軒。

我在心裡歡呼了一聲，儘管今天沒見到他的完美鎖骨，可是能看到他的臉也超幸福！晚上光回想這一幕，就可以多吃三碗飯！

我心花怒放地向另一個說話的人看去。

嗯……這誰啊？沒看過。

不對啊，我去年一整年很認眞地追游泳隊每一場活動，所以全部的隊員我應該都認得啊，就算有些人名字和臉湊不起來，但我能確定這張臉我從未看過。

莫非他是潘潘說的，這屆的高顏值新生？

我繼續躲在門後觀察，只見程譽軒突然朝那個人走去，他的手越過了那人的肩，重重拍在置物櫃上。

不會吧！竟然是更衣室壁咚的經典畫面嗎？

這什麼情況！程譽軒要拋棄鄧季維了嗎？

難道這個新生才是他的眞愛？

一連串疑問從我腦中閃過，我嚇得連氣都不敢喘，緊盯著眼前的景象。

程譽軒將身體慢慢傾向那個新生，愈貼愈近、愈貼愈近……

喂！你們進展太快了，我的心臟要超出負荷啦！今天不是才開學第一天嗎？你們就在更衣室壁咚還接吻這樣好嗎！

除此之外，他們之間後來到底發生了什麼？

不要問我，因爲我沒看到，我該、死、的沒看到。

那時，正當我看得正入迷之際，可能是身體不小心微微搖晃了一下，不知道撞倒了什麼東西，發出砰的一聲，程譽軒和那個新生頓時停下動作，齊齊往我的方向看來。

我嚇得立刻落荒而逃。

現在回想起來，我真是太蠢了，我幹麼跑？找個地方躲起來就能繼續看戲啦！跑什麼跑！

不過無論我多麼頓足捶胸，也無法重回那令人目眩神迷的神奇時刻。

可惡，看一半比完全沒看到還更讓人心癢難撓啊……

更糟的是，這件事我只敢憋在心裡，連潘潘都沒說。不是我不想說，而是一個不知打哪冒出來的新生，與校草學長開學第一天就在更衣室內接吻，這種話從我嘴裡說出去也沒人會信吧，說不定會反被嘲笑說這是我腐女腦中的妄想。

「啊！」我忽然想起什麼，用力拍了下潘潘的背，「潘潘、潘潘，妳有沒有這屆游泳隊新生的資料啊？」

潘潘被我嚇得跳起來，惡狠狠地瞪了我一眼，「妳有病啊！」

我有些不好意思，搔搔頭，「對不起，我只是覺得沒看到這屆游泳隊的新生，有點不甘心嘛。」

「有是有——」潘潘刻意拉長了音調，「那化學作業……」

我朝她做了個鬼臉，從抽屜裡找出昨天老師昨天發下來的練習卷，「先說，我不保證對喔，我真的很不擅長化學。」

英文、數學我尚且能勉強應付，化學就別提了，老是讓我頭昏腦脹。

潘潘拿出她的手機，操作了一下，「LINE給妳了。」

話音未落，她便一把抽出我手中的練習卷，回過身去。

這傢伙眞是八卦通，想知道任何事問她就對了。連我都不清楚她是從哪裡弄到游泳校隊隊員的完整資料，連照片都有！她實在該去念社會組報考新聞系的，娛樂記者才是最適合她的出路啊！

我點開資料仔細瀏覽過一遍，卻沒看見那個人。

爲什麼會這樣？他被程譽軒壁咚的畫面在我腦中仍栩栩如生，如果資料照片裡有他，我怎麼可能認不出來？

思索了好半晌，我再把資料從頭到尾看過一遍，雖然有幾個新生確實長得很帥，但都不是那個人。

難道他不是游泳隊這一屆的新生？那他爲什麼會在游泳隊專用的練習時間出現在更衣室裡？而且他看起來和程譽軒很熟，難不成是程譽軒帶他進來的？

這一連串疑問塞在我的腦袋裡，讓我連老師已經站在講臺上講了大半節課都沒注意到。

好不容易上完一整天的課，我興沖沖地和潘潘跑去游泳池看校隊練習。泳池邊的看臺已聚集了不少人，大部分應該都是衝著程譽軒來的。

過了一會兒，程譽軒終於從更衣室內走出，他那身漂亮的肌肉在陽光下熠熠生輝，差點把我閃到忘記自己來這裡的目的。

嗯，我不就是來看程譽軒的鎖骨嗎？

「林軍綺，妳有沒有看到程譽軒的六塊肌啊！過一個暑假，小肌肌都變成大肌肌了！」我被潘潘激進的言論嚇得乾咳幾聲，壓低音量說：「妳克制點，他本人還在現場。」

什麼小肌肌大肌肌的……多令人想入非非啊！

不過她說得也沒錯。嗷嗚，程譽軒的六塊肌實在太完美了，配上他的鎖骨，簡直是天下極品！

老天爺就是如此不公，把所有優點都集中在他身上，但對我們這些顏控來說，真是太好啦！

程譽軒戴起蛙鏡，站到跳臺上，此時陽光透過游泳館的天窗灑落在他的背部。

鳴槍聲響起，嘩啦一聲，校隊成員一起跳入泳池，陣陣水花在水面上激盪，最先回到起點的果然是程譽軒，他冒出水面，喘了一大口氣，拿下了蛙鏡後，往我們的方向露出燦笑。

「呀！」潘潘尖叫。

「好帥！」我眼冒愛心。

「請跟我結婚！」另一個女生的聲音隨後響起。

我愣了幾秒，結婚嗎？可惡！被捷足先登了，下次我也要喊結婚！

我才失神了一會，後面的人就異口同聲地高喊起程譽軒的名字，我也跟著喊了幾聲。

程譽軒從泳池中爬上來，一身溼淋淋的從我們面前走過，那麼多條朝他遞過去的毛巾他都沒拿，最後才從一個游泳隊新生手上接過。

「哇啊！難道程譽軒要轉受爲攻了嗎？那鄧季維怎麼辦啊？」潘潘的話使場邊的喧鬧瞬間停下，四周安靜得只剩下泳池的水聲。

「不行啊！誰去告訴鄧季維啊！他老婆要跑掉啦！」

半晌，後方人群又開始躁動，大多數都是在抗議官配CP要被拆了。

我咬著手指甲暗想，可是程譽軒好像另有新歡了，而且也不是剛剛那個學弟……

儘管沒人知道也是理所當然的，畢竟只有我看見那一幕，但她們都要鬧到鄧季維面前去了，不過兇手眞不是那個學弟啊！

我有些爲難，說出眞相怕沒人相信，然而眞相壓得我喘不過氣。

我還在猶豫是否要說出眞相時，潘潘已經將我拉起身。

「妳發什麼呆啊？快去看戲啊！她們要去找鄧季維，他不是妳男神嗎？」

「啊？」我還沒回過神來，便被潘潘拉著跟那群人一起跑了。

一夥人風風火火地殺到學生會辦公室後，我沒膽子往前擠，雖然我們這些腐女平時私下老愛把鄧季維和程譽軒拿來湊對，只是對著當事人說出那些幻想似乎不太妥當。

過了幾分鐘，鄧季維打開門走出來，他一身筆挺的制服，面色寒如冰，我頓時感覺到周圍的氣溫低了幾度。

「有什麼事？」他冷冷地問，聲音裡半分溫度都沒有。

我眞佩服那個敢和鄧季維搭話的女生，要是我應該早就被凍成冰柱了吧？

鄧季維聽完那個女生所言後，睨了她一眼，用幾乎要結冰的口氣反問：「關我什麼事？」

我和潘潘對視幾秒後，她馬上機伶地拉著我快步逃離現場。

等到溜回教室，潘潘才拍拍胸口，一副驚魂未定的樣子，「還好、還好不是我去跟鄧季維說的，現在仔細想想，這行為實在是超蠢的。」

我猛點頭，從來沒有這麼認同潘潘過。

我承認腐女是一種容易妄想大爆炸的生物，平常我們在自己的世界裡妄想也沒什麼，可若是因此干擾到別人，或造成對方的困擾，好像就有些太超過了。

我覺得……今天這件事就已經干擾到程譽軒和鄧季維的生活了。

不過鄧季維超猛的，要是我大概沒有勇氣直接不給所有人面子。可能只有他這種天生霸氣的人，才能把那句話說得如此理直氣壯吧？

話說回來，聽說開學沒幾天，學生會在他的帶領下，已廢除好幾個名存實亡的社團，那些社團氣得直說要去向校長陳情。

然而事實上，鄧季維這番作爲其實完全合乎校規，是以前的學生會不願得罪人，那些社團才能苟延殘喘。假如只是留著空殼社團也就算了，但他們仍持續請領社團補助，導致學校的社團經費分配不均，有不少人都對此很看不過去。

說雖如此，可是眞的敢大刀闊斧對症下藥的，應該也只有鄧季維。如果我是學生會長，才不敢在上任第一週就得罪一堆人，難道他都不怕接下來一整年會有人明著暗著找他麻煩嗎？

我走在回家的路上，手裡捧著一杯飲料，一邊咬著吸管一邊思索。

此時鼻間飄過了一陣麵包出爐的香味，我的心思立即被轉開。

好香啊！我順著香味見到站在麵包店門外的排隊人群，沒多想便跟在後方排起隊。

在我正好排到隊伍中央時，眼角餘光看見有兩個男生從遠方走來，他們講話的聲音很大，口氣也很差，似乎是在吵架。

不只我注意到他們，站在我前後的人也一起把視線投向他們。雖然看不清楚臉，但其中一個男生身上穿的是我們學校的制服啊。

這時那個穿著我們學校制服的男生，和另一個男生邊吵邊從我面前經過，他十分激動地比手畫腳起來，當他微微撇過頭時，我終於看清了他的臉。

竟然是程譽軒！那麼另一個人搞不好就是那天我在更衣室看見的男孩？

這個念頭一起，我不自覺地向前走了幾步，想看清楚那個男孩的長相。

沒想到他突然甩開程譽軒的手，逕自掉頭離去，程譽軒見狀隨即追上去。

我愣了一下，克制不住自己那澎湃的八卦心，邁步跟了過去。

他們跑得很快，不過幸好他們都是直線前進，儘管我速度比較慢，也沒把人追丟，只是在看見他們跑進了公園裡頭後，我開始慌了，公園裡的步道曲曲繞繞的，說不定慢了一個轉角就跟丟了。

我再次加快步伐，果然如我所料，等我跑進公園時，早已不見他們的蹤影。

我有點懊惱，雙手撐著膝蓋喘氣。

「你們不是游泳隊的嗎？怎麼跑步也這麼快？這科學嗎？」我不停碎碎念，同時不死心地四下張望。

大概是我今天運氣不錯，加上這個時間點公園裡人不多，當我緩過氣時，就聽見不遠處傳來對話聲，於是我悄悄走近，躲在一旁的遊樂器材後方探看。

「我不要，爲什麼我一定要去你的學校？」

嗯，這聲音我沒聽過。

「你不是也認爲我們學校游泳池不錯嗎？而且這樣我們可以一起上學……」

哦，這是程譽軒的聲音。

一起上學！這眞的超萌的！兩個男生在夏季豔陽下騎腳踏車，在冬天肩並肩搭捷運，更別提在游池中一同揮灑青春，這些畫面多美啊！

那個男生口氣不善地打斷程譽軒的話，「我不想和你一起上學，很丟臉。」

哇靠，這什麼劇情？難道是渣攻賤受虐到深處無怨尤嗎？不要啊，我不喜歡這種風格，程譽軒你不要和他虐戀情深！

「和我一起上學哪裡丟臉了？」程譽軒的語氣也帶上了幾分不悅。

那個人哼了聲，「看看那些追在你身後跑的女生，說有多丟臉就有多丟臉！」

我尷尬地摸摸臉，總覺得自己好像該爲這件事負起一部分的責任……

程譽軒沉默幾秒，嘆了一口長氣，「我也不願意這樣，但我管天管地也管不了別人怎麼想，更管不了別人怎麼做。」

「那你也別來管我！」那男生大吼完，又轉身跑開。

我說你爲什麼動不動拔腿就跑，不能好好把話說完嗎？況且你這麼做，程譽軒會多傷心啊！你是以成爲終極渣攻爲目標嗎？

我邊想邊追了出去，卻意外地跟一個人撞了個滿懷。

我被撞得倒在地上……不對，正確來說，是我撞了人然後直直向後倒去，跌坐在地上。

「唉唷……」我瞥了眼滿手的沙，又抬頭望向和我對撞的人。

靠，是程譽軒，他怎麼沒追過去啊！

他面容滿是錯愕地看了看我，接著看向遠方，輕輕嘆氣。

他的眼神既憂鬱又哀傷，簡直像是心快要碎了。

程譽軒一定很愛那個男孩，這絕對不是我戴上腐女濾鏡的妄想。

「需要幫忙嗎？」他忽然開口問我。

「不、不用。」我趕緊跳起來，下意識地拍了拍雙手，卻疼得縮起肩膀，倒抽一口氣。

我白痴啊，手上明明有擦傷，還拍這麼大力。

程譽軒嘆氣，從書包中拿出水瓶，「我手邊沒有藥，不過妳先把手沖一沖吧。」

嗚嗚，他好溫柔！對不起都是我蠢，害你沒能去追你的眞愛……

我嚥了口口水，「那個，對不起啊，我、我……」

我竟有點難以啓齒，程譽軒剛才之所以會被對方拒絕，正是因爲有一票粉絲一直追著他跑，如果這時我再說自己是跟著他過來的，他會不會打我？

程譽軒再嘆一口氣，短短不過幾分鐘，他已經接連嘆了三口氣。

「怎麼講一講就突然發起呆了？」他低聲問：「快把手伸出來吧。」

我乖乖把手伸出去，他一隻手托著我的手，另一隻手拿著水瓶，「可能會有點痛，妳忍耐一下。」

我點點頭，程譽軒馬上把水倒在我手上。

「好痛！」我縮了一下。

程譽軒像是早有預料，剛剛托著我的手一翻，改一把抓住我的手腕，「忍耐一下，既然都痛了，乾脆一次沖乾淨。」

「嗚嗚嗚，你說得容易，可是是我在痛啊。」我脫口而出，隨即覺得自己這麼說實在是有些沒良心。

我的手很快被洗乾淨了，他從隨身的包包找出一條乾淨的毛巾，放在我的掌心。

他泰然自若地收回了手，「把手擦擦。」

「對不起，我不是故意這麼說的。」我略微尷尬地握住毛巾。

「我知道。」他疏離地淺淺一笑。

我眨了幾下眼睛，「那個……對不起啊，我不是故意偷聽你們談話的。」

神啊！原諒我說了個小謊！

程譽軒面色不改，「沒關係，不過不要對別人說喔。」

我怔了怔，猛點頭，「我知道我知道，我絕對不會說的。」

公園的路燈忽然啪一聲亮了起來，程譽軒提起他剛才放在地上的運動包，「我先走了。」

「好，拜拜。」

我站在原地目送他漸漸走遠，看著程譽軒獨自一人緩步走在昏黃的路燈下，不知爲何驀地有種寂寞的氛圍由他身上蔓延開來。

怎麼辦，程譽軒好可憐。

當天晚上，鄧季維冷酷拒絕眾腐女關心的事件經過，就被上傳到學校論壇的腐女專用版，又引起了一陣熱烈的討論。

有些人的想法跟我一樣，認爲不該把自己的妄想告訴當事人，若是牽涉到現實層面就會造成對方困擾；而另外一群人的論點，則是完全妄想大爆炸，認爲鄧季維是因爲程譽軒被搶走了，心情才會不好，誰讓妳們活該撞槍口上。

這論點讓我笑了，不過這麼想的話，事情頓時歡樂了起來。

總之，大家一致支持鄧季維，畢竟他本來就是遠近馳名的冰山，經過這次的慘痛教訓，迷妹們總算明白這座冰山能不碰就不碰，否則受傷自負。

那個撞槍口上的女生居然也沒反駁，好像眞的被說服是自己自找罪受。

雖然過程有些奇怪，可結果倒是出乎意料的和平，我也覺得腐女在自己的小世界裡意淫就好，反正只要不主動告訴當事人，他們的生活就不會被影響了，對吧？

即使這心態有點像自欺欺人，但我眞心希望是如此。

不過對我來說，這件事只是意外的小插曲，眞正令我感到略微苦惱的是程譽軒和他的眞愛吵架一事。

因爲答應了程譽軒不能告訴別人，所以我連潘潘也沒說。那天傍晚的所見所聞，被我當成祕密藏在腦海中，也導致我接下來好幾天都不敢去看游泳隊練習。

畢竟是我們這些迷妹害程譽軒和眞愛吵架的，我多少有些愧疚……儘管無法阻止其他人的行爲，起碼我能做到不主動去湊熱鬧，心裡也比較過得去。

潘潘對此非常不解，甚至質問了我好幾次。

這時就慶幸起自己身爲數學小老師了，因爲這科目不僅小考跟練習卷極多，還要登記作業缺交名單，我恰好能以要處理這些雜務爲名，推拒潘潘每天的熱烈邀請。

而我和薛凱易的小八卦，也如我所料，開學不到兩週就已灰飛煙滅。現在誰還管我跟他啊？有時間倒不如去關心鄧季維和程譽軒的最新消息！

我卻在此時意外收到薛凱易的訊息，他請我放學後去頂樓談話，而且要求我單獨赴約。

他要幹麼啊……不會是想殺人滅口吧？我忍不住胡思亂想，不過依然答應了他。

放學後，潘潘一如既往地朝游泳池狂奔而去，我便悄無聲息地前往頂樓。

由於學校怕發生意外，頂樓通常禁止進入，但偶爾仍會有學生偷溜上來，比如現在。

推開頂樓鐵門四處張望，只看到空無一人的樓頂，正當我覺得自己被騙時，薛凱易就出現了。

「不好意思，我剛剛被叫去辦公室了。」他氣喘吁吁地說。

「喔，沒關係。我也剛到。」我找了片陰影處站著，「你要和我說什麼？」

他深吸了口氣，目光緊盯著我好幾秒，卻不說話。

「說啊……」我困惑地回望他。

他這才終於鼓起了勇氣開口：「我是想問妳，妳爲什麼知道我有喜歡的人？」

「啊？」你需要爲這種事把我叫到頂樓嗎？「潘潘跟我說的。」

薛凱易大吃一驚，「她怎麼知道？她發現了嗎？」

「我怎麼知道她爲什麼會知道……」我說到一半才頓悟，他話裡似乎藏有玄機，潘潘要發現什麼，難道是……發現薛凱易喜歡她嗎？「你喜歡潘潘啊？」

薛凱易再次用力地深呼吸，沉默一會兒，才說：「對。」

「靠北喔，」我沒忍住髒話，「難怪你對這個緋聞這麼介意，原來是因爲喜歡潘潘。」

薛凱易別過臉，耳根脹紅。

看他那麼害羞，我也不曉得該說什麼。

總不能直白地告訴他：你的長相好像不是潘潘的菜。那樣也太傷人了吧。

「妳可以……幫我問問看她嗎？」薛凱易低聲開口，仍是一副害羞的模樣，「我很想知道，我到底有沒有希望。」

我臉上瞬間一囧，而且是大囧。

「呃……」我開始結巴，「你、你確定這麼重要的事情，要別人幫你問？」

「我不是要問她喜不喜歡我，只是想知道我和她有進一步發展的希望嗎？」薛凱易一臉正經地看著我，雙眼裡滿是期盼，「拜託。」

我頗爲尷尬，其實我早就曉得潘潘對他的感覺，「那……那我只能幫你問她對你是什麼感覺，不能保證結果是好是壞喔。」

「好，我明白了。」他看起來鬆了口氣，「那我先走了。」

「好……」我巴不得他趕快走，現在我都不知要怎麼面對他了。

他來去匆匆地離開後，我仰頭看向天空，不禁在心中吶喊：老天爺，你說我該怎麼辦？

「潘潘是妳閨蜜？」

「靠北喔！」我被突如其來的聲音嚇到，猛一轉頭。

媽媽，是大冰山，是我的天菜欸！

鄧季維面不改色地凝視著我，我一時之間也沒反應過來，就傻愣愣地回望他。

等等，他剛才的問題是什麼？「喔……對啊，潘潘是我閨蜜。」

他哼笑出聲，「最瞧不起這種喜歡對方，卻只敢旁敲側擊的人。」

靠！超霸氣宣言，拜託大大收斂一下你的王霸之氣啊，我的鼻血都要克制不住奔流而出了。

我摸摸臉，不知道該如何接話，便隨口扯了句，「那個……你怎麼會在這裡？」

「我先來的，本來想趕你們走，沒想到你們的對話一下子就結束了。」鄧季維出乎意料地認眞向我解釋。

「喔……對不起啊，我沒注意到。」我尷尬地扯了扯嘴角。

「無所謂，反正我也要走了，而且……」他又哼笑了下，「我看潘潘對那個男生沒興趣吧。」

我大驚失色，「你、怎麼知道。」

「既然妳們是閨蜜，潘潘又對妳說過那男生有喜歡的人，要是潘潘喜歡他，應該會向妳傾訴煩惱吧？如果眞是那樣，當妳聽見他說喜歡潘潘，並且想要知道她怎麼想時，妳何必這麼苦惱？」鄧季維先是有條不紊地分析，接著將手插在口袋，「看在妳有大麻煩的分上，我就原諒妳了。」

我瞠目結舌，這推論還眞是合情合理，可是結論怎麼讓人這麼不爽呢？

「對了，麻煩妳一件事，去跟那些女生說，不要再寫情書給我了，我很困擾。」他說完便彎下腰，看一眼繡在我制服胸口上的名字，「林軍綺。」

他說完就輕鬆自若地離開，留我一人在原地，愣是無法回神。

你以爲你是我天菜就了不起啊！你的那些情書關我什麼事啊？莫名其妙！

我的男神個性跟想像中不一樣怎麼辦，急，在線等！

這是我回到教室冷靜下來後，第一句出現在腦海中的話。

我知道鄧季維是一座霸氣冰山，但我不知道他這麼腹黑啊！

嗯……仔細想想，喜歡冷笑看戲，而且說話自帶嘲諷以及天生的王霸之氣，這幾個要素組合起來不就是腹黑冰山帝王攻嗎？

原來二次元世界的萌點在三次元的眞實世界中是這個樣子。

嗚嗚，若現實那麼殘酷，我寧願一輩子活在二次元的世界裡啊！

算了，鄧季維是怎樣的人現在不是重點。重要的是，我要去問潘潘對薛凱易是什麼感覺，有沒有發展的可能性。

不過這個時候游泳隊訓練大約已經結束，潘潘也回家了吧。

這件事還是當面問比較好，免得潘潘又亂猜我對薛凱易有好感，那就更麻煩了。

想一想，我就拿定主意，明天再問她。

收拾完東西，離開學校，我在回家路上順便買了晚餐，和餵家裡附近野貓的貓糧。

盤算了一晚上，我終於琢磨出該怎麼問潘潘才不會被她誤會的方法。

◆

「林軍綺，我警告妳，今天妳再不跟我去看游泳隊練習，我們朋友就別當了！」放學鐘一響，潘潘轉過頭來對我這麼說。

我怔了一瞬，潘潘立刻垮下臉，用委屈的語氣對我說：「嗚嗚嗚，別人都有朋友可以一起聊天，只有我沒有，我不開心。」

我不禁笑出聲，「我沒說不去啊，今天又沒有數學課，我不用去找老林報到。」

拜託，這可是我昨晚計算出最適合問問題的時機，我才不會錯過咧！要是我等等應付不了潘潘，就能利用游泳隊的男色轉移話題。

不過後來我仔細思考過，其實我應該在一開始就老實向潘潘坦承，這個問題是薛凱易請我問的。

這一念之差，竟造成我往後一連串的困擾。

總之，當下我完全忘記有誠實以對這個選項，只帶著書包和我內心的小算盤跟潘潘去到游泳池畔。

此時只有三三兩兩幾個人坐在看臺上，潘潘歡呼一聲，搶了個離泳池最近的位子。

我緩緩地在她身旁坐下，想勸她換個座位，「這裡太靠近水池了，會很熱……」

「妳不曉得，最近程譽軒都會往這個方向走，因爲那個新生每天都拿著毛巾站在這裡等他，我們坐的位子可是搖滾區好嗎，妳懂什麼。」潘潘興致高昂地朝我們的斜前方比劃著。

我有些意興闌珊。

潘潘，妳如果知道這個小高一和鄧季維都不是程譽軒的眞愛，就不會有這種反應了。

唉，想起他們吵架的那幕，我依然有點難受，程譽軒對不起……都是我們不好，害你和眞愛必須分隔兩個學校。

潘潘見我沒什麼精神，用手肘撞了撞我，「幹麼？」

我搖搖頭，隨口扯了一個話題，「那個小高一是什麼來歷啊？」

潘潘不愧是八卦通，馬上把那個新生的名字班級背景一口氣說出來，這又讓我感嘆起潘潘眞的念錯組了，這等記憶力跟八卦力，不選一類組念新聞系太可惜啊！

我正分心想著，那頭游泳隊已熱身完開始練習了。

起初他們也是在泳池邊熱身，聽說後來是因爲圍觀的人愈來愈多，他們有點不自在，才改在休息室裡熱身，出來後直接練習游泳。

游泳隊員依序走出，在教練的安排下，一一躍入池中。

等到程譽軒出來時，看臺的位子已經坐滿八成，他一出場，歡聲雷動的尖叫馬上響起。

潘潘當然也與群眾一同高喊，還把手上的毛巾隨手拋到我懷裡。

程譽軒在眾人的注目下站上跳臺，朝看臺兩邊揮了揮手，我頓時有種感覺：其實他好像也沒有那麼無可奈何吧？

這樣看起來，他似乎很享受眾人的目光啊。

不對，想這些幹嘛？我應該要把握機會探詢潘潘的心意，不要再胡思亂想了。

「潘潘，我問妳喔，妳覺得薛凱易這個人怎麼樣？」

潘潘的眼光緊追著程譽軒，「不怎麼樣啊，就是普通同學。」

「那妳會喜歡他嗎？」

「怎麼可能。」潘潘這才轉頭看我，眼中透出幾分探究的意味，「妳幹麼問這個？」

我愣了一會，隨即高喊：「……程譽軒！你好帥！」

果然這招立刻轉移了潘潘的注意力，我也順著她的視線看向泳池。

程譽軒在水中如魚一般飛快，一划水一踢腿，都使他的身軀大幅前行，當到對岸後，他俐落地翻轉，很快返回了起點，又轉身往前游去，隨著時間過去，他與別人漸漸拉開了距離。他漂亮的身姿，在太陽照耀下閃閃發光。

他猛然從水裡探出頭來，攀在泳池邊大口大口地喘氣，身上的肌肉隨著呼吸起伏，線條好看得不得了。

「程譽軒，你好帥！」潘潘在我身邊大喊，欸欸，妳這臺詞好像和我剛才喊的一樣？

程譽軒被潘潘這突如其來的叫聲吸引，看向我們這邊，倏地笑了下。

那瞬間，彷彿宇宙大爆炸似的，看臺上全部人同時尖叫了起來。

我被喊得一陣耳鳴，下意識摀住耳朵，就看到程譽軒從泳池裡翻上來，走到我們面前，停下了腳步。

剛剛喧鬧不休的現場，霎時歸於寂靜。

我愣愣地看著他，鬼使神差地將潘潘方才扔來的毛巾遞到他面前，程譽軒朝我勾起嘴角，伸手抽走那條毛巾，俐落地轉身走入休息室。

我還沒回過神，肩膀就被潘潘用力握住並劇烈地搖晃起來。

「林軍綺！妳憑什麼！妳和程譽軒是什麼關係！」

我被晃得差點要吐，連忙捉住她的手腕。「不要搖了，我要吐了。」

「那妳給我說清楚！」

她這麼一吼，四周再次安靜下來。

當下，我忽然覺得自己的前途灰暗無光，好不容易我和薛凱易的緋聞終於解決了，如今又來個程譽軒……我可以預想到腐女版上「林軍綺」變成熱門搜尋關鍵字的慘況，短短兩個星期，我又能再度體會被推上學校論壇排行榜的感覺了。

「我們沒有關係，眞的！」我弱弱地辯解，「我只不過是離泳池比較近而已！」

想當然耳，這說法沒有半個人相信。

事實上，連我自己都不清楚爲什麼程譽軒會拿走我手上的毛巾。

但人生就是如此，不會萬事都讓你想明白，而且隨時都可能有意外發生在你身上，於是當天晚上我只好像鴕鳥一樣裝死，不去看論壇，當什麼事都沒發生過。

隔天，從我進校門的那一刻開始，就有人朝我行注目禮，要是眼神有殺傷力的話，我應該已經千瘡百孔了。幸好也不是每個人都這麼凶猛，大多數的人多半只是抱持好奇的態度，不過我能感覺到一路上我大概被人拿著手機偷拍了十幾張照片。

好不容易進到教室，我立刻虛脫地趴在桌上，因爲怕被拍到最近有點失控的小腹，我沿路都在用力吸氣縮小腹，好累……

「喂喂？」潘潘一見到我，馬上轉過頭，「妳知道妳現在是大紅人了嗎？」

「我知道。」我奄奄一息地答。

經過這一路上的殺人目光洗禮，我還能說我不知道嗎？

「那我能不能拜託妳一件事情啊？」潘潘的口氣說有多討好就有多討好，這絕對是危險的徵兆，我內心的警戒値瞬間上升到百分之百。

「妳要幹麼?」我不由得用戒備的眼神看她。

「妳可不可以幫我去把借給程譽軒的毛巾要回來啊?」潘潘裝出流浪狗般的可憐表情，還對我猛眨眼。

「……那條毛巾多少錢?我買給妳。」

「我看起來會差那一點錢嗎?」潘潘笑得咬牙切齒，接著捶了我一拳，「妳又不是程譽軒，我要程譽軒用過的!」

我當然明白妳想要的是他用過的毛巾啊!可是我怎麼好意思幫妳要回來啊!

「妳髒不髒啊!說不定他拿回去後，給整個游泳隊的人都擦過了!」

潘潘似乎沒想過這個可能性，愣了一愣，「那我也要先拿回來再決定要怎麼處理。」

「好啊，妳自己去。」我趴回桌上，決定不管潘潘怎麼鬧，都不再理她。

至少在這件事情上，一定不能妥協。我終於能理解為什麼程譽軒的真愛不想轉來這間學校了，現在我也好想離開這裡。

我無精打采地趴在桌上，潘潘早就因為我對她的哀求攻勢毫無反應，悻悻然地回過頭去趕作業。

她沒有一個早自習不是拿來趕作業的。

我發了會兒呆，LINE的聲音響了，看一眼手機，是薛凱易向我追問潘潘的想法。

儘管真相很殘酷，我也只能老實轉告他，潘潘對他沒有意思，只把他當普通同學。

訊息傳過去後馬上被讀取，然後就沒下文了。已讀不回實在是令人惱怒，你隨便回張貼圖都好啊，得到答案就把人晾在一邊算什麼？

但這時他的心情應該很差，我也不想跟他多計較什麼。

才安靜沒多久，潘潘又轉過身來。

「林軍綺，我問妳，妳眞的不知道程譽軒爲什麼會拿走妳手上的毛巾嗎？」

我抬頭看她，「我不知道。妳問這個幹麼？」

「如法炮製啊！」潘潘的眼睛睜大，嘴角透露出一絲狡詐的笑意，「說不定這樣以後也有機會讓他從我手上拿走毛巾，還可以藉此有點親密接觸。」

「妳克制點，這算性騷擾了吧……」我的臉囧了起來。

潘潘眨了眨眼，「怎麼會呢？我保證我不會亂來，妳去幫我問問原因吧？」

我頓了一會兒，才反問：「妳的意思是，去問程譽軒嗎？」

「當然啊，不然怎麼能弄清楚？」

「我不要。」我果斷地拒絕。有事嗎？現在我已經遭到全校注目了，如果再去問程譽軒這個問題，若是傳出去，到時論壇很可能又會一陣腥風血雨，我才不想因此出名。

「妳只有兩個選擇，一個是幫我拿回毛巾，一個是幫我問清原因，妳選吧。」

「C、以上皆非。」我對她皺皺鼻子，「我幹麼去自找麻煩？」

潘潘想了一會兒，做出一副想哭的表情，「拜託啦！」

我還沒來得及再次拒絕，潘潘忽然啊了聲，「這麼說起來，妳眞的怪怪的。」

「什麼？」她話題也跳得太快了吧？

「妳以前不是很支持鄧程CP嗎？為什麼這幾個星期都沒聽妳提起，而且那個新生和程譽軒湊成CP妳居然也沒反應？」一滴冷汗從我額上流下，潘潘繼續有條有理地分析，「然後程譽軒就拿了妳手上的毛巾……」

我慌張地想開口反駁，但潘潘直接打斷我。

「妳不會是和程譽軒勾搭上了吧？」潘潘瞇起眼睛，用審視的目光打量我。

「才沒有！怎麼可能！」我急忙辯解，「假如眞是如此，我怎麼可能不告訴妳？」

「也許程譽軒不讓妳說？」

我只能說，這答案眞是雖未中，亦不遠矣，確實是程譽軒不希望我把他另有眞愛的事情說出去。

「沒有、沒有，什麼都沒有啊。」潘潘的一針見血讓我愈發慌亂。

「如果什麼都沒有，妳為什麼不敢去見程譽軒？一定有鬼！」

「好，我去！」我抬起手，果斷投降。妳就別再問啦！

潘潘笑出聲來，「那妳要選哪一個？」

我重重地嘆氣，「把毛巾要回來太丟臉了，我去問清楚他那天為什麼會接過毛巾就好。」

「太好啦！」潘潘握住我的手，「我的幸福就靠妳了。」

我望向她，「我覺得這和妳的幸福沒什麼關係吧……還有，性騷擾是不對的。」

「什麼性騷擾啦，我才不會這麼下流。」潘潘一邊說著，一邊陷入自己的小劇場中，

「妳想啊，說不定他多拿幾次我的毛巾，我就能勾搭上他了。」

「那……鄧季維怎麼辦？」我問。

潘潘顯然被這個問題問倒了，究竟是本命CP重要，還是勾搭到男神重要，這一直都是腐女心中無解的難題。

直到上課，潘潘仍沒回答我的問題，但在第一堂下課時，她轉過頭一臉認眞地說：「這樣吧，就讓鄧季維和程譽軒在一起，不過我願意當程譽軒的煙霧彈，我可以和他結婚。」

我哈哈大笑，「我覺得光我們學校，應該就有成千上百個人願意爲他們這麼做。」

「包括妳嗎？」

「嗯……」我想了會兒，「只有這個CP可以，其他組合我不行。」

「還有其他CP嗎？」

我大吃一驚，差點無意間洩露程譽軒的祕密。

可是潘潘顯然想歪了，「喔，妳說那個小高一嗎？」

我連忙點頭，「對，如果程譽軒喜歡的是那個新生的話，我不行。」

「不會啦，我看他們兩個沒戲。」

潘潘開始長篇大論起來，從各種層面分析程譽軒對學弟不是眞愛，我則是偷偷鬆了口氣，差點一不小心就失信了。

第二章

要問程譽軒那天爲什麼會拿我的毛巾，這件事說來容易，然而實際上要如何執行，我根本毫無頭緒。

我只有兩個選擇，等游泳隊練習完後堵他，或者直接去他的班上找他。但這樣做只會讓我繼續高坐學校論壇搜尋第一，而且我目前可是被全校列入重點關注的對象，這時還頂著無數雙八卦的眼睛，若主動跑去找程譽軒，不就等於自尋死路嗎？

我又嘆一口氣，這件事的難度竟然比想像中還更高，苦思到午餐時間，卻依然沒想出解決方案。

「就直接去問啊。」潘潘斜覷我一眼，「反正妳現在還差這一點點小事嗎？就算不去問，所有人還是會持續關注妳好一段時間的。」

「哪有這麼誇張……」我低下頭，用筷子戳著便當裡的花椰菜。

「妳回頭看看就知道，我第一次看見這麼多人陪我們一起在涼亭裡吃飯。」潘潘置身事外地說著風涼話。

不用她說，我也曉得那些從我們背後經過的人，或多或少都會朝我瞥過來一眼。

我抬起頭惡狠狠地瞪她，「妳有沒有良心啊？」

「有啊，不然我就會叫他們一起來吃了。」

我被潘潘給氣笑了，拿起免洗筷的塑膠套往潘潘身上扔，雖然這東西輕飄飄的，一點殺傷力都沒有，潘潘自然也沒放在眼裡。

「其實妳直接去問，坦蕩點反而比較容易不是嗎？況且全校有一半以上的人都想知道原因，妳順便給出一個交代不是更好？」潘潘側了側頭。

潘潘這是站著說話不腰疼，事情有那麼簡單就好。

我翻了個白眼，無奈地問：「妳不怕？」

「怕什麼？」

「大家知道程譽軒接受毛巾的原因之後，人人都如法炮製？」

潘潘賊賊一笑，「這就是傳說中的師父領進門，修行在個人，我的起跑點比大家高，怕什麼？」

我一頭霧水，「妳的起跑點比大家高？求解。」

潘潘一把攬住我的肩膀，「我還有妳嘛，不管怎麼說，妳和程譽軒也算是有點交集。」

我又笑了，「妳就沒想過我跟程譽軒搞不好也有發展可能，到時候妳怎麼辦？」

潘潘瞠大眼睛，語氣盡是不可置信，「我以爲我們有共識？」

見到她這反應，我不禁回想了一下，我們到底有什麼共識？

「鄧季維是妳的，程譽軒是我的啊。」潘潘理直氣壯地說：「程譽軒又不是妳的菜，妳難道不該把他讓給更愛他的我嗎？」

我哈哈大笑，「鄧季維的長相的確比較符合我的理想型。」

「既然如此，我們馬上去問程譽軒是怎麼想的吧！」

潘潘說風就是雨，立刻拉著我起身，我錯愕無比地扯住她，潘潘這邏輯推演到底是誰教的？爲什麼能如此前言不對後語啊？

「等、等等兩個人行動太引人注目了。」我瞥向那群不停在我們身後徘徊的女生，「要是現在去找程譽軒，這些人一定也會跟過去，我不想當著這麼多人面問他，我、我害羞。」

看到潘潘滿臉困惑，這一刻我眞的很想一掌拍死她。

「那……好吧，我們假裝回教室，妳再見機行事？」潘潘總算向我妥協一件事。

我點點頭，確認了下時間，目前距離午休結束還有十幾分鐘。

程譽軒的教室與我們教室同一層，只是他的在前端，我們的在尾端，所以平常沒有什麼機會遇到他。

就算有，他也穿著制服，鎖骨被遮住了，沒什麼好看的。

我用力地搖頭，不對不對，都什麼時候了我還在想鎖骨，我有病啊？

還不趕忙抓緊午休快結束的空檔，擺脫眾人的關注，偷偷去找程譽軒問清楚。

在時間有限的情況下，他大概不會跟我說太多吧？我又想了一會兒，決定就這樣做，畢竟我也沒有其他更好的方法了。

於是我拉著潘潘往程譽軒教室旁的樓梯走去，向她交代作戰方針。

聽完之後，潘潘隨即興奮地附和。

見她興致如此高昂，我心中泛起大禍臨頭的預感。但時間太緊迫，這種感覺又來得突然，我想再耽擱下去會錯過時機，便沒有深思。

不過事後回想起來，才明白那一定是老天爺給我的提醒，警告我千萬別衝動，是我笨，沒能領悟祂的指示。

當我們走到程譽軒的教室外面，潘潘按照計畫在走廊上狂奔，藉此吸引大家的注意力，我則趁機躲進教室裡。

我蹲在牆角，掃視教室一圈……靠，千算萬算沒算到程譽軒根本不在教室。

我正扼腕非常，覺得自己錯過了千載難逢的機會，卻突地聽見有人在我耳邊輕聲問：「妳在幹麼？」

嗯？男的？我一回頭，嚇得跌坐在地上，愣愣地看著他低喃：「鄧季維……」

「嗯，感謝妳的告知，我知道我叫這個名字。」他蹲在我面前，偏著頭，音調沒有絲毫起伏，「舉止這麼詭異，妳是要偷東西嗎？」

你才偷東西！

「我找人。」我嚇得聲音瞬間放低，鄧季維太過靠近的臉與神出鬼沒的舉止，同時對我造成一萬點的爆擊傷害。

「哦，找程譽軒？」他勾起嘴角，一副饒富興致的模樣。

我瞠大雙眼，忍不住問：「你怎麼知道？」

他的笑令我心裡發毛，不對啊，他是出了名的冰山，笑容為什麼會這麼燦爛？

他指向外頭，「那些人告訴我的。」

我順著他的手指看去，臉瞬時一僵。如果說方才潘潘引走的是程譽軒粉絲中的草食恐龍，那現在站在我不遠處的這些就是站在食物鏈頂端的霸王龍。

我乾笑著站起身，腦中一片空白，睨了眼站在我身旁的鄧季維，發現他竟是滿臉喜色，他這想看戲的神情，根本和上次在頂樓那時一模一樣。

我不得不合理懷疑，是鄧季維把她們引來的。

嚥了口口水，我決定假裝若無其事地從那群霸王龍面前走過，程譽軒卻在此時朝我迎面而來。

我一時不知所措，面容僵硬，連面對程譽軒也完全笑不出來。

他看見一群人聚在這裡，似乎有些意外，但表情隨即恢復如常，「你們在這裡做什麼？是要找我嗎？」

我實在不能確定他這話裡的「你們」，有沒有包括我。鄧季維自不用說，學生會長和游泳校隊隊長，本就有公務往來，應該早就十分熟悉。

據我所知，外面那幾頭霸王龍是程譽軒後援會的幹部，她們不是腐女，單純只是程譽軒的粉絲。之所以會知道，是因爲我一開始也想加入，不過看她們粉得這麼認眞，理念又和我的腐女魂不太對盤，才打消了念頭。

所以她們和程譽軒大概也是有點交情的。

那麼眞正和他了無關係的小透明只有我……我再覷了程譽軒一眼，打算不動聲色地從這個場景淡出，現在絕對不是個問他問題的好時機。

我正想溜走，後領卻被人揪住。

轉頭就見鄧季維淺笑著說：「她有事要找你。」

我瞪大雙眼望向鄧季維，他唇邊的笑意，似乎在警告我別想輕易逃走。

抖S！這個人對我簡直充滿惡意！怎麼從來沒有人注意到鄧季維有這一面？

我重重地吸一口氣，勉強勾起嘴角，努力從喉嚨裡擠出聲音：「對，有點事……」

我後頸的拉力瞬時鬆開，讓我終於能順暢地呼吸，而程譽軒神情溫和，緩步走到我面前，「有什麼事？」

嗚嗚嗚，程譽軒你如此的光風霽月、冰壺秋月，就像是我生命中的陽光，可是我……我只能淚流滿面，什麼話都不能說啊！

「是不是需要私底下說？」程譽軒溫柔地問我。

我頂著背上那些龐大的殺氣，含著淚光點了點頭。

「那……」他看了周圍的人一眼，「不好意思，我們先走了。」

一說完，他就拉起我的手腕走了。

不，你不要拉我啊！明天……不，等等，我又要變成論壇搜索頭條了啊！我真的是無辜的啊！我瀑布淚。

程譽軒自然無法體會到我內心的掙扎，在眾目睽睽之下拉著我到頂樓。

這時，我真是無比鄙視我們學校的安全設置，說好的不讓學生上頂樓呢？怎麼什麼時候都能通行無阻啊？

算了，這不是重點，重要的是，程譽軒已經把通往頂樓的大門關上，他的嘴角依然掛著溫暖的笑。

「有什麼事？」

我眨眨眼，反正來都來了，乾脆就破罐子破摔，直接問吧。

「那個，我只是有點好奇，你爲什麼只拿我給你的毛巾，其他人的都不拿？」

他面色不改，渾身仍散發出令人如沐春風的賀爾蒙，「哦，原來是這件事，我覺得妳是信守承諾的好人，我們可以當朋友。」

天啊！程譽軒說要和我當朋友！

我幸福地笑了出來，轉念一想，但這朋友不好交啊，一不小心我就會死無葬身之地。

面上不由得換成乾笑，我點了點頭，「這樣啊……」

「是不是我的粉絲讓妳感到困擾了？」程譽軒淺淺地皺起眉，「對不起啊，我幫她們向妳道歉。」

他這麼說，我又想起他和他的眞愛吵架的原因，頓時有些愧疚。

「沒有啦，沒有。」我眞摯地凝視他的雙眸，努力找理由向他解釋：「是因爲、因爲聽說你沒有拿過其他人的毛巾，所、所以我、我好奇。」

他鬆了口氣，臉上又恢復了笑意，「那就好。」

我在心裡無奈地嘆氣，你好我不好，這個原因我該怎麼向潘潘交代？

正巧這時上課鐘聲響起，我連忙對他說：「上課了，我們先下去吧。」

程譽軒點點頭，替我拉開門，做出女士優先的手勢，我只好從善如流地向前走，毫不意外看見站在門外守衛的霸王龍群。

在她們的殺人目光注視下，我差點就要高舉雙手大喊投降。不過礙於程譽軒還在，她們也不敢眞的對我怎樣。

我跟著聲勢浩大的隊伍回到我班級所在的樓層，而在程譽軒進教室前，程譽軒以及他的霸王龍護衛隊都伴在我左右。

潘潘站在教室門邊睜大眼睛望著我，然後跑到我身邊，我在她說話之前抬起手，「什麼都別問，我什麼都不知道。」

回到位子上，我把頭擱在桌面，開始深思起事情怎麼會變成這樣。

從老師進來上課，到下課離開爲止，潘潘都異常聽話地沒打擾我。

老師一走，她隨即轉過頭，安靜地凝視我好半晌，才語氣低沉地問：「妳知道這次妳惹上多大的麻煩嗎？」

「我還不是爲了妳！要不是妳死活都想知道原因，我根本不會蹚上這渾水。」我抱著頭，「我也不曉得會遇到鄧季維那個瘋子！」

潘潘愣了一瞬，「這又關鄧季維什麼事？」

對喔，潘潘還不清楚鄧季維的隱藏個性有多糟糕，上次因爲牽扯到薛凱易，我也不好對潘潘說，這下總算可以明講了。

我趕緊將事情經過說出，潘潘從頭到尾都瞠目結舌地盯著我。

「這些都不是重點了啦。」潘潘甩甩頭，「鄧季維是什麼個性也不重要，重點是妳知道妳的新頭銜是什麼嗎？」

我能不能不要知道啊？

「程譽軒的緋聞女友。」潘潘湊在我面前說，接著用那種「妳完蛋了」的悲憫眼神看我。

我摀著臉，想把自己埋到地洞裡，假裝什麼都聽不到，「什麼女友，妳別開玩笑了。」

「照片都被放上論壇了，我才不是開玩笑咧。」潘潘將手機遞過來，我瞥了一眼，從未如此憎恨發達的高科技！

「事實根本不是這樣，妳要救我！」我緊抓潘潘的手臂。這下完了，我把腐女派和粉絲派都得罪光了，以後還能不能在這學校平安念書啊？

話音未落，我就聽見有人喊了聲：「林軍綺，外找！」

不會是……霸王龍小姐們吧？我緩緩望向門邊，沒想到看到的竟是程譽軒。

潘潘不停地拍打我的手，「林軍綺，快去！」

大概是今天受到的衝擊太多，感受已經麻木了，我無比淡定地走過去。

程譽軒朝我溫暖地勾起嘴角，背後頓時傳來此起彼落的抽氣聲。

帥得驚天動地啊這人！實在是太犯規了。

「有、有什麼事情？」我僵著臉問他。

程譽軒用眼神示意我跟著他走，於是我們走到了一旁的走廊角落。

除了在游泳池外，這是我第一次這麼認真看著他，午後的陽光灑在程譽軒身上，我這才發現他的頭髮原來是淺咖啡色的。

「我看到論壇的帖子了，沒想到又鬧出這麼大的風波。」程譽軒的眼眸中盛滿了歉意，「我不曉得這會造成妳的困擾，但妳放心，我會開始拿不同人的毛巾，這樣久了妳就不會再被他們另眼相待了。」

天啊！程譽軒你眞是個大暖男！感動之下，我竟有些鼻酸，「謝謝你啊，都是因爲我的緣故……」

「沒有，是我先造成妳的困擾。」他淺淺地彎起嘴角，「妳再忍耐幾天就好。」

我點點頭，忍不住寬慰他，「沒關係，我沒有放在心上。」

看著他好看的微笑，我不自覺微微失神，卻忽然想起一件事……

「不過，你怎麼會知道我在哪一班？」

「我不知道啊，我是一班一班找過來的。」他很誠懇地回。

我絕望地閉上眼睛，天要亡我啊！

和程譽軒分開後，沒幾秒鐘就上課了，我一回到座位，潘潘隨即問我程譽軒爲什麼會來找我，因爲腦子仍一片混亂，我沒深思便將所有事全盤托出。

沒想到潘潘一聽，瞬間振奮不已，馬上向我強調她今天放學要第一個去泳池占位，說是這次一定要將自己手上的毛巾遞給程譽軒。

「爲什麼啊？」我有點好奇，「妳都明白他只是打算隨意接過不同人的毛巾罷了。」

「我管他怎麼打算的，我有得到好處就行啦。」潘潘笑嘻嘻的，「而且搞不好程譽軒從我手裡多拿幾次毛巾之後，他也會因此想和我當朋友啊。」

我笑出聲，「妳這個性還眞是不得了。」

「那個誰，上課了，不要聊天。」

我們的對話被老師打斷，我只好從抽屜拿出課本，看著上面的字句發呆，完全沒聽進去老師的講課內容。

到了放學時間，潘潘了解我要避風頭，也沒拉上我，逕自飛也似地跑向泳池。

我整理好東西，再去老林的辦公室將考卷成績登進系統，做完後便背起書包準備回家。

回想起這段時間發生的種種，我突然發覺程譽軒其實挺可憐的。

他幾乎是在第一時間就想到我會感到尷尬，所以立刻找出方法爲我解圍，他是不是被他的眞愛傷透了心，一時生出了移情作用，才會對我這個普通朋友這麼好啊？

我愈想愈覺得有道理。唉，不知道他和他的眞愛現在還好嗎？

回家吃完晚餐，我看時間差不多了就拿起貓糧出門。

我家附近的公園裡面總是聚集著一些流浪貓，我習慣在晚餐過後去餵牠們。

會這樣做起因是，有次颱風天我放學路過公園，聽見草叢裡傳來貓叫聲，正彎下腰欲察看，就見到全身髒兮兮的小白探出頭來，那模樣狼狽到其實應該要叫牠小灰比較適合，而不是小白。

和牠對上眼後，小白又叫了聲，我一時心軟，就跑去買貓罐頭餵牠。隔天我從公園經過，牠已經在原地等我，一見到我，牠叫了很長很長的一聲，我完全能從叫聲中感受出牠無法抑止的飢餓。

然後，我就一直餵流浪貓到現在了。

起初餵的是貓罐頭，讓我的錢包迅速消了大半，後來只好換成乾糧，本來以爲小白吃慣罐頭會挑食，沒想到乾糧牠也吃得很開心，還呼朋引伴一同享用。

「喵——」我才剛走到定點，小白就在等吃飯了。

「好，我知道啦。」我放下盛滿貓糧的碗，蹲在一旁看牠吃飯，鬼使神差地叨念起來，「小白，你說程譽軒都在想什麼呢？他是眞的想和我當朋友嗎？」

我一直想不通，即使我信守承諾替他保守祕密，但程譽軒會缺朋友嗎？爲什麼他會因爲這樣就想把我當朋友？這好像有點牽強吧？

「我當然是認眞的啊。」一道好聽的聲音在我後方響起。

咦？我回頭，看見程譽軒背著書包站在路燈下方，被燈光照耀得閃閃發光。

我頓時看傻了眼，我最近都走什麼大運，怎麼老是有男神站在我身後？難道這年頭男神站在別人背後是一種流行？

程譽軒邁開步伐走到我身邊蹲下，「妳都在這時間餵貓嗎？」

我回過神，看一眼各自逃開卻又對貓糧依依不捨的眾貓兒。

「對啊，你第一次來，牠們還不認識你，如果多來幾次，牠們就會對你放下戒心了。」

我笑著爲他解釋，接著指著仍低頭猛吃的小白，「牠的膽子最大。」

我叨叨絮絮地說起當初爲什麼會開始餵貓，還有每隻貓的個性，等到貓糧都被吃光後，我才發現自己又忍不住碎碎念了。

我有點尷尬地搔搔頭，「不好意思啊，我碎碎念的習慣就是改不掉。」

程譽軒笑咪咪的，「沒關係，聽妳說話很有趣。」

很有趣？我腦子裡瞬間轉了無數個念頭，這是誇獎？反諷？或者只是單純客套？

「原來妳是從這個暑假開始餵的，難怪我之前都沒見過妳。」程譽軒舉起手指向不遠處，「我家在那裡。」

我大吃一驚，「我們居然住得這麼近，中間只隔著這座公園耶。我家就在那邊，走到這裡只要五分鐘。」

果然啊，「無緣對面不相逢」這句話還是很有道理的，我家和程譽軒家大概只隔步行十到十五分鐘的距離吧，我以前卻從沒在學校以外的地方看過他，緣分實在是太奧妙了。

「那以後我們可以一起餵貓。」程譽軒臉上滿是笑意，心情似乎很好，「搞不好還可以一起吃晚餐。」

我連眨好幾下眼睛，「你也要餵貓？不是，你要跟我一起吃晚餐？」

我嚥一口口水，這絕對不能讓別人知道，不然我的校園生活就徹底完了。

「對啊，妳不是說多來幾次，牠們就不會怕我了嗎？」程譽軒理所當然地說，又用指節輕敲我的額頭一記，「而且我說要跟妳當朋友也是認眞的，和朋友一起吃飯不是很正常嗎？」

我偏著頭，「可是……你應該不缺朋友吧？」

剛剛面容還風光明媚的程譽軒，表情忽然就轉成陰雨天了。

他苦笑著，語調無奈，「我是不缺粉絲，從小我就是游泳健將，表現也不錯，所以愈來愈多人喜歡我，不過我沒有朋友。」

「怎麼會？」我著實感到驚訝，「不是還有游泳隊的人嗎？」

他勾起嘴角，笑意卻未達眼底，「說起來有些複雜，總之，游泳隊的隊友是伙伴沒錯，但不一定是朋友。」

我略略想一下，這是指游泳隊裡也會有勾心鬥角的事情嗎？畢竟出賽的名額只有寥寥幾個，假如只報單人項目，游泳也不像很多球類運動一樣需要緊密的團隊默契。

「那你們班上的同學呢？」我又問。

程譽軒笑起來，「妳也不是和妳們班上的每個人都很熟吧？」

是沒錯啦，我琢磨了會兒，才開口：「所以……程譽軒，原來你是個邊緣人？」

他低頭思索幾秒，遲遲不應答。

我正擔心自己是不是在不經意間傷害到他時，他卻突地抬起頭，朝我爽朗一笑，「眞的，原來我是個邊緣人。」

我被他這高顏値的笑容給萌到不行，不帶這麼突襲的啊！而且程譽軒竟然還有隱藏的呆萌屬性，怎麼會有人帶著燦笑，一臉恍然大悟地說自己是邊緣人啊。

他的反差，爲我這顆腐女心帶來強烈的暴擊！

既然他都這麼說了，我也不好再多說什麼……倘若再問下去，感覺會像是我不願意跟他當朋友一樣。儘管和他成為朋友，讓我有強烈的生存危機感，似乎極有可能會一不小心就死無葬身之地，但扣除這點不說，可以變成他的朋友，我是幾千幾萬個願意啊。

天菜都自己送上門來，不吃白不吃，要是眞能和他吃晚餐，我光吃白飯都能甘之如飴。

「好啊，如果你也想餵貓的話，我們可以約好時間一起來。」我笑了下，走上前拿起被吃得一乾二淨的空碗，「不過我今天已經吃飽了，沒辦法和你一起吃晚餐啦。」

程譽軒點點頭，「我送妳回去？」

「不用啦，我家這麼近，送來送去的多麻煩。」我擺擺手，他突然從口袋拿出手機，我以為他要接電話，正要走到一邊去，他卻揪住我制服的袖子。

「妳要去哪裡？」程譽軒打開LINE的介面，「交換一下LINE吧，不然每次要聯絡妳都要去妳班上找人。」

想起今天白天的情況……我二話不說也從口袋掏出手機，才按開螢幕，我和程譽軒都相顧無言了，若是可以，我眞想淚千行。

我的手機桌布，是張激情滿滿的BL漫彩圖。

我顫抖著手指點開LINE，抱著我和程譽軒的短暫友情即將要死亡的決心問：「你的ID是？」

他好像也有點回不過神，好半晌才喃喃報出自己的ID，我佯裝鎮定地輸入，找到他的帳號後加入好友。

他很快也將我加入好友，然後以不可置信的口吻說：「腐門一入深似海，從此節操是路人？」

媽的！靠！我忘了我LINE的狀態消息依然掛著之前和潘潘玩鬧時改的「詩句」，順帶一提，她的是：忽如一夜春攻來，千受萬受菊花開。

她一直堅持她的比較有畫面感，我則堅持我的有含蓄美……美個頭啊！

看著程譽軒澄澈透亮又略帶困惑的雙眸，我不禁對這個天然誘受居然和鄧季維不是一對，而感到深深的遺憾。

程譽軒將手在我面前晃了兩下，「妳在想什麼？」

我怎麼被美色誘惑到走神了！

我乾笑幾聲，「你會介意我是腐女嗎？」

話還是早點說清楚好，免得他後知後覺發現我是腐女，才反悔說什麼不跟腐女當朋友，儘管我鄙視這樣的人，不過仍舊會爲此傷心。

程譽軒忽然笑得前俯後仰，一點都沒有停下來的跡象，害我只能一臉尷尬地看著他。

「不要笑了啦，這有什麼好笑的……」我無可奈何地制止他。

「抱歉。我當然不會介意妳是腐女啊，那妳會介意我的粉絲很多嗎？」他總算止住了笑。

「會啊！」他這麼突襲提問，我下意識脫口而出，見他明顯一呆愣，我立刻擺了擺手，「開玩笑的！我開玩笑的！」

他那種傻氣的神情還眞有點我見猶憐，我不忍心再捉弄他，便老實說出自己的想法。

「好啦，實話實說，你的粉絲很多，我確實覺得有點可怕……」我一定是眼花了才會從他臉上看出了泫然欲泣的意味吧，抹了把臉，我急忙補充，「但是你不在意我是腐女，我也不在意你粉絲很多，這樣不就扯平了。」

「我本來就不在意啊，有時候我也會去看腐女版，也知道妳們都把我和鄧季維配成一對。」他頓了一下，接著說：「剛剛只是突然看見大尺度的BL圖，一時反應不過來。」

他如此雲淡風輕的態度，讓我嚇得倒退三步。

「所以你眞的不放在心上啊？」而且你還逛腐女版！

「我已經習慣了，畢竟我在學校也算是半個公眾人物，雖然被大家討論跟亂配對不太舒服，可是我也管不了別人的行爲。」他無奈地扯開嘴角。

嗚嗚嗚，好可憐……我之前只不過是短暫被大家討論跟薛凱易的緋聞，就渾身不舒服了，簡直無法想像程譽軒以前經歷過什麼，才磨練出這種心境。

「好，那我們就說定了！」我一個衝動，朝程譽軒伸出手，「就算你粉絲再多我也不怕了。」

「那好，我們都不要介意彼此的小問題。」程譽軒似乎略微詫異，隨即笑了開來，握起我的手。

我偏了偏頭，總覺得自己好像有點吃虧，畢竟我只是個低調的腐女，基本上不會造成別人的困擾，可是他的粉絲會干擾我的生活啊。

算了！不管了！如今我已騎虎難下，難道還能和他說我後悔了嗎？

我抱持著壯士斷腕的決心，與程譽軒握了手，這還是我第一次交個朋友，交得像戰士視死如歸……

「那以後我就不去看你練習了。」我鬆開手，「反正晚上我們一起去餵貓也能見面，你的粉絲那麼多，我不想引起她們的注意。」

程譽軒應了聲好，「對了，我的粉絲真的讓你們很困擾嗎？」

你們？哦，他是想問是不是會使他的眞愛困擾吧？

我想了幾秒，說出一個不太傷人又聽起來合理的解釋：「我們都不是你啊，難免會有些不習慣。」

「也是。」他思索了一會兒，認同地點了點頭。

我看了眼時間，「那……我先回去了？」

「好，再見。」

我們告別後，分別往不同的方向離開。

回到家，我洗完澡躺在床上想著程譽軒的事情。

沒想到他人這麼好，之前我一直認爲他即使總是面帶微笑，可實際上應該是有點高冷的人，畢竟我從來沒聽說過他和粉絲有任何特別的互動。

結果私底下的程譽軒簡直就像天使一樣，跟鄧季維完全不同。

如果他們的臉可以互換就好了，溫柔的內心，加上符合我理想的臉蛋，該有多好啊！

算了，林軍綺，別再妄想啦，天底下哪有這麼好的事？

而且鄧季維那張冰山陰險帝王臉，套在程譽軒的性格上大概會很突兀。

我甩甩頭，自覺該趕緊把這兩人都放到一邊去，趁早開始寫作業才對，不然待會兒又開始想睡了。

坐到書桌前，我努力專注了幾分鐘，思緒卻立刻飄到程譽軒和鄧季維身上，我就這麼來來回回地恍神數次，中間又偷懶看了幾回BL漫，到最後寫完作業時，已經十二點了。

躺上了床舖，我的意識漸漸模糊，不過我仍記得在睡著的前一刻，腦子裡的念頭是：還好和我有交集的是程譽軒，假如是鄧季維的話，我應該會無法應付吧。

◆

倘若我知道昨天睡前的感嘆，會變成莫非定律的最佳應證，我打死都不會讓自己想到任何與鄧季維相關的事情。

我盯著面前堆積如山的傳單紙箱，有感人生是一張還沒上色的線稿，黑白的不能再黑白。

這件事必須從我放學到老林那兒登記數學成績開始講起。

若要說我對老林這個數學老師有什麼不滿，就是小考跟作業實在太多。除此之外，老林真是一個好到不能再好的老師，說話不會端老師架子，也從不對我們大小聲。

「林軍綺，這些就麻煩妳了。」

老林一如往常地幫我登入教師系統，然後就走回座位。

因爲昨天和程譽軒約好晚上一起餵貓，我正感到春暖花開，心情大好，難得沒在內心吐槽老林。

沒想到我一直掛在心上的大事如此輕鬆就解決了，而且從此以後還能在校外和程譽軒近距離接觸，不必再去游泳池遭受他粉絲的各種眼刀攻擊，老天爺對我眞是太好啦！

我邊哼歌，邊把成績輸入系統，大概心情好，效率也會提升，我以比平常還更快的速度將成績都輸入完，檢查沒有錯誤後，馬上關掉系統，拎起書包準備回家。

鄧季維也在這時走進辦公室，他好像在找什麼東西，視線先在辦公室裡掃了一圈，最後定在我身上幾秒，又轉到我已背起的書包上。

我頓時有種成爲盤中飧的戰慄感，正想問他爲何要這麼看我，鄧季維先開口了：「妳看起來很閒，那就過來幫忙，廠商忽然把校慶的傳單送來，我一個人搬不完。」

我有沒有說過？鄧季維的嗓音中有種清冷感，不過這完全是浪漫的說法，實際上，他的聲音是自帶那種「妳敢拒絕就死定了」的威脅感。

我還沒反應過來，老林這個忘恩負義的傢伙已經站起來對我說：「林軍綺，妳先去幫忙吧，成績明天再登記也可以。」

臭老林！我要打消我剛剛對你的評價！你就是會把別人的工作丟到我頭上的壞老師！

「謝謝老師。」鄧季維對老師的態度分外有禮。

眞不愧是學生會會長，公關的功夫一流啊！

「走吧。」鄧季維對我使了個眼色，要我跟上他的腳步。

我朝他的後背做了個鬼臉，認命地邁步跟上。

然後我就看到在校門口堆積如山的紙箱了。

「我剛才不應該只做鬼臉而已，應該一腳把你踢翻，趁機逃跑才對。」我看著至少三十箱的傳單，喃喃自語。

「別光顧著看，動手搬啊。」鄧季維站在我身側冷血地說。

你無情無義無理取鬧！

我指著那一堆箱子，「這些紙箱這麼重，我怎麼可能搬得動，你該去找籃球隊或田徑隊的男生來搬吧？」

「說的也是。」鄧季維很難得認同了我的看法，接著指向一旁的推車，「那我來搬，妳負責把推車推到學生會的倉庫。」

「好吧。」望向那臺小推車，爲什麼我會覺得，如果方才我沒抗議，這人眞的會叫我徒手把箱子搬到學生會倉庫。

我和鄧季維合力將紙箱搬到推車上，小小的平板推車上頭疊了六箱就差不多已是極限。他挽起袖子，一手撐著腰，一手撐在膝蓋上，不停喘氣，還解開領口的扣子，其中隱隱透出鎖骨的春光，我不由自主地瞄了幾眼，是帶著汗水的鎖骨，簡直太迷人啦……

「我有說要給妳看了嗎？」鄧季維的聲音倏地打斷了這個美好的時刻，可惡！

我傻笑著抬頭，剛好對上他的目光，「不好意思，畫面太美，我忍不住。」

鄧季維冷冷地睨我一眼，卻沒多說什麼，我想這是放過我的意思吧？

我乾笑著，突然覺得場面有點尷尬，就走到推車後頭打算開始動作。

鄧季維見狀隨即伸手扶穩上方的紙箱，不過可能是我推得太大力了，最上方的紙箱竟搖搖欲墜，眼看就要砸到鄧季維身上。

我完全是下意識地跑上前，推開對此一無所覺的鄧季維。

下一刻箱子就用一種很不科學的角度砸到我跨出去那隻腳的膝蓋內側。

我跌在地上，不由得痛呼出聲，眼淚跟著落下。

鄧季維沉默地將箱子搬到一旁，蹲在我身邊，拿起衛生紙從容不迫地替我擦去眼淚。

「很痛？」他的嗓音仍是一貫的冷淡。

「廢話！」我想大聲吼他，但聲音沒什麼力道，完全呈現不出我想要表現的暴怒感。

「那妳幹麼不讓它掉在我身上？」

聽到他這一問，我頓時哭得更慘了，「我就應該讓它掉在你身上！大壞蛋！」

我腳都這樣了他還問我這種蠢問題，難道他以爲我是天生有M傾向，所以才搶著受傷嗎？

「好了，停會兒。」鄧季維抬手摀住我的嘴，果然把我的眼淚嚇停了。

怎麼會有人用這種方法幫人止住眼淚啊？

「不要害羞，也不要不好意思，我問什麼妳只要老實回答就好。」他注視著我的腳，語氣異常冷靜，「妳試試看腳能不能動？」

我試了一下，雖然很痛，但還能動，於是我點了點頭。

「我現在要試著扶妳站起來，妳保持冷靜可以嗎？」

我再次點頭。

「試試看能不能站。」鄧季維一手扶住我的手臂，一手攙著我的腰，我被箱子砸到的那隻腳，連伸直都沒有辦法，儘管最後依然顫顫巍巍地站起來了，可幾乎都是靠著鄧季維的支撐。

這麼一動，我又痛得猛掉眼淚。

「校醫已經下班了。」他扶著我在走廊邊慢慢坐下，「妳需要叫救護車嗎？」

我瞪大眼睛，覺得也沒嚴重到要叫救護車的程度，便用力地搖搖頭。

「那麼叫計程車去急診。」他頓了下，「順便照個X光，看看腳有什麼問題。」

我總認爲他話裡的意思好像不是在詢問我，不禁哽咽地問：「你在問我嗎？」

「不，我在通知妳。」他淡淡地瞥了我一眼，又說：「等一下我會叫計程車，帶妳去看急診。」

「那這些傳單怎麼辦？」我望向那個把我砸到無法站立，卻絲毫無損的紙箱，「廠商也把箱子弄得太堅固了吧……」

要是那箱子沒那麼堅固，搞不好我的腳也不會傷成這樣。

從急診出來時，我得到我的左腳兩張不同角度的X光片、一隻枴杖，還有幫我推輪椅的鄧季維。不過輪椅是醫院的，所以我能指使鄧季維的範圍僅止於急診室門口。

他扶起我靠在牆角坐下，語氣裡沒什麼情緒，「妳在這裡等一下，我把輪椅推去還。」

「喔。」我有打止痛針，膝蓋的傷口也處理好了，不會像剛才那樣痛了。

醫生說，我這是韌帶嚴重挫傷。

鄧季維十分詳細地向醫生詢問我的傷況，醫生還取笑他，叫他不用這麼擔心女朋友，傷勢並沒有太嚴重。

聽到醫生的話，我內心很囧，然而鄧季維依舊淡定無比地回：「她不是我女朋友。」

他神情太過正經，弄得醫生十分尷尬，我倒是習慣鄧季維的態度了，畢竟他就是一座萬年不化的冰山。

在不知不覺中，我已經摸清他的行爲模式，平常的鄧季維都是面無表情，處理事情時更會散發出生人勿近的霸氣，只有在有熱鬧可以看的時候，他臉上才會出現些微的變化。

現在想起那次我在程譽軒的教室裡看見鄧季維的那種笑容，簡直就是不祥的徵兆。是我撤退得不夠即時，才讓鄧季維有暗算我的機會，以後要銘記一看到他這種笑容，就要馬上撤退。

我緊盯著他走過來的身影，不由得開始感嘆，無論他個性有多糟糕，他都眞的好帥啊！只要這樣看著他，我內心的千千萬萬頭小鹿彷彿都要奔騰起來了。

「止痛藥的藥效起作用了？」鄧季維挑起眉，口氣森冷，「都有力氣用這種眼神意淫人了。」

我掩飾性地低咳幾聲，「我這是在欣賞，你實在是上天的傑作啊。」在鄧季維開口之前，我又補了一句，「可惜只有外表。」

鄧季維本來張口欲言，聽到我的話，馬上抿起嘴，朝我揚起笑容。

他一笑，我頓時覺得自己又要倒楣了。

「妳想自己一個人回家是吧？」他雙手環胸，嘴角的笑意不減，「我倒是想看看妳要怎麼叫計程車，妳以爲拿到枴杖，就能立刻健步如飛？」

我呆了三秒，沉痛地點頭，「你說得對，是我不懂事，拜託大大幫我招計程車。」

鄧季維哼了一聲，轉身去招計程車。

醫院前頭總是有許多排班的司機，他很快就招到車，鄧季維先細心地將我扶上車，才坐進後座。

我對司機報上我家地址後，鄧季維便把他一直拿在手中的藥遞過來，「藥包上有服用說明。」

「好。」我看也沒看就塞進書包，反正到時候要吃再看就好了。

鄧季維看著我的動作，突地開口：「妳還沒有回答我的問題。」

「什麼？」

「妳幹麼不讓箱子砸到我身上就好？」他一本正經地問我。

原來那個問題是認眞問的啊？我還以爲他是單純想嘲諷我。

我摸摸被包紮得整整大了一圈的膝蓋，「我都看到了，總不能視而不見吧。」

潘潘說我這是無腦的聖母表現，可是我覺得這樣做我才對得起自己的良心。

「喔。」鄧季維應了聲，「既然如此我就沒什麼愧疚感了。」

啊？

他笑了起來，「這麼做，妳比較開心。」

儘管他的理解從某方面解釋起來也沒錯……但怎麼會有股無名火在我胸中流竄呢？

「為什麼每次碰到你之後，我的感想都是你眞的很令人火大啊。」我氣不過，出聲嗆他。

鄧季維聳聳肩，「這要問妳，應該是妳的修養不夠好。」

所以這又是我的問題了？你檢討過自己的品格嗎？

「順帶一提，妳並不是第一個這樣認為的人，我想妳並不孤單。」鄧季維再次勾起嘴角。

我氣得把頭轉到一邊去，看窗外的風景。

行，你厲害，算我倒楣可以了吧！氣死我了！

車子裡沒安靜多久，鄧季維的手機震動起來，他隨即接起。

手機那頭好像是學生會的人打來向他報告傳單後續如何處理。

我忽然好奇起來，他不是一路都陪在我身邊，怎麼還能分神去處理這件事？

鄧季維掛斷通話後，我忍不住問他。

「我去叫計程車送妳來醫院的時候，順便打了電話，交代學生會的其他人。」

我想了一會兒，「那也只有十分鐘而已。」

「我打那通電話只需要兩分鐘。」鄧季維的口氣帶著一貫的冷然，要不是和他相處過一段時間，我一定會誤以爲他是在嘲諷我效率不高。

「既然如此，你爲什麼不一開始叫他們搬傳單就好了？」

鄧季維挑眉，用一副「妳怎麼這麼不懂事」的神情看著我，「他們是蹺掉補習，趕回學校處理的。」

「喔……」我怎麼會知道啊，我看起來和學生會的人很熟嗎？

眼看著車子快抵達我家，我突然想起和程譽軒一起餵貓的約定，看了眼車上的時鐘，才發現早就超過約定時間半小時了。

「糟了！」我手忙腳亂地從書包裡找出手機，果然程譽軒打了好幾通LINE的通話，還發來許多訊息。

我趕緊回撥給他，他卻一直沒接，也沒有讀取回覆的訊息。

該不會是生氣了吧？是我不好，爲什麼剛才沒想起這件事呢。

我瞥一眼窗外，趕緊開口：「司機先生，停在前面那個公園就可以了。」

司機應了聲好，而一旁的鄧季維瞟了我一眼，「妳要幹麼？」

「我和朋友約好在公園餵貓，可是我現在已經遲到了。」我心急地再次察看手機訊息，仍不見程譽軒回覆，「我想直接過去看看，說不定他還在那裡等我。」

鄧季維的眼神滿是不解，「妳不是傳訊息給他了嗎？」

「但是他沒有讀取啊。」

「那關妳什麼事？是他自己沒看訊息，又不是妳的錯。」

我發覺我的思考邏輯和鄧季維眞的完全不在同一個頻道。

「無論如何，都是我遲到在先，反正我就過去看一下，若是沒人我就回家了。」我不想再和他爭辯，果斷下了結論。

鄧季維勾了勾嘴角，我能肯定他這次不是單純的笑，而是含著嘲弄，「然後去了發現沒人，野貓又衝著妳叫，妳只好一個人回家，再端著貓糧出來餵貓。妳還眞以爲自己有了枴杖就能馬上健步如飛啊。」

關你什麼事……我心裡有些委屈，卻不敢說出口。

不知道爲什麼，我覺得鄧季維似乎生氣了，可我不曉得他到底在氣什麼。

「反正……我只是去看看而已。」不過他說得有道理，我該先去超商買好貓罐頭，這樣就不用再繞一次路了。

鄧季維定定地注視著我，「有人告訴過妳，愚蠢而無用的善良對這個世界不會有任何幫助嗎？」

「關你屁事！」這次我沒忍住，忿忿地說：「我拯救我的世界，你的世界怎麼樣，關我屁事！」

見到他微斂起那明顯帶著不悅的眼眸，我心中燃起的衝動立即滅了，他的氣場實在太強大，我無力抵抗啊。

這時司機停下車，在報完價錢後，苦口婆心地勸我們：「男孩子不要這麼凶，人家女生只是比較善良一點，不需要這樣說她啦。女孩子也不要說賭氣的話，他如果不關心妳，怎麼會罵妳。」

我乾笑著想，司機先生你還眞的說錯了，他這個人冷血無情，哪有可能是關心我，他肯定是認爲我做事太沒條理，才會嘲諷我，但我也認爲他不可理喻，所以我們是互看不順眼。

我才拿出錢包，鄧季維就付完錢了，我只好又把它收起來。

雖然鄧季維方才還在和我吵架，扶我下車的動作卻輕柔得不可思議，害我心中的氣憤瞬間消失了大半。

我也不是不理解他的想法，畢竟潘潘也曾這麼說過，不過說法沒有這麼尖銳而已。

好不容易拄著枴杖站定後，我注意到不遠處的超商。

「鄧季維，我請你喝飲料吧？」我拉拉他的袖口，「算是謝謝你送我到醫院，還陪我回來。」

他低下頭，挑眉看我。這時天色已經暗下，各式各樣的招牌燈亮起，那些燈光清晰地映照出他臉上不明所以的表情。

「妳讓我免於受傷，我送妳去急診，等價交換而已。」下一秒，他又恢復平時那種冷淡的面容。

我摸摸臉頰，儘管碰了釘子，可也不覺得怎樣，反正他本來就是會說這種話的人。

「那，好吧，我……」我正想告辭，他卻直接打斷我。

鄧季維充滿惡意地笑了起來，對我說：「不急，妳先走幾步讓我瞧瞧。」

我不悅地扁扁嘴，他又想看熱鬧了。說得這麼好聽，一副很關心我的樣子，其實只是想看我拄著枴杖走路的動作有多蠢而已。

但若是不照做，不知道要和他在這裡耗多久，他不急，我急啊。

程譽軒到現在都還沒讀我傳的訊息，我真的很著急啊！

於是我拄著枴杖，嘗試走了兩步，沒想到看起來容易，用想得也挺容易，實際要操作就很有問題了。

而且好累……我才只走兩步，便已經氣喘吁吁。

站在一旁的鄧季維居然笑出聲來，這還是我第一次聽見他的笑聲。

我惡狠狠地瞪向他，哼，你就笑吧！

「反正你也不想喝飲料，那就快點回家吧，今天謝謝你的幫忙。」我開口趕人，走得慢不要緊，拄著枴杖走得很累更不是問題，重點是旁邊有個沒良心的傢伙在看熱鬧！

鄧季維挑眉，「哦？妳是不是忘了什麼東西？」

「什麼？」我茫然地望向他。

鄧季維舉起了他一直幫我背的書包，「這個。」

一滴冷汗從我的額頭流下。

「雖然沒秤過，不過大概有超過五公斤。」鄧季維噙著揶揄的淺笑，「妳背背看。」

我沉默無語，試圖用視線苛責他。

但鄧季維依然不為所動地揚著微笑，「這樣妳還要去餵貓嗎？」

混蛋！你就是想看我投降，然後嘲諷我「善良不敵五公斤的書包」對吧？

我口氣強硬地說：「要，你跟我去。」

鄧季維微微吃驚，反問：「我為什麼要跟妳去？」

「因為、因為……」這下我的氣勢又弱了下來。

我腦子裡瘋狂篩選著各種理由，卻沒有一個能夠完全說服鄧季維。

正當我有點焦急時，手機鈴聲忽然響起。

天啊！救星！我給了鄧季維一個抱歉的目光，接起這通電話。

「軍綺，妳還好嗎？」手機那頭傳來程譽軒的聲音。

我感動到都快哭出來了，程譽軒果然是天使啊，「我很好，只是我遇到了一點麻煩，你能不能來幫我？」

「當然，妳在哪裡？」

「在公園附近，就是在那個靠近捷運的出口。」

「好，我馬上過去。」程譽軒說完立刻掛斷電話。

我鬆一口氣，轉頭語氣歡快地對鄧季維說：「好了，你可以回去了。」

鄧季維勾起嘴角，「妳這算不算『狡兔死，良狗烹』？」

「當然不算，你中文不好啊？第一，我可沒有利用你去做什麼事情，第二，你本來就不想去餵貓，第三，難道你認爲自己是狗？」有程譽軒來當我的靠山，我就有恃無恐了。

鄧季維一愣，隨即冷笑起來，「好啊，那我要回去了。」

我敷衍地擺了兩下手，「再見、拜拜，路上小心。」

鄧季維把我的書包擱在地上，走兩步後，又回過頭來對我笑了一下。

我說過吧，見到他的笑容我就覺得自己要倒楣，果然……

「剛剛手機裡的聲音，聽起來有點耳熟，是我認識的人吧。」他用十分肯定的口吻說。

我怔住，嚥了口口水。你認識的人何止成千上百，哪有可能這麼快就猜出來是誰？

他側著頭，思索片刻，「其實我也不用猜，我在這裡等一下就會知道答案了，不是嗎？」

我倒吸一口氣，乾笑出聲，「不是你認識的人，要是被別人看見我們在一起，一定會被誤會的……」

「我不在乎。」他的聲音隱含著一絲興味，似乎很期待答案揭曉的那刻。

我瞬間啞口無言。我在乎啊，我在乎！

「軍綺。」程譽軒在遠方高喊我的名字，還是用全世界都能聽見的音量。

我心灰意冷地閉上眼，你動作怎麼這麼快啊！這看熱鬧的還沒走啊……

鄧季維又笑了，「我就說那聲音很耳熟，原來是游泳隊隊長。」

看到他笑得如此開懷，我的世界在此時陷入了一片黑暗。

「軍……咦？會長？」程譽軒跑到我面前，見到鄧季維後，臉上是毫不掩飾的詫異。

對，我也挺驚訝的，爲什麼我們三個人會在這個時間點站在一塊兒啊。

「原來你就是她約好要一起餵貓的朋友。」鄧季維收起面對我才有的惡意，將我的書包遞給程譽軒，「這是她的書包。」

「謝謝。」程譽軒還喘著氣，但依然直接把我的書包背到肩上，「你們怎麼會在一起？」

這實在說來話長，不過鄧季維長話短說就將來龍去脈解釋清楚了。

解釋完後，鄧季維看向我，眼眸中閃爍著不知名的光芒，「那你們先去忙吧，我回去了。『明天』我再去看看妳的情況。」

明天？爲什麼還有明天？

他說完便逕自離去，讓我毫無拒絕的機會。

「他就這樣走了？」程譽軒有些困惑，「也不是說他不能走，可是……」

「莫名其妙。」我接完他的話，「鄧季維這個人全身上下就寫著這四個字。」

程譽軒低低地笑起來，「看樣子你們之間的關係不是很融洽。」

我嘖了聲，「他和你不一樣，我根本不懂他腦袋裡在想什麼，他的所作所爲，我都不能理解，他也無法認同我的想法。」

「我就能明白妳的想法嗎？」程譽軒面上泛著溫柔的笑容。

看到他這個好看得不得了的微笑，我略微鬱悶的心情頓時轉晴。也忍不住感嘆起程譽軒的心態眞好，儘管他時常遇到煩心事，卻還是能以平常心看待，若我也能如此就好了。

「雖然我們才認識幾天，但至少你在知道我餵流浪貓後，不會對我說那是『愚蠢而無用的善良』吧。」說到這個我就來氣，「你說他是不是自己活在充滿惡意的世界，所以連帶認爲別人也和他一樣？」

程譽軒又笑出聲，「他眞的這麼說？」

「眞的，我發誓！」

「先不說這個了。」程譽軒走到我身旁，「妳吃飯了嗎？」

「喔，還沒。」我摸摸肚子，「都被他氣飽了。」

程譽軒攙住我手臂，扶著我緩步往前走，「儘管他嘴上這麼說，卻還是從頭到尾都陪著妳，直到我來了才離開，其實他人很好，只是表達的方式很彆扭而已。」

我想了會兒，緊皺的眉頭慢慢鬆開。

「你是說，他傲嬌啊？」程譽軒的形容，不就是最萌的男主屬性嗎？

程譽軒嘴邊依舊帶著笑意，沒再說話，我暗自決定今晚一定要跟潘潘分享這個世紀大發現。

後來我們挑中一間最近的餐廳，邊吃邊閒聊，然後他先送我回家，再一個人去餵貓。

我完全沒料到隔天將有天大的麻煩降臨。

整個晚上，我只顧著和潘潘閒聊，花了一些時間隨便寫完作業，又花了大把的力氣與時間洗澡，配著開水吃完藥，便準備睡覺。

躺在床上，我開始思索起程譽軒所言，雖然鄧季維嘴巴很壞，但實際上他算是仁至義盡了，以我跟他的交情，若易地而處我應該也只會幫他這麼多。

這麼一想，我突然覺得自己對他可能有點太凶了，縱使是他激怒我在先，他的確也替我做很多事情，如果沒有他的話，我大概眞的只能叫救護車了。

「不過要是沒有他，我根本不會受傷啊……」我凝視著天花板喃喃自語。

最後我決定不再多想，就當跟他扯平了，就像他說的，這只是等價交換。

經過這次相處，我總算明白，遠觀比褻玩更能讓人保有想像空間，要是這些事發生在潘身上，我絕對會以爲鄧季維喜歡她，畢竟這完全符合少女漫畫的劇情發展，我的腦洞會開到不可思……

我被自己的想法給嚇得呼吸一頓。

鄧季維和我？不可能、不可能，即使他的臉是我的菜，即使他的隱藏傲嬌屬性很萌，可是我們的價値觀根本天差地遠。

而且他還對我充滿惡意呢！總是想看我出糗。

對，我千萬不能忘了殷素素說過：愈是好看的女人愈會騙人。

這話也可以套用在長得好看的男人身上！

我用力拍一拍臉頰，醒醒吧林軍綺，鄧季維哪是妳能高攀的啊？還是早點睡，睡醒就不會胡思亂想了。

沒想到睡到後半夜，止痛藥的藥效退了，我的膝蓋忽然痛起來，不停翻來覆去卻怎麼也睡不著，到最後才疲憊地昏沉入眠。

隔天早上醒來，我滿腦只想著要請假，然後手機就響了起來。

「喂？程譽軒？」我按下了通話鍵。

「妳醒了。」他的口氣不疾不徐，讓人彷彿置身於早晨的和煦陽光中。

「嗯，找我有事？」

「我是想問妳要怎麼去學校，依妳腳的狀況應該不方便搭捷運吧？」他語氣透出了十足的擔心，「要不要我去接妳，我們一起搭計程車？」

「我本來打算請假，實在是太痛了。」我嘆氣。

「嗯，我知道韌帶受傷很痛，我有經驗。」程譽軒溫柔地安撫我，似乎對於我的疼痛十分感同身受，「那妳要請假嗎？」

我想了會兒，「算了，今天有數學小考，我不去還要麻煩潘潘幫我登記成績。」

「那我去妳家樓下等妳，待會兒見。」

程譽軒說完隨即掛斷通話，我則盯著手機螢幕發愣。

一起到學校，這樣好嗎？但我也沒有其他更好的方法了，只好勉力盡快換上制服，然後傳了則訊息給潘潘，請她順便幫我買份早餐，就緩緩下樓。

打開大門，竟出現了一幅讓我無法理解的畫面。

我不禁驚呼出聲：「鄧季維，你怎麼也在這裡？」

他笑咪咪，一副心情愉悅的樣子：「我昨天有說過吧？我『明天』再來看看妳的情況。」

「可是現在是早上六點四十？」

「已經是明天了。」他從容不迫地接過我的話。

我完全不能理解，困惑地向程譽軒求助，「求翻譯。」

程譽軒也是一頭霧水，只能愛莫能助地回看我，「會長比我還要早到，我來的時候他就在這裡等了。」

我想了幾秒，「你怎麼知道我家在哪裡？」

「我是學生會會長，查通訊錄很難嗎？」鄧季維用帶著金屬質感的嗓音理所當然地說，害我有一瞬間以爲自己的智商只有八十七才會問這個問題。

下一秒我便回過神，這傢伙竟然公器私用！

「所以你現在打算？」我無奈地開口。

鄧季維的態度依舊理直氣壯，「反正我也要去上課，就跟你們一起搭計程車去吧。」

我眨了眨眼，對程譽軒招招手，他走過來後，我湊在他耳邊低聲問：「你看得懂他是在演哪齣嗎？」

爲什麼這個抖S忽然對我關懷備至？甚至特地一大早來我家看我？

肯定有詐！難道我還有什麼熱鬧可以給他看嗎？

程譽軒想了想，在我耳邊輕聲答：「我想會長是眞的很關心妳。」

關、關心個屁！

程譽軒果然無法理解像鄧季維這種人其實只是想看熱鬧，才不會……

我突然頓悟，鄧季維肯定是料到程譽軒今天會和我一起上學，特地過來看熱鬧！

鎖骨天菜、溫暖王子程譽軒與傳說中的緋聞女友一起上學。兩人同居中？

我絕望地閉起眼睛，腦中頓時浮現可能會出現的熱門論壇標題。

方才程譽軒邀請我一起上學時，我怎麼就沒想到啊！

◆

腐女版今天出了個大消息，發文不到三分鐘，便立刻登上了熱搜榜。

鎖骨天菜、溫暖王子程譽軒與冰山霸氣帝王攻鄧季維一起上學。兩大男神同居中？

當然，誰也不會在乎那一張張照片裡面，其實有我這個不顯眼的小透明。

這可是兩大男神難得的唯美合照，早晨的陽光透過樹葉間隙，輕柔地灑落在他們之間，唯恐驚動了這份美好。

如此美麗的畫面，其餘不重要的人物，比如我，自然馬上被自動背景化了。

我生平第一次覺得自己的腦袋是有在運轉的，而且運作得十分良好。

我撐著臉看向窗外直笑，原來安全下莊的感覺這麼好啊。

「妳別再裝死了，快跟我說妳今天怎麼會和兩大天菜一起上學？」潘潘眼神凌厲，「別以為妳有通知我去看那幕世紀場面，就可以不用清楚交代。」

我心情極好，面對潘潘的逼問不僅沒有絲毫驚慌，還非常有耐心。

「我又沒說不說。」我將事情從頭到尾詳細交代清楚。

「鄧季維爲什麼這麼做？」潘潘的表情既錯愕又困惑。

「看我熱鬧啊。」我懶洋洋地回，接著笑出聲來，「我現在把麻煩扔回他身上了，讓他看自己的熱鬧去。」

潘潘仍有些不明所以，「難道……他是不是喜歡妳啊？」

看吧，這問題就和我昨天晚上突如其來的想法不謀而合。

我擺擺手，「不可能，妳沒看過他怎麼對我冷嘲熱諷的，如果這是他表達喜歡的方式，我只能說非常奇特。」

「大概和小學男生一樣，喜歡激怒自己心儀的人？」潘潘反問。

我挑起眉，「妳是說鄧季維跟小學生一樣？妳是不是傻了啊？」

「喔，也是啦，妳說的好像比較有可能。」潘潘總算接受了我的說法，安靜幾秒後，她朝我露出意味深遠的笑，「被男神又摟又抱的，還一起搭車上學，是什麼感覺？」

「扣掉被冷嘲熱諷那部分不說……」我琢磨了一會兒，點點頭，「餘生足矣。」

潘潘哈哈大笑。

我讚嘆了兩聲，「妳不知道，他雖然沒有特別運動，可是身材超好，一把就能把我撈起來，超級man。」

「夠了夠了夠了。」潘潘尖叫，「妳一定是故意這麼說，好讓我嫉妒！」

「對，我就是這麼想的。」我大笑，伸手戳戳她，「不過我又不重要，看看今天早上他們兩個人站在一起的畫面，那才是重點。」

潘潘立即和我站在同一陣線，拿出手機遞到我面前，「版上都有修過的圖檔了，妳看。」

我和潘潘樂得不行，連忙點開帖子，瀏覽起那些照片。

看到一半，我突地想到，倘若這些照片流傳出去，程譽軒要怎麼向他的真愛交代？他早就嫌迷妹們圍觀程譽軒很煩了，現在我們還不停把程譽軒跟鄧季維湊在一塊。

要是我，應該會心碎吧。

嗚嗚，對不起啊，我光顧著把爛攤子扔回鄧季維身上，卻忘了程譽軒和他的真愛之間的事。

那頭潘潘仍非常興奮地與我討論他們的合照，我已心不在焉地想著該如何向程譽軒解釋。但我總不能對他說，我不是故意的，只是在陷害鄧季維的時候，不小心把他也拖下水。

這解釋不管怎麼想，都愈想愈蠢啊，而且極有可能會導致我和程譽軒之間的友情岌岌可危……

「林軍綺，外找。」班上同學的聲音使我回過神來。

我轉過頭一看，靠，怎麼是他？我還沒反應過來，鄧季維就大步走進教室。

在我身畔站定後，他瞥了一眼我放在桌上的便當，又看了眼一旁呆愣住的潘潘。

「不好意思，我有事找林軍綺。」他聲音裡沒有任何情緒，臉上也沒有任何表情，下一秒卻突然對我笑了下，在我尚未明白那笑容中的惡意前，他已伸手將我打橫抱起，逕自走出教室。

我嚇得連尖叫都忘了，只能抱住他的頸子，他不疾不徐地往學生會辦公室的方向前進，他走了幾步，我才頓悟——

他媽的鄧季維這是要抱我去遊街示眾了啊！

我鴕鳥心態地將臉埋進他胸口，由衷地期盼沒有人能認出我是誰。

一進到學生會辦公室，他把我放在最近的那張桌子上，腳一踢，碰的一聲關上了門，將一路上緊追在我們身後的八卦群眾都關在外面。

我有些慌張地抬頭望向他。

鄧季維冷笑出聲，「妳不會以爲我會放過妳吧？」

我還眞沒想到你會報復我，你是要有多小鼻子小眼睛才會做這件事啊，這完全不符合霸氣帝王攻的人設！

「是你自己要來我家外面，也是你主動提議跟我們一起搭計程車來學校。」我瞪著他，「你本來就該想到會有這樣的結果，居然還怪我？」

鄧季維逼近我，眼神銳利，「當然要怪妳，那些看熱鬧的人是妳叫來的，不怪妳怪誰？」

我沒想到這麼快就被發現了，不由得心虛地別開目光，「可是照片不是我傳的，圖不是我修的，帖子裡的文字也不是我配上的。」

「無所謂，這些都不重要，反正妳現在和我一樣了。」鄧季維臉上淺淺含笑。

我無言了一會兒，「你幹麼非要找我麻煩？」

「我沒有找妳麻煩，只是想看妳的熱鬧罷了。」他理所當然地說：「不過現在變成別人在看我的熱鬧，所以我很不高興。」

「你不高興就拖我下水！」

「妳不也是因為同樣的理由，才把我拖下水嗎？」

聽到他竟然直白地說出了事實，我頓時一愣，氣勢全失，只能無力地辯解：「那是你自己湊上來的。」

他勾起嘴角，不再說話，打開自己的便當盒吃起午餐來。

「喂！」我發出微弱的抗議，「你就讓我待在這裡看你吃飯？」

「隨便妳啊，妳要回去我也沒有意見。」他冷靜無比地說。

我瞪大眼，有些不可置信，「我連枴杖都沒拿來，我要怎麼回去？」

他終於抬頭覷我一眼，把他的手機推到我面前，「我不介意妳打電話求救。」

靠北喔，我連自己電話都不記得，要打給誰求救？

我絕望地滑著通訊錄，將目光停留在那個我唯一認識的聯絡人上。

游泳校隊隊長。

叩、叩。

敲門聲一停，門外就傳來程譽軒的聲音，「會長，是我。」

我欣喜過望啊！沒等鄧季維開口，我立刻說：「進來，快點進來。」

程譽軒一推開門，我就看到他背後聚集著層層疊疊的人群，在他慢慢地關上門的那一刻，我似乎聽到了非常大聲的嘆息，但感謝鄧季維聲名遠播的霸氣作風，沒有人敢硬闖進來一探究竟。

鄧季維抬頭瞥了一眼程譽軒，向他點了點頭算是打招呼，程譽軒也和他問了聲好。

「嗨。」程譽軒哭笑不得地站在我面前，「怎麼弄成這樣？妳怎麼坐在桌子上？」

「問他啊！」我依然坐在桌上，畢竟我怕用單腳跳下來，若沒抓好平衡，又要送急診。而且我要是開口請鄧季維幫忙，他才不會理我，我也不想碰這個釘子。

「那……」程譽軒話只說了一半，好像就領悟出前因後果，便笑出聲來，「我扶妳下來。」

「太好了。」我馬上抱住他的手臂，借力跳下桌子，順勢坐到椅子上。

程譽軒將幫我帶來的枴杖放在桌邊，把我的便當遞給我，「妳要在這裡吃啊？」

我點點頭，「外面人超多的，我怕直接走出去就沒命吃飯了，要死也要吃飽後再死，比較划算。」

程譽軒被我這種破罐子破摔的口氣給說笑了，「哪有這麼嚴重。大家只是好奇而已，不會真的有事的。」

我對程譽軒早已習慣眾人目光的淡定感到十分悲傷，他根本不懂小透明的心。

我打開便當盒蓋的瞬間，一堆花椰菜從天而降，我詫異地看向做出這種幼稚舉動的鄧季維。

「我不吃。」他的語氣和方才的動作一樣自然。

「我看起來像是吃廚餘的嗎？」我沒生氣，就只是覺得很不可思議。

他聳聳肩，把橡皮筋套回便當盒上，「我不在乎。」

「我在乎啊，混帳！」

「那妳就把它扔了啊。」鄧季維的語調依然波瀾不驚。

我被他氣得笑出來，轉頭看程譽軒，「他平常也這樣嗎？」

程譽軒一臉無辜，搖了搖頭，「我不知道，我沒有在開會以外的場合和他相處過。」

我忍了幾秒後，怒氣竟消散許多，又好聲好氣地問：「你爲什麼不自己拿去扔？」

這時鄧季維已經翻開他桌上的學生會公文，「我懶得再去倒廚餘，對了，你走的時候，順便把我的便當盒拿去丟掉。」

我笑出聲，「鄧季維，你是不是忘了我們兩個到剛才爲止都還在互相報復？」

鄧季維抬起頭，朝我勾起嘴角，「我剛剛那句話是對程譽軒說的。」

「我？」程譽軒頓時一怔。

「反正你都來了，那裡還有個行動不便的殘障，你當然會幫她把便當盒拿去丟掉，免得她要多走一段路。」他臉上仍掛著淺笑，是那種一切都在他計畫之中的欠揍表情。

「我是爲了誰才變成殘障的？」我氣得緊咬筷子，從齒縫擠出這句話。

「爲了妳自己啊，如果不這麼做，妳會不開心。」鄧季維接話接得很順，「程譽軒你過來一下，你們游泳校隊最近提出的計畫，我有些地方不是很明白。」

他忽然切換成工作模式，程譽軒便走過去，開始和他討論起校隊的事。

看他們如此正經，若我在一旁發脾氣好像顯得自己很不懂事，只能恨恨地將便當裡的東西都吃光，包括鄧季維丟過來的花椰菜。

吃完後，我扭頭看見他們仍在討論，離上課也還有十分鐘，乾脆睡一會兒吧。說不定等到上課之後再離開，門外的人潮就散去了。

我知道現在我們三個應該又成了論壇上的爆炸話題，不過我也沒別的辦法，只能順其自然了。

趴在桌上，我沒眞的睡著，耳邊傳來程譽軒和鄧季維交談的聲音，我從手臂交錯的縫隙，凝視著他們交談的樣子。

鄧季維後方的牆上有許多扇窗戶，程譽軒站在他身側的桌邊，一手撐著桌子，一手指著報告，俯身對鄧季維解釋校隊的計畫內容。

陽光由窗外灑入，將他們兩個圈在一塊兒，兩人臉龐的距離僅剩短短幾公分，只要鄧季維一轉頭就能吻上程譽軒。

噭嗚，我的鼻血。可惜我沒帶到手機，假如能記錄下這一幕，那該有多好！

最後是午休結束的鐘聲，破壞了這無比和諧的畫面，再過五分鐘就要上課，我只好直起身體在椅子上坐正，而這時他們的身影也不再如此靠近。

我心滿意足地嘆氣，雖然鄧季維的個性很討厭，可是他實在太帥了，顏值高得能遮蓋他的一切缺點。

「妳醒了？」程譽軒走到我身邊，拿起那兩個便當盒，「妳需要幫忙嗎？」

「不用。」我俐落地拄起枴杖，經過一個半天的訓練，如今已經很順手了。

程譽軒漾起笑容，打開門後率先走出去。

約莫過了幾秒，我沒聽見喧嘩聲，便安心許多，一拐一拐地跨出門外。

這才發現，學生會門口的人確實都散了，不過全擠在走廊上。也許他們本來正打算要回教室，只是聽見開門聲，才停下動作。

程譽軒早已習慣這種場景，所以十分自在地站在門外，我卻尷尬地停下動作，掙扎著要不要縮回學生會辦公室。

這時，鄧季維冷冷的聲音從背後傳來，「出去，我要鎖門。」

我回頭惡狠狠地瞪他，這傢伙！你媽媽知道你的個性這麼差嗎？

無路可退的我，只好認命地走出去。

此時那群看熱鬧的人鼓譟了起來，在他們的注視下，剛剛還很上手的枴杖，我又突然不知該如何使用了，但也沒別的辦法，總不能叫程譽軒攙著我吧？

如果這麼做的話，我保證我活不到放學。

我慢慢地前進，可人群竟愈來愈密集，除了本來就在一旁圍觀的，還多出被叫來圍觀的，擁擠的程度讓我好想提醒他們小心別從二樓摔下去。

正當我艱辛地低頭走著，也許是有人故意這麼做，或者是剛好人太多沒注意到，總之，我被絆了一下。

要是平常，我只要多走兩步就能緩過來，可是現在我只能閉上眼睛，打算投入地板的懷抱，卻沒想到，鄧季維在那瞬間從後頭及時抓住我，他的手環過我的腰，將我帶入他的懷中。

四周頓時安靜下來，我也忘記該如何呼吸，程譽軒錯愕地看向我們，然後鄧季維淺淺一笑，在我耳邊用只有我們兩個能聽到的聲音低喃：「我又救了妳一次，妳要怎麼辦？」

我、我能怎麼辦？我鼻血都快噴出來了……

鄧季維，你太帥了吧！

第三章

「那一刻，我真的覺得他帥爆了！」

我與程譽軒一起坐在公園的長椅上，貓糧則放在一旁視線可及的路燈下。

程譽軒輕笑出聲，「妳昨天晚上還跟他勢不兩立。」

我用沒受傷的那隻腳有一下沒一下地踢著地板，「我也沒辦法啊，怎麼會有這種長得這麼帥，個性卻這麼糟糕的人呢？」

「聽說帥哥個性都不好。」他的聲音裡含著幾絲揶揄。

「才沒有。」我搖頭，「你的個性就很好啊。」

「謝謝妳的誇獎啊。」程譽軒臉上依然帶著笑意，他瞥向我的腳，「妳的腳需要複診嗎？」

「要啊，醫生是說三天後回診，但那天剛好是星期六，我可能會星期一再去吧。」

我已經把包在腳上的繃帶都拆了，皮膚上是一整片觸目驚心的淤青。

「需要我陪妳嗎？」程譽軒有些擔心地問。

我擺擺手，「不用啦，放學後你不是要練習嗎？我自己坐車去就可以了。」

「這樣安全嗎？」他仍是一副憂心忡忡的樣子。

「可以的。」我拍拍他的手臂，「我現在都健步如飛了。」

程譽軒被我說得笑了起來，「是喔，那今天下午是誰差點跌倒？」

說起這件事，我臉不由得一熱，「對了，你覺得鄧季維是個什麼樣的人啊？」

程譽軒思索一會兒，才開口：「他雖然不近人情，不過處理事情既公正又果決，成績也好，在認識妳之前，我一直認爲他就算不是十全十美，也是十全九美的人吧。」

我笑起來，「很顯然，他少的那一美，就是他對這個世界充滿惡意。」

「可是，儘管他這麼對妳，在緊要關頭時，他也沒有讓妳受傷，依他平時冷漠的個性，要是讓妳摔在地上，我也一點都不會意外。」

我撇撇嘴，不甘心地點頭，「我也是。」

「所以我覺得，他其實是很善良的人，只是不喜歡或不習慣表達出來而已。」

我偏著頭，「是嗎？」

程譽軒點點頭，望向吃飽了趴在一旁的小白。

我頓了頓，「但我覺得他是眞心想看我的熱鬧。」

「不過他也沒讓妳再受傷啊。」程譽軒接話，「其實善良和愛看熱鬧也不是互相排斥的屬性。」

「是沒錯啦……」我摸摸臉，「我還是第一次看到一個人有這麼複雜的個性。」

程譽軒認同地頷首，「我也是。」

「那……」我盯著他的側臉，「我問你一件事情喔。」

「好啊，妳問。」他想也沒想便回。

「你喜歡鄧季維嗎？」我用最真摯的語氣問。

程譽軒瞪大眼睛，表情滿是不可置信，好一會兒才搖搖頭，啞然失笑，「不，不喜歡。」

「一點也不？」我又追問。

「一點也不。」

我點點頭，看樣子他確實對他的眞愛情比金堅。「那我再問你一件事？」

程譽軒大概還沒從上個問題中回過神來，哭笑不得地看著我，「好，妳問吧。」

「那天和你在公園吵架的男生，是你的男朋友嗎？」我單刀直入。

程譽軒怔了片刻，噗哧笑出，「妳想問這件事情多久了？」

「就你懂我。」我大笑出聲，坦承不諱，「從你們吵架那天我就想問了。」

「虧妳能忍這麼久。」程譽軒笑著搖頭，又伸手揉我的瀏海，「妳的腦袋都在胡思亂想什麼啊，那是我表弟，他小我幾個月，不過學年和我們同一屆。」

「啊？」我一愣。

對喔，一開始我是因爲沒看過那張臉，才認定他是學校高一的新生，沒想到事實居然是這樣。

「那……」可是不對啊！當初程譽軒你那種傷心的眼神又是怎麼回事？你該不會喜歡你表弟吧？

其實我也挺喜歡兄弟文的，何況你們只是表兄弟，沒關係的。

「他成績不好，在學校又總和壞學生混在一起，所以我阿姨想讓他轉來我們學校，但他不願意。」說起這件事，程譽軒原本淺淺含笑的臉龐，染上了幾分憂鬱。

「你好關心你表弟，」我微微感嘆，「我連我弟的臉都不太想看見。」

程譽軒笑了聲，「我跟我表弟國中時同校，感情還不錯，所以才擔心他會走上歪路。」

「這樣喔……」我有點不知該如何接話，畢竟這算是他的家務事，而且如果在這時候追問他是不是喜歡他表弟，好像也怪怪的。

禁忌的戀愛眞的好難處理喔，我幽幽地嘆口氣。

程譽軒也沒說話。

此時我忽然想起鄧季維的面容，和今天被他抱進懷裡的畫面。

「你覺得，鄧季維有沒有一點點可能……喜歡我啊？」這句話莫名從我嘴裡溜出。

話音落下，不僅我略微錯愕，程譽軒也驚訝地看向我。

「妳喜歡他？」程譽軒的神情微帶訝異。

我苦惱地皺眉，「我不知道，但是有些事情一旦發生就很難當作不知道。」

「像是？」

「像是我今天下午，因爲他而小鹿亂撞的那一刻。」

不是那種看見自己的本命CP發糖的激動，而是心裡有一塊因爲某個人而激烈跳動著。

我不太明白這種情緒，心中卻湧起一股憂傷，爲什麼讓我有這種感覺的人是鄧季維？

從認識到現在，他沒有一次對我是好聲好氣的，這樣我還喜歡他，我是不是有斯德哥爾摩症候群啊。

程譽軒沉默一會兒，「雖然我不太清楚什麼是心動的瞬間，不過……」

我等著他的下文。

「要是我剛才跟妳說我喜歡他，妳要怎麼辦？」程譽軒笑著問。

我愣了幾秒，驚呼出口：「眞的假的？」

程譽軒對我露出無可奈何的表情，「假的啦，我就只是假設。」

「喔……要是你也喜歡他，就只能讓給你啦。」我鬆一口氣，程譽軒張口欲言，但我又搶在前頭說：「我不是特別慷慨喔，只是覺得……」

我轉頭看他，這次換程譽軒等著我的話。

「我只是覺得，鄧季維這個人，誰和他在一起誰倒楣。」我特別眞誠地說：「就算我好像對他有那麼一點點心動，可光想到他平時腹黑的個性，我就整個人都不好了。」

程譽軒笑得無比燦爛，「求妳的心理陰影面積。」

我嘖一聲，「面積哪夠啊？鄧季維給我的心理陰影簡直是車載斗量！是體積！」

「這成語似乎不是這麼用的吧？」程譽軒忍不住哈哈大笑，「我都搞不清楚妳到底是喜歡，還是不喜歡他了。」

「其實我也搞不清楚……」我凝視著前方的路燈，用一種連我自己都不熟悉的語調說：「我應該是被他的美貌給誘惑了吧。」

「沒關係，反正不急嘛，我們可以先多了解他一點，再決定要不要喜歡他。」

喜歡前面能用決定這個動詞嗎？我有點困惑，但程譽軒說得對，多了解了解再想下一步要怎麼做也不錯啊。

多了解一下，這事情說起來容易，執行起來卻很有難度。

我沒有參加學生會，也不認識學生會的成員，一般能調查到和鄧季維有關的資訊，我早就知道了，要再深入了解鄧季維竟苦無方法。

而且我有個心結過不去，我始終不明白，這人虐我千百遍，為什麼我要待他如初戀啊！這種虐戀情深的劇情，我不懂啊！

不過我的矜持只維持了半天，隔天午休時間，程譽軒拿著他的便當來找我，潘潘則是咬牙切齒地目送我和他一起走出教室。

我正在心裡琢磨回頭要怎麼向潘潘解釋時，程譽軒已經領著我到學生會辦公室的門口。

我連忙喊住他，「你是不是走錯了？」

「沒錯啊。」他轉過頭朝我一笑，指了指面前那扇大門，「我昨天看妳在這裡吃午餐，才發現這裡眞是個用餐的好地方。而且，他在裡面。」

我愣了一會，仍微微遲疑，「他會不會把我趕出來啊？」

「不至於吧。」程譽軒邊說，邊敲了門，「會不會被趕出來，也要先進去才知道啊。」

幾秒後，鄧季維的聲音從裡頭傳出來，讓我們進去。

程譽軒一把推開門，我小心翼翼地緊跟在他身後，就見鄧季維那張冰山臉居然帶著幾分驚訝。

「林軍綺，來吃飯啊？」鄧季維的眼神從我的臉和手上的便當掃過，接著揚起了嘴角。

他的這聲寒暄和這個笑容，使我瞬間抖了下，「我、我是無辜的。」

程譽軒將我拉進辦公室，關上了門。

「會長，我們可以在這裡吃飯嗎？」程譽軒很有禮貌地問。

我崇拜地望向他，他怎麼能對鄧季維的冰山以及抖S性格視若無睹呢？

鄧季維沉思著，好像無法理解程譽軒在想什麼，不怪他，我也不懂啊。

「你可以，林軍綺……」他的視線在我和程譽軒身上來回掃視，「妳要付錢。」

「還要付錢？」我瞠大雙眼，準備直接轉身離開，「那我要回去了。」

程譽軒伸手拉住我，「會長，別這樣，她腳還沒好，走來走去很辛苦的。」

我大概知道程譽軒會這樣做的理由，是爲了讓我更「了解」鄧季維。

但鄧季維都這麼說了，我還能怎麼辦？反正這只是他想趕我走的藉口吧。

鄧季維想了想，「好吧。」

我瞇起眼看他，果然，他又不疾不徐開口：「妳吃完飯來幫我整理文件。」

……還好你不是叫我去各個科室送文件，眞是大恩大德無以爲報。

我已無力吐槽，隨便挑個位子坐下，在腦海裡無數次問自己到底是喜歡這人什麼地方？

程譽軒在我身旁坐下，「會長，你也還沒吃吧？跟我們一起吃吧。」

他邀請的態度很理所當然，我和鄧季維都不禁愣住。

我這時才發現，程譽軒原來是個社交高手？不，其實這早就有跡可尋了，想當初我第一次見到他的時候，他也是很自然地幫我清洗傷口，後來更順水推舟地說要和我當朋友。

他這樣似乎和裝熟魔人有點像？卻一點也不讓人討厭，難道人帥真的差這麼多？

在我胡思亂想時，鄧季維已在我對面坐下。

「你們怎麼會想來這裡吃午餐？」他語調淡淡的。

「外頭人太多了，而且論壇上關於我們的話題還在鬧著，我怕軍綺被他們騷擾。」程譽軒溫溫地解釋，「我的粉絲很多，我不想造成她的困擾。」

我感激地望向程譽軒，又瞥了鄧季維一眼，瞧瞧，人家多有良心！

鄧季維瞄向我，「我的粉絲也很多，我不介意她們去找林軍綺的麻煩。」

「只要別找你麻煩就好，對吧？」我哼一聲，「你這樣算什麼學生會會長？」

鄧季維吃了口菜，才慢悠悠開口：「我並不是爲了解決妳的困擾才當會長的，相反的，若妳承擔了我部分的困擾，更能有效推進我的工作效率。」

哇喔！我睜大眼，這話好有道理！我差點都要被說服了混帳！

我們三個沉默了半晌，程譽軒在吃幾口飯後，率先打破寂靜，「會長每天中午都一個人在這裡吃飯嗎？」

「如果沒有其他事情的話，通常都在這裡。」他的嗓音仍是一貫的冷靜。

「一個人吃飯，不寂寞嗎？」

我好像就要領悟出程譽軒話中眞正的含意了，可鄧季維隨即回：「我喜歡安靜。」

「還真看不出來。」我嘟囔。

「林軍綺，妳說什麼？」鄧季維的霸氣目光又向我掃過來。

我渾身一顫，立即隨便扯了句話，「沒有，我怕你寂寞，連吃飯都不和朋友一起，你們都不會空虛寂寞覺得冷嗎？」

「會啊。」程譽軒接話，「所以，以後每天中午我們都一起吃飯吧。」

「什麼？」

「啊？」

我跟鄧季維異口同聲地發出了疑問，又同時對視一眼。

程譽軒笑嘻嘻的，「這個提議不好嗎？」

我困窘地說不出話，程譽軒你還真是個行動派，你怎麼沒想過，假如我就近觀察後發覺自己其實不喜歡鄧季維，我們又該如何撤退？

鄧季維覷向我，然後看了看程譽軒，沉思幾秒，「可以啊。」

我心裡已經嚇得花容失色，臉上卻瞬時僵到無法做出任何反應。我以為他一定會拒絕，沒想到竟然這麼輕易就答應了？

「為什麼啊？」我心中的疑問衝口而出。

鄧季維先是面無表情地凝視著我，接著慢慢勾起了笑，「多了一個能使喚的人，我有什麼損失？」

我腦中似乎有個東西在這一刻斷裂了，是神經嗎？還是理智？「我傷還沒好，你為什麼不指使程譽軒？」

「人家是國手預備役，妳算什麼？」他笑著反問我，「妳受傷，頂多拄幾天枴杖，他受傷就是國家級的問題，我擔不起責任。」

他說的還眞有道理……

我忿忿地低下頭，「對不起啊，我就不是國手你想怎麼樣？」

程譽軒忽然開口緩頰，「沒事、沒事，我哪有那麼容易受傷，如果我們一起幫會長，工作不就能更快完成嗎？不用分得這麼清楚。」

我抬起頭，看見他溫暖的笑容。

「可以啊，我不介意。」鄧季維慢吞吞地插進這句話，「是你們自己湊上來的，我可沒逼你們。」

我有一口沒一口地扒著我的便當，腦子裡卻想，倘若以後我每天都上貢一張他們兩個的側拍，潘潘應該會立刻放過我吧？

但要先和她說好，千萬不能上傳到論壇上，不然我就完了。

我偷瞄了一眼鄧季維的側臉，身體反射性地顫抖一下。

我們三個午餐的約定就在這莫名其妙的情況下迅速地成立。

而潘潘呢，我只不過說我會盡力地偷拍他們，她就馬上同意了，害我準備滿肚子的臺詞，瞬間毫無用武之地。

我有種被賣掉的感覺，不由得感到分外惆悵。

「妳也想太多了吧。」程譽軒臉上掛著淺笑，「這樣不是很好嗎？妳可以近距離觀察鄧季維，要是妳眞能把他拐回家，潘潘大概會高興到不行？」

「這麼說也沒錯啦。」我扁扁嘴，「但是偷拍你們的難度很高啊！你就算了，鄧季維肯定不願意吧？如果我偷拍被他抓到，應該會被他扔到窗戶外面。」我不是開玩笑的，我是眞心認爲這件事很有可能會眞實上演。

「沒關係，妳想拍幾張，我都可以讓妳拍，我還能偷襲鄧季維讓妳偷拍。」程譽軒很大方地說，卻又突然補了句：「不過有個條件。」

「什麼？」

「妳要把我拍得很帥，不帥的都要直接刪掉。」他哈哈大笑，「我可是有偶像包袱的。」

我笑著拍了拍他的手臂，「你這麼帥，怎麼拍都很好看啊。」

他頗爲認眞地答：「那也未必，只要是人總有個角度是奇醜無比的。」

「也是……」

我們坐在公園的椅子上餵貓，他換上了便服，以輕鬆自在的姿勢倚在椅背，路燈昏黃的光線，將他渲染成像是印象派一般的畫作。

就這樣看著他，我的心似乎也跟著暖了起來，他的溫柔是由內而外散發的氣質，讓人一見到他，就覺得有他的世界很美好。

「在想什麼？」他溫聲問。

我偏偏頭，「我在想，你爲什麼可以這麼好看卻沒有侵略性？大家不是都說，帥哥和美女都是極具侵略性的生物嗎？」

他笑了下，抓起我的手略微激動地說：「終於有人注意到我的用心了！」

「啊？」我不解地微皺起眉，「什麼用心？難道你整型過？」

他本張口欲言，但被我的話嗆得咳了好幾下，眼中滿是無可奈何，「未成年好像不能整型吧？」

「你眞的整過啊？」

「沒有！」他哭笑不得地輕嘆，「不過我確實在外表上，下了很多苦心。」

我打量他好一會兒，「像是？」

「頭髮的顏色還有衣服和鞋子的搭配啊，我都故意挑大眾款，不想讓別人認爲我很特別，想讓大家知道，其實我也和普通人一樣。」他說著說著，忽地斂下眼眸，唇邊的彎度帶上了些許自嘲，「我以前眞的很想交個好朋友，我很羨慕妳和潘潘的友誼，雖然妳總會抱怨她，但我知道，其實妳們都很關心彼此，也會在對方委屈時，第一時間挺身而出。」

我瞥向他，只見程譽軒好看的側臉這時籠罩著一層淡淡的憂鬱。

「可是，這也沒辦法啊……」我也替他感到有些委屈，「可能是因爲你一直都是閃閃發亮的名人，大家多少會比較難用平常的態度和你相處吧？」

他泛起微笑，笑容中卻帶著點苦，「是啊，所以我失敗了。」

「沒關係、沒關係，你不要傷心，現在我們是朋友了啊。」看到他低垂的眼簾，我急著安慰他，「我會和對待潘潘一樣，這麼關心你的！」

「像是？」

我思索半晌，猶豫地開口：「……作業借你抄？」

程譽軒哈哈大笑，「好！那以後我的作業就靠妳了。」

「沒問題，反正我都會寫，只給一個人抄也不划算！」我拍拍胸，「可是我們兩班的老師不一樣，作業範圍是不是也不同啊。」

「我當然只是開玩笑而已。」他噗哧一笑。

程譽軒暖洋洋地朝我笑，害我不好意思地別過臉，想了想，「對了，你的頭髮是哪種顏色啊？」

他愣了一瞬，「妳喜歡這個顏色？」

「對啊，看起來很好看。」

「妳這麼問我，我也不太清楚。」他淡淡地笑了兩聲，「不然改天我帶妳去找我的髮型師吧，反正我會定期去補染，我可以看妳什麼時候有空再約時間。」

「啊？」我略微驚訝，我還以爲只有女生才會比較在意這種事。

「沒辦法啊，我天天泡在游泳池裡，髮色退得特別快。」他無可奈何地解釋：「布丁頭很醜。」

雖然我了解程譽軒的想法，但還是覺得從男生口中聽見「定期補染」超違和的，「你比我還勤勞，我都好久沒管我的頭髮了。」

「妳這樣很好看，不剪也沒關係。」他頓了幾秒，「不過修剪一下，應該會更好看。」

我聽完不禁怔住，他這是在拐彎抹角說我邋遢嗎？

過了片刻，我還在琢磨他話裡的含意，若是鄧季維我就能肯定他是想損我，可是程譽軒應該不是這種人吧？

程譽軒突然開口，打斷我的思緒，「走吧，回去了。我先送妳回家，明天一早我得去學校練習。」

「喔，好。」我站起來時，程譽軒將被貓咪吃光的空碗拿起。

我們邊走邊閒聊，一會兒就到我家了。

「我先回家啦，你明天練習加油。」我朝他擺擺手，便回過身上樓。

洗完澡後，我躺在床上盯著天花板，想到程譽軒說那些話的神情，心彷彿微微被揪起，有一點痛。

我簡直不敢想像，如果從小到大，沒有像潘潘一樣的摯友陪伴著我，我的人生會有多寂寞。

這麼一想，我就有點想潘潘了，於是立刻打開LINE傳訊息給她。

軍綺：潘潘，那妳以後午餐要跟誰吃？

幾秒後潘潘馬上回覆。

潘潘：不用擔心，我去社團跟大家一起吃，妳負責拍照片回來就對了！

我無言了半晌，虧我還有些捨不得咧，這傢伙根本沒什麼感覺啊！

潘潘：居然已讀不回我！妳現在後悔已經來不及了，上啊林軍綺！就靠妳促成他們了！

我忍不住笑了起來，這果然是潘潘會出的意見，不過意外的中肯啊。

我該怎麼讓他們增進感情？但程譽軒不喜歡鄧季維，而且他還有他的眞愛表弟。

算啦，我和潘潘這麼認眞幹麼？她又不清楚那些事情。

我忽然有點好奇，薛凱易是不是已經放棄潘潘了？又或是即使潘潘對他沒興趣，薛凱易依然堅持要追她？

儘管後者感覺才像是對眞愛該有的表現，不過若是不喜歡的人追我，好像也挺令人不悅的……

我胡思亂想著，沒一會兒，便沉入夢鄉。

我要是知道我和薛凱易的緋聞會被再度提起，我絕對不會多花半分心思擔心他，寧願多花一些時間想想自己的未來。

我先度過了一個完美的週末，首先，沒有任何人指使我做家事，所以我愉快地躺在床上看BL小說消磨時間，然後和潘潘閒聊了一整天，在週日下午準時完成了作業，也準備好平時小考的範圍，晚上餵貓時也有和程譽軒愉快地聊天。

如今我才明白，週末的美好，只是老天爺提前給我的補償，好讓我有力氣面對星期一發生的風暴。

學校論壇的腐女版在週一時出現一則帖子，發表的時間很奇怪，竟然是在第二堂下課。

帖子的內容是寫，我不僅左擁右抱程譽軒和鄧季維這兩大天菜，甚至劈腿了第三個人，就是我的同班同學薛凱易，又貼上一連串的照片，試圖證明我是個不要臉的女人。

是潘潘先發現這件事情的，畢竟她一天二十四小時幾乎都掛在上頭，有什麼風吹草動都逃不過她的眼。那時我正在準備英文課的小考，她硬把手機塞給我，要我仔細看清楚那個帖子。

我看完，除了無言，還是無言。

「妳要怎麼辦？」潘潘的臉上帶著明顯的擔憂。

我知道她是眞的替我擔心，被潑這種莫名其妙的髒水就算了，還一次牽扯到兩大男神，我瞬間把兩邊的粉絲都得罪光了，而且是以最糟糕的方式。

我搖搖頭，一臉茫然，「我能怎麼辦？解釋也不會有人相信我吧？」

「但妳不說不就像是默認了嗎？」潘潘比我還著急，「這事肯定會鬧大的。」

潘潘又重新刷新了一次頁面，我看見下面多出好幾個不理智的留言。

下堂課要考的單字在我面前飄啊飄的，我卻再也讀不進任何內容。

「明天再看看吧，我實在不曉得沒有做過的事情要怎麼澄清。」我很無奈，「就像我說過多少次我和薛凱易沒有關係，仍然有人不相信。」

潘潘嘆了口氣，「說的也是，不過說不定就是因爲妳沒有發澄清文，所以即使想幫妳辯解也沒有任何證據。」

我勾起一抹苦笑，「我倒沒有想過這種可能性。」

我不是眞的想笑，只是這種情況，不自嘲，難道要哭嗎？

「妳不要擔心啊，我相信妳和他們都沒有姦情的。」潘潘硬擠出話來安撫我。

我翻了個白眼，「妳是眞心想要安慰我嗎？這什麼詞啊？」

「反正、反正就是這樣。」潘潘語帶糾結，接著又問：「妳爲什麼這麼淡定？」

「我不是淡定，是不知道該怎麼辦。」我深深地嘆氣，「反正我先不要離開教室，也不要單獨行動，大概就不會有事。」

潘潘顯然仍是無法放心，然而上課鐘一敲響英文小老師就把考卷發下，她也只能回頭寫考卷。

我快速地把會寫的題目塡完，接著望向窗外發呆。

雖然這不是我的錯，我卻勢必要承受他們雙方的粉絲攻擊。

英文老師這時走進教室，大約是見還有一些人在寫卷子，就宣布五分鐘後再收卷。

接下來一整堂課我都在思索著程譽軒和鄧季維不曉得對這件事會有什麼想法，他們會不會相信文章的內容？不過他們也是當事人，應該不會相信這種胡言亂語的東西。

我陷在自己的思緒裡，回過神時，就看到程譽軒坐在潘潘的位子上凝視著我，害我以爲自己太過憂慮，以至於產生幻覺了。

我困惑地伸手捏了捏程譽軒的臉，不是假的？「你怎麼在這兒？」

他莞爾一笑，聲音是一如既往的溫柔，「妳怎麼捏我的臉？這時候不是該捏自己的確認嗎？」

「我以爲你是幻覺來著，當然是捏你才能辨認眞僞啊。」我理直氣壯地挺起胸，眼角卻恰好瞄到窗外，我轉頭一看，只見走廊上竟擠滿了圍觀群眾。

沉默一會兒，我心中只剩下無奈。

程譽軒也順著我的目光看去，語氣滿是歉意，「我是想跟妳說不用介意論壇上的帖子，別擔心，我會去和我的粉絲解釋裡面寫的都是假的。」

我點點頭，可是就算少了程譽軒的粉絲，還有鄧季維呢，他才不可能會幫我向他的粉絲澄清。

「沒關係，你們也是受害者，只要你們相信我就好。」我說這話是想寬慰他，連我自己說完都覺得不可信，怎麼可能沒關係？

程譽軒瞥一眼窗外的人群，湊到我面前低聲說：「我們都知道跟會長一起吃午餐的用意，我當然不會誤會妳啊。」

我失笑，也放低聲音，「你爲什麼把我說得像是想要誘拐他的壞人一樣？」

「笑了就好，我先回去了，中午再來接妳。」他朝我勾起了微笑。

我本來想婉拒，但轉念一想，這樣或許比較安全，起碼我身邊有程譽軒，鄧季維說得對，他出事就是國家等級的問題，如果眞的有人要找我們麻煩的話，我還可以用這件事嚇阻他們。

「好，那我在教室等你。」

他起身，笑著揉我的瀏海。「沒事的，不用擔心。」

我點點頭，同時聽見周圍的人倒抽了一口氣，我抬手順順我的瀏海。這個對我和程譽軒來說很普通的動作，似乎對很多人來說顯得太過刺激了。

我摸摸鼻子，頓時明白為什麼有這麼多人想要抹黑我了。易地而處，我也會想弄死這個幸運的女人。

程譽軒走後，仍有一大票人聚集在原地。班上的同學不勝其擾，乾脆將窗簾全拉上，反正夏天開冷氣，這樣做也能順便降溫。

我有點愧疚，正想向大家道歉，潘潘就像瘋了似地向我衝過來，「程譽軒、程譽軒！瀏海瀏海！」

「好，妳乖啊，那妳要不要摸摸程譽軒摸過的瀏海？」我不禁哈哈大笑。

「要！」潘潘一邊說話，手一邊摸上我的瀏海，然後說：「明明就和我的差不多啊！程譽軒幹麼不摸我的？」

我噗哧笑出，「大概是功德不夠多吧？我每天都去餵野貓，積了很多陰德啊。」

潘潘沉思了片刻，高聲喊：「哪裡有野貓，我去！」

「來不及了齁。」我戳戳她的臉，「等妳累積到足夠的功德，我們都要畢業了。」

潘潘想了幾秒，「那還是要餵，我還有大學啊！從現在開始累積，大學的男神一定讓我手到擒來。」

「妳想得真遠，加油！」我拍拍她的肩膀。

午休時間我和程譽軒到學生會辦公室打算找鄧季維一起吃午餐，卻被圍在門口的人群擋下。

「程譽軒，這不關你的事，我們想跟林軍綺單獨說話。」從人群中站出來說話的，是鄧季維的霸王龍粉絲。

我得說，果然粉絲與偶像的性格都是相似的，程譽軒的粉絲即使是霸王龍也還算是客氣，鄧季維的就不同了，可我也沒想到她們居然會擋在辦公室外面阻止我們進入。

程譽軒滿臉爲難，好聲好氣道：「這位同學，有什麼事情，就直接在這裡說吧。」

「但我不想跟你說話。」那位霸王龍小姐不加思索便回。

我倒抽一口氣，隨即沒忍住笑出了聲，因爲太過突兀，場面霎時安靜了下來。

「妳笑什麼？」這依然是霸王龍問的。

我眨了幾下眼睛，覷向程譽軒一眼，略微尷尬地說：「我只是笑，程譽軒應該從來沒遇過有人這樣對他說話吧？」

霸王龍小姐一愣，似乎這時才發覺自己剛剛說了什麼，一時之間耳根脹紅，張口想解釋些什麼，卻又說不出口，於是只能惡狠狠地瞪向我。

我感到一陣緊張，畢竟霸王龍小姐的陣仗這麼大，假如我被單獨帶走，大概會被她們生吞活剝。

想到這兒，我攥緊了程譽軒的衣擺，他也輕輕握住我的手，讓我不要擔心。

「這位同學，我們準備要吃午餐了，如果妳沒有別的事情，不如也去吃飯吧。」程譽軒的語調依舊溫和有禮，「論壇上文章裡寫的內容都是子虛烏有的事，請妳們不要相信不實的傳言。」

程譽軒一定是認爲把話說清楚她們就會理解，不過若是這麼容易，我又何必如此苦惱。

「你跟林軍綺是一夥的，當然會幫她說話，我們不能讓你們傷害到會長。」她義正辭嚴地說。

我被嚇得嗆咳幾聲，傷、傷害？靠，誰傷害誰啊！就鄧季維自帶的霸氣和他的高智商，誰有本事可以讓他受傷？

「妳心虛了嗎？」她嗤笑了聲，表情十分不屑。

「妳才心虛，妳全家都心虛！」我忿忿地衝口而出，「鄧季維是誰啊？我傷害他？妳也太看得起我了。」

「再聰明的人都有盲點，他肯定不知道妳是怎樣的人，才會相信妳。」

我怔住，她腦袋裡到底都裝著什麼樣的邏輯……眞是有理說不清。

「算了吧，」我拉了拉程譽軒的手，「我們去別的地方吃吧，人這麼多……」

這時學生會辦公室的門突然刷地一聲拉開。

鄧季維瞥了我和程譽軒一眼，又看向四周的人，「人這麼多，有事嗎？」

我忍不住睨他一眼，這人非得發現沒戲可看後，才打算出面吧？

「會長，你看到論壇的帖子了嗎？」霸王龍急著問，接著指向我，「她劈腿。」

劈腿……個屁啊！

鄧季維抬了抬眼，「我看到了，那種東西妳們也信？」

「不是！我們不想她傷到你！」霸王龍急忙辯解，「任何事情都要防範未然。」

「就憑她？」鄧季維勾起嘴角，那笑容看起來說有多不妙就有多不妙，果然，下一秒他就伸手勾住我的脖子，將我拉進他懷裡，「這個智商只有八十七的傢伙？」

「會長！」霸王龍著急地想再反駁，但說不出話來。

果然任何人遇上鄧季維都只有啞口無言的份。

「老實跟妳們說，這是我的人。」鄧季維勾著我脖子的手動了動。

我勉強用一種很奇怪的角度抬頭看他。

你非得這麼帥嗎？明明個性這麼討人厭，卻帥得天怒人怨……嗚嗚，我認知失調了。

「我們知道，可是……」她們的目光飄向程譽軒，話裡明顯帶著欲說還休的情緒。

鄧季維順著她們的視線望向程譽軒後，手一勾，把程譽軒也拉到他懷中。

我和程譽軒錯愕地對視，完全不明白這是什麼情況。

下一刻，我就聽見鄧季維理所當然地說：「他也是我的人，妳們有意見嗎？」

靠！這太刺激了！鄧季維是說，程譽軒是他的人嗎？

媽媽！我近距離目睹到鄧季維趁亂告白的超霸氣宣言了呀！太帥啦！

我沒忍住，奔騰的血液直衝腦門，鼻血無法控制地流了下來。

程譽軒的臉跟我的只相隔短短幾公分的距離，他先是愣住，接著慌亂不已：「鼻血……軍綺，妳流鼻血了！」

鄧季維拉起我看一眼後，低低地笑了幾聲，便抓起我和程譽軒走進學生會辦公室。

不用想也知道，門外那些霸王龍肯定會為鄧季維的爆炸性言論瘋狂吧！當然，對她們來說這大概就如同驚天噩耗。

程譽軒連忙抽幾張衛生紙給我，我隨即塞進鼻孔，摀住鼻子，熱血沸騰了一陣子後，才靜下心凝視著慢條斯理吃飯的鄧季維。

「鄧季維，你知道你剛才這麼做，是公開表示你劈……」我話只說了一半，卻不知該怎麼說完。

鄧季維抬頭瞟我一眼，「這種小事妳還讓我出手救妳，妳的智商是負八十七嗎？」

一股熱血又衝上我的臉，程譽軒趕緊替我臉上搧風，溫聲勸：「冷靜點、冷靜點！」

我重重地深吸幾口氣，「那你之後該怎麼辦？大家可能又會開始亂說話。」

鄧季維慢悠悠地闔上吃完的便當盒，「我的事情他們憑什麼管？」

「那你還在大庭廣眾下說我們兩個都是你的人？」這到底是什麼意思？

鄧季維挑眉，「你們當然是我的人，妳負責幫我端茶倒水丟垃圾，他負責幫我處理學生會的事務跟文件，哪裡錯了？」

我愣了一瞬，「原來你把我們當作下人。」

「喔，妳錯了。」他笑，「我只把妳當作下人，程譽軒是我的左右手。」

我氣得說不出話，好一會兒才氣也不換地說：「既然你都當我是下人了你幹麼救我！」

鄧季維用一種看見笨蛋的眼神望向我，「那妳還不快謝恩？」

「謝、謝恩？」我提高音量，「這都是你的粉絲搞出來的。」

「關我什麼事？難不成我是為了她們才這麼做的？顯然不是，否則現在進來吃飯的會是她們，不會是妳。」他哼了我一聲，「好了，鼻血停住就快點吃飯，我要去看文件了。」

程譽軒將我的便當放到我面前，出聲緩頰，「吃飯吃飯，不要激動，保持冷靜。」

我轉頭瞪向鄧季維，想像著我的眼刀可以把他的肩膀戳穿。

程譽軒將我的頭扳正，「吃飯。」

我朝他一笑，捏捏鼻子感覺鼻血真的停了，才把衛生紙慢慢拿下來。

不過，鄧季維剛剛說的話是什麼意思？

鄧季維說他不是為了他的粉絲這麼做的，是為了我，可是……為什麼呢？

鄧季維霸氣的話語一出，誰與爭鋒啊！

至此之後再也沒有人關心我劈腿兩大男神這種不切實際的八卦了，如今大家更好奇鄧季維是如何一口氣讓兩個人為他死心塌地的？

當然在腐女的世界裡，她們只在乎鄧季維和程譽軒果然是妥妥的官方CP這件事！雖然兩人的感情早在高一入學時就有發展的跡象了，但這次可是當事人親口承認啊。

所以說，真愛就是真愛，儘管你沒發覺，卻遲早有一天會在你生命中降臨。

至於林軍綺……嗯？不就是個煙霧彈嗎？有什麼問題？

我看著腐女版上的結論，又瞥向正在和程譽軒討論學生會事務的鄧季維，不由得傻笑起來。

他們兩人同框的畫面實在是怎麼看都看不膩啊。

忽然一團紙球砸到我額上，鄧季維的聲音接著響起，「不要用那種眼神意淫我，去幫我買喝的。」

我摀住額頭，「看一眼都不行！」

「看可以，意淫不行。」鄧季維抬起頭，勾著嘴角，「妳臉上都寫得清清楚楚了。」

「我什麼表情你看得這麼清楚幹麼？你暗戀我嗎？」我嘟囔，當然是把音量壓低到鄧季維無法聽見的程度，然後站起身，「要喝什麼啦？」

「咖啡，謝謝。」鄧季維一頓，又補充：「現沖、全糖、熱的。」

要求眞多，我朝他扁扁嘴，拿起錢包和要丟的便當盒正準備要走出去，程譽軒就喊住了我。

「等等，我和妳一起去吧，不知道外面還有沒有人等著。」程譽軒從那次被霸王龍小姐堵住後，就不放心讓我單獨行動，可能是第一次見識到那麼不講理的粉絲有點被嚇到吧。

「你們是打算要丟下我去約會嗎？」鄧季維冷冷地問。

「是啊，怎麼樣？你吃醋啊？」我看動畫這麼多年，早就對各種聲線瞭若指掌，你的嗓音天生就是冷到可以凍死人，才嚇不倒我！

鄧季維起身走到我面前，居高臨下地看我，語氣滿是睥睨，「林軍綺，妳今天受到了什麼衝擊？讓妳這麼有自信？」

見他如此認眞地嘲諷，我陡然語塞，總不能跟他說，我只是隨便講講而已。

「關你什麼事，你到底要不要喝，不喝的話我也省了功夫。」我瞥一眼烈日當空的外頭，不去正好，我還怕曬黑。

鄧季維倏地一笑，「去，我跟你們一起去。」

我愣了半晌，擺了擺手，「那你自己去買就好啦，我不喝，謝謝。」

鄧季維逼近我的臉，「妳有別的事情要做。」

「什麼？」

「倒垃圾。」鄧季維指了指我手上的空便當盒，「這件事特別適合妳，不要拒絕。」

你用這麼帥的臉，與我只隔著吐息可聞的距離，說不要拒絕……

我忽地抬起腳試圖踢他小腿，卻被他眼明手快地躲開。

「困獸之鬥。」他用鄙夷的眼神看向我。

我哼了聲，「搞不好我會拼個魚死網破呢。」

「魚會死，網卻不一定會破。」他冷冷補了句。

這時程譽軒突然走進我和鄧季維之間，將手一左一右地分別搭在我們的肩上，「走嘍，喝飲料。」

我忍不下那口氣，又對鄧季維做了個鬼臉，鄧季維則是看都沒看我。

害我的鬼臉尷尬地僵著，只得默默收回表情，和他們一起走出辦公室。

學校裡有設立超商，所以鄧季維的要求很快就被滿足了，倒是我在奶茶跟果汁之間遲疑不決，好不容易才拿定主意，走出超商時，程譽軒跟鄧季維已經在陰影處找了個位子坐下。

「為什麼不回辦公室？這裡又沒有冷氣。」我用手搧了搧風。

「多虧妳的猶豫不決拖拖拉拉優柔寡斷，我們現在只剩十分鐘的休息時間。」鄧季維很順地把一長串話說完，睨我一眼，「走回辦公室還要浪費五分鐘。」

我囧了會兒，這還真是我的錯，一時也想不到話來反駁，便回：「那……對不起？」

「這倒不用，我只是想苛責妳，並不需要妳的道歉。」鄧季維繼續用討人厭的語調說。

我咬牙切齒地瞪向他，然後走到程譽軒身旁坐下。

「對了，會長，」程譽軒總能適時在我和鄧季維吵架時插進話來，緩解氣氛，「你喜歡什麼類型的女生？」

程譽軒的問題使我傻了幾秒，靠，直接切入正題！

「我沒說過我喜歡女生吧？」鄧季維瞥了他一眼。

「那你喜歡男生？」我脫口而出，剛才的刀光劍影、唇槍舌劍，全都不重要，這才是世紀大新聞！

重要程度大概是老林一貫說的：這題必考，打五顆星。

鄧季維轉頭看我，「我也沒說過我喜歡男生。」

……咦？我的腦子頓時卡殼，這是什麼意思？難道他不喜歡人類？

鄧季維在我額頭上用力彈了下，「別露出那種蠢表情，有毛病嗎？有病得治。」

我眨了眨眼，摸摸被打痛的額，他怎麼知道我在胡思亂想？算了這不是重點，「那你剛剛說的話到底是什麼意思？」

「我喜歡的人，就是我喜歡的人，我不在乎對方的性別，那不重要。」雖然他的語氣仍十分平淡，我卻能聽出他是由衷這麼說的。

鄧季維再次霸氣四射地讓我熱血沸騰，這番發言不就是要被掰彎的前奏嗎？

程譽軒喔了聲，看起來好像也對他的答案有些意外。

廢話！這是正常人的答案嗎？驚訝是正常的！我都差點直接把拿手機出來傳訊息通知潘潘這個大消息了！

我這頭內心的小宇宙正在不停爆炸中，程譽軒冷不妨淡淡地說：「話說我們這樣一起坐在這兒喝飲料，明天又要上論壇的熱門排行榜了。」

我一聽，思索幾秒，馬上把椅子退開了點。

我才勉強在他們粉絲的眼皮下逃出生天，要是連拍照的好角度都不留給她們，我就太沒有道義了，而且我也想要鄧季維和程譽軒同坐一桌喝飲料的合照。

「林軍綺妳幹麼？」鄧季維的話中透出了濃濃的威脅感。

我……我總不能說實話吧？我腦子轉了轉，「沒、沒有，我不習慣，我又不是風雲人物，你們兩個當久了，再上一次排行榜也沒關係吧？」

鄧季維彎起嘴角，「那妳最好早點習慣。」

「為什麼？我不需要啊。」我呵呵傻笑，心裡卻想，你不要說令人誤會的話啊，我真的會會錯意的。

這根本是霸道學長VS小白兔學妹的臺詞嘛，我心頭的小鹿又要開始亂撞了。

鄧季維忽然起身，走到我身後，把我連人帶椅搬回桌邊。

「哇啊啊啊！」這是我第一次被人用這種方式搬起來，雖然只有短短幾步，但心臟已經快要受不了了。

鄧季維滿意地審視一遍我和桌子之間緊密的距離，以及我嚇得慘白的臉，才回到自己的位子上，「既然要拍，就讓她們好好地拍清楚點，這畫面若是少了任何一個人……我就找拍照的人麻煩。」

他的聲音不大，可是午休時間如此安靜，這些話當然也傳進了那些躲在陰影處的粉絲耳中。

「妳破壞畫面破壞畫面破壞畫面！」潘潘邊說邊拍打我的手臂，然後舉起手機放到我面前，「妳看啦！」

我瞄了眼，奄奄一息地嘆氣，「還沒看到照片之前我就知道自己破壞畫面了，我有什麼辦法，我也努力過了啊。」

「以死謝罪吧妳！」潘潘完全不同情我，她又凝視著照片好一陣子，果斷說：「我要上傳裁切版。」

我聽了立刻抬起頭，「勸妳不要這麼做。」

我把鄧季維的話一字不漏地轉告給潘潘，才趴回桌上，「不然妳真以為她們沒想到嗎？」

身爲腐女，必然擅長用PS這個程式修圖，實現自己的腦補的畫面是基本技能，更何況是難度根本爲零的圖片裁切。

潘潘一頓，做出一副痛心疾首的樣子，「那我裁切完之後，就只能當手機桌面了。」

我笑出聲，「也給我一份。」

潘潘斜眼瞪我，「妳天天見眞人要這幹麼？」

「意淫啊。」我毫不客氣地回：「照片好多了，眞人太凶猛，我不敢直視。」

潘潘挑起眉，「有多凶猛，說來聽聽。」

我把鄧季維的行徑一五一十地說了，潘潘思索幾秒，猶疑地開口：「他眞的喜歡妳？」

怔了瞬，我壯士斷腕地坦承：「我不知道他有沒有喜歡我，可是我知道我喜歡他。」

少女的心實在是很難捉摸，明明見面時對他的毒舌和捉弄總是討厭得要命，然而沒見到他的時候，我仍是會想他，想到他那些不經意間的曖昧舉動，和幾次出手幫我解決問題的英雄行徑，臉上就不由得有些熱熱的。

潘潘用了然的眼神看我，「這簡直是言情小說的套路，從此之後女主角就會被男主角壓得死死，再也無法翻身，接著男女主角會因爲誤會而分開，直到出社會後才又重逢。」

我瞠目結舌地望向她，我錯了，潘潘妳不該去當八卦記者，妳根本應該寫小說。

「重逢之後呢？」我追問。

「重逢後，他們發現彼此心中還是愛著對方，便順理成章地復合了。」

我弱弱地又問：「請問大師，我能不能現在就和鄧季維交往，不要等到幾年後？」

「可以啊，我不是說了嗎？你們要先在一起才會因誤會而分開啊。」潘潘的語氣帶著滿滿的鄙視，覺得我太缺乏慧根。

我趴在桌上，頓時興致全失，「這劇情不好我不喜歡。」

「我要是能挑劇本，幹麼不挑充滿BL情節的？」潘潘睨我一眼，「別傻啦，有戲份就不錯了，妳看我在程譽軒和鄧季維的世界裡連配角都不是，妳已經夠讓人羨慕啦。」

潘潘的話，使我心中湧起微微的擔憂，「妳會生我的氣嗎？」

潘潘思索了會兒，沉重地點頭，「我讓妳去他們身邊，是叫妳去當狗仔偷拍他們，不是去破壞畫面的！」

我傻了好半晌，我錯了，這傢伙就是個智障，我跟她認眞什麼……

◆

「所以經過這段日子的觀察，妳打算要向會長告白了嗎？」程譽軒坐在我身邊，突然問。

我想了想，便道：「等校慶結束吧？這段時間他這麼忙。」

第一次段考結束後，緊接而來的就是校慶，對一般學生來說，那是考完試能放鬆的時段，不過對學生會來講，卻是一段折磨人的時光。

如今離段考不到一個月，學生會成員不僅要念書，又要規畫校慶活動的流程。而且學生會除了校慶當日要推出攤位外，更要統整各個班級的攤位資料，若有和對外廠商合作也需一一核實。

當然鄧季維不用親自去處理所有事務，可是他必須代表學生會和老師開會，並向學校報告這次校慶的主題、預算花費以及諸如此類的事項。

可以說，雖然他只需要統籌活動，卻要一肩擔起所有壓力。

這些日子，我和程譽軒午休在辦公室時不單是去吃飯，也幫鄧季維處理了不少瑣碎的雜務，但大多還是程譽軒比較幫得上忙，我就是……很符合鄧季維給我的工作定位：端茶跑腿倒垃圾。

程譽軒點點頭，「校慶之後的確會清閒許多，到時候應該會是適合告白的時機吧？」

「其實我還沒決定要不要告白，我只是……覺得我喜歡他。」我低頭注視著小白，腦海裡卻在想著鄧季維。

「我一直都認爲這件事不用太急，可以等觀察一陣子後再決定。」程譽軒聲音很溫柔，帶著安撫人心的力量，「畢竟告白又不像去商店買東西，拿了結帳就好，這關係到兩個人之間的感情，一不小心就會傷到人，所以得更謹慎。」

我點了點頭，完全同意程譽軒的看法，「但我還是會想知道，鄧季維有沒有喜歡我？」

「他當然喜歡妳啊，妳可是第一個每天和他一起吃午餐的女生。」程譽軒臉上泛起淺笑。

我笑了下，「我說的不是那種喜歡。」

「我知道。」程譽軒也笑出聲，「我覺得，如果妳想和鄧季維在一起，應該要先和他從朋友當起，至少妳會比較理解他，而且兩人之間有穩定的友情，關係才更可靠。」

「哇，你好了解喔，你是不是談過很多次戀愛？」這比潘潘的那個劇本論可靠多了。

「沒有。」程譽軒失笑，「我只是認爲應該是如此而已。」

我扁扁嘴，這傢伙！有什麼祕密都不肯告訴我。

「眞的啦。」程譽軒揉著我的瀏海，「對了，妳的膝蓋好點了嗎？膝蓋很重要，一定要徹底治好，假如沒有徹底根治以後舊傷復發會很辛苦。」

我摸摸膝蓋，「好了吧？雖然有時候會痛一下，不過平常都沒什麼大礙。」

程譽軒皺起了好看的眉頭，「這樣不好，過幾天等我有空，再帶妳去我常去的物理治療所檢查看看，應該很快就能痊癒。」

「好啊。對了……」我抬眼對上程譽軒的眼眸，「算了。」

「怎麼了？」

「沒有啦，就是想到我要趕快回去寫化學考卷才行，二年級的化學好難，我都聽不懂老師在說什麼……」說起這個我就傷心，化學都是什麼東西啊，搞不好我的魔藥學天分都還比化學的高。

「明天妳可以把不會的題目拿到辦公室給我看一下，說不定我會。」程譽軒笑咪咪的，「只不過是化學罷了，不要愁眉苦臉的。」

我一把抱住他的手臂，「你最好啦！比潘潘可靠多了，她明明物理和化學都好得不得了，卻總是抄我的作業！我偶爾也想抄別人的啊。」

「小事情而已，不用這麼客氣。」程譽軒摸摸我的頭，「以後妳想偷懶時找我就好了，剛好我的物理和化學也不錯。」

「好喔，你可別耍賴！」我兩眼放光地看他。

「當然。」他朝我揚起了那好看到不行的燦笑。

於是，我不小心把剛才想問程譽軒的問題拋到腦後了。

其實我想問的是，那你呢？你喜歡的人又是什麼樣子的？

時間進入了校慶前兩週。

在前兩個星期，學生會已經將校慶的相關事項處理完畢了，所有活動會議也暫時停止，大家的目標都只剩下一個，段考。

「這一題很簡單，只要記得這兩個物質融合後，會沉澱出什麼顏色的沉澱物就能作答了。」程譽軒指著化學練習題，很有耐心地解釋。

我扁嘴，「我到底是在念化學還是歷史啊？爲什麼要背這麼多東西？」

程譽軒莞爾一笑，「這也沒辦法，要是連這個都沒有背熟的話，會連基本分都拿不到。」

我苦著臉點點頭，瞥了眼吃完飯後沒事做正在看閒書的某人。

自從學生會暫時停止處理事務後，鄧季維每天的心情都愉悅到讓我以爲自己認錯人了。

「鄧季維，你不念書？」

「念完了。」他淡淡地答：「上課時就該把沉澱物的顏色背起來，妳不背，活該不會。」

我一愣，口氣不自覺變差，「我又沒問你這個！」

他從書裡抬頭，瞄向我張口欲言，卻隨即閉上嘴，繼續低頭看閒書。

「你想說什麼？」好奇心殺死一隻貓，而我就是那隻貓。

鄧季維再次抬起頭，「我只是想說，沒關係你們繼續念書吧，順便幫我複習一下，對了，妳明天可以問英文或是物理嗎？」

我哼了一聲，別過臉，看向本子上的化學題目。

二十分鐘後，鄧季維站起身，一手勾上程譽軒的肩膀，「喝飲料。」

我不由得望向他們，腹誹著，又喝飲料，鄧季維你是螞蟻人啊？天天喝，胖死你！

「看什麼，妳也要去啊。」鄧季維用強勢的命令語氣對我說，不過興許我是被凌虐久了，已經懶得抵抗。

「我不是在收東西了嗎？」我趕緊將參考書、題目還有鉛筆盒一起塞進袋子裡。

一回頭，就見鄧季維仍勾著程譽軒，兩人之間的距離很近。

我可能是念化學念壞了腦子，便脫口而出：「我幫你們拍照好不好？」

程譽軒啊一聲，看起來就是完全沒接收到我電波的模樣。

鄧季維挑眉，語調平淡，「在哪裡拍？」

「就在這裡好了？反正只有我們，比較不會尷尬，離開辦公室的話，你們附近大概又會聚集一堆人。」看到鄧季維心情很好沒有打算要拒絕的樣子，我連忙從口袋裡掏出手機，打開相機將鏡頭對準他們。

那天中午，在僅剩二十幾分鐘的午休時間裡，我們三個人在學生會辦公室，拍了一張又一張的照片。

先是拍程譽軒和鄧季維的合照，然後是我跟程譽軒，最後鄧季維問也沒問便把我抓到他身前，不顧我毫無心理準備，拍下了我一臉呆滯的醜照。

他們兩個看著我的照片笑個不停，而我則是憂傷地坐在一旁。

我高聲哀求：「鄧季維我們再重拍一次啦！」

「不要。」他頭也沒抬便回。

「可是我很醜欸。」

「又不是我醜。」

「我們就不能拍一張正常一點的合照嗎？」我的語氣不自覺帶上了些許失落。

鄧季維終於覷向我，「我以爲這就是我們之間最正常的相處畫面。」

我被氣得說不出話，儘管這是事實，但我們就不能有張好看的合照嗎？

「會長，你就和她拍張正常的合照吧？不然軍綺會很傷心。」程譽軒出聲勸他。

鄧季維嘖了聲，「看在你的面子上。」

我大聲歡呼，馬上把我的手機丟給程譽軒，站到鄧季維身邊。

鄧季維臉很臭，「你看，這種兩個人像傻子一樣呆呆站著的照片到底有什麼好拍的？是拍遺照嗎？」

「會長，不要說話，笑一下。」程譽軒指揮著我們，「軍綺妳站過去一點，放輕鬆。」

我該如何放鬆？一旦意識到我和他如此靠近，手腳就忽然怎麼擺都不對了啊！

鄧季維又沒耐心地嘖出聲，接著突如其來地伸出手擱在我肩上，我下意識地抬頭，看見他漂亮的側臉。

這瞬間，我聽見程譽軒按下了快門的聲響。

照片裡，我和鄧季維站在窗邊，陽光斜斜地落在我們身上，我看著他，他看向鏡頭，他的一隻手放在我肩膀上，另一隻手隨意地叉著腰，這構圖簡直和偶像劇海報一樣漂亮。

我的臉不禁一熱，有這張照片，我死而無憾了啊！

下一秒我立刻將照片傳到我的雲端跟信箱裡備份！這麼重要的東西，不備份不行！

「也給我一份。」鄧季維和程譽軒異口同聲地說。

「好。」我偏了偏頭，用著曖昧的語調說：「你們兩個好有默契。」

「閉嘴。」鄧季維口氣很淡，「是誰連拍照都不會還要我幫忙的。」

我立即安靜下來，此時正好打鐘了。

「我們去買飲料，然後回去上課吧？」我歡快地提議。

「好啊。」程譽軒隨即接話，「那些化學題目，我們晚上再繼續討論。」

我雀躍的心情因爲這句話而消散了，「可以不要嗎？晚上應該要休息才對。」

「但都要考試了，妳連基本題都……」程譽軒很客氣得沒把話說完。

「你們晚上還會見面？」鄧季維突然問，難得露出有些驚訝的樣子。

我轉頭看了看他，「對啊，我們會一起去餵貓。」

他霎時陷入了深思中。

我不禁想起我去掛急診那天，我就是因爲餵貓而跟他吵架的，明明是不久之前的事，卻感覺已經過了很久。

「喔，好像是有這麼回事。」鄧季維這時才想起。

我又開口對程譽軒說：「明天中午再討論啦，我們可以早點來。」

「好吧，既然妳堅持的話。」程譽軒嘆了口氣。

「我們週末一起來這裡念書不就好了？」鄧季維倏地插進話來，「反正我有辦公室鑰匙，來這裡念書沒人打擾又方便。」

我瞠大眼睛，不敢相信他說的話，又再問了一遍，「眞的可以啊？」

鄧季維聳聳肩，「沒什麼不可以的，週六也有很多人會來學校自習。」

我握住程譽軒的手跳起來，「那我們週末再來，這樣還能一起吃午餐。」

「好。」他想也沒想就答應了，臉上笑盈盈的。

「我也要來。」鄧季維語氣平淡地說了句。

我困惑地轉頭看他，「當然啊，不然誰幫我們開門？」

鄧季維怔住，冷靜的面容忽地變得咬牙切齒，「林軍綺，妳是一天不氣我，妳就會不舒服是不是？」

「我哪裡有氣你？」我一頭霧水，不解地用眼神向程譽軒求助。

「沒事，會長當然是專程來和我們一起念書、吃午餐，不是來替我們開門。」程譽軒一如往常地替我緩頰。

呆了幾秒之後，我才頓悟，忍不住哈哈大笑，「鄧季維，你怎麼這麼愛計較。」

我話剛說完，他就頭也不回地走了。

過完這個週末，離段考就只剩一個星期。

其他科目我都差不多準備好了，剩下化學這一科依舊是霧裡看花。程譽軒教了老半天，我還是只理解基本題，一旦題型多些變化，我就會看不懂。

他實在是無計可施了，只好請鄧季維來教我，於是我的日子瞬間像進入地獄一般。鄧季維的脾氣本來就不是很好，每次講完題目看我仍一臉茫然，他就會送我一頓冷嘲熱諷，雖然我氣得不行，卻不能反抗。

我本來以為他會放棄，不過他似乎是和我的化學槓上了，每天中午的第一件事便是從化學講義中隨便抽題問我。

要是我答對了，那天中午我們就能開開心心過；要是答錯，他們依然能愉快地度過午休時光，而我會被鄧季維嗆到只想不如歸去。

終於，我們都撐過那個要命的段考。

這一週的星期一到星期三是段考日，中間空出兩天讓各班整理校慶活動事務後，星期六便是校慶。

所以在星期四下午時，潘潘和她的社團團員去處理社團出攤的事，程譽軒則是去校隊練習，閒閒沒事做的我就被鄧季維叫去跑腿了。

他累積了一堆公文沒送，但急著要和學生會成員開會，以及做校慶各項活動的最終確認，這種雜務自然只能交給我這個閒人。

我跑了一大堆科室，抱得手軟，跑得腿乏，好不容易送完堆積如山的公文，坐在超商前面喝飲料休息時，就見鄧季維臭著一張臉向我走來。

我往他身後看了看，發現半個學生會的人都沒有。事情不妙，那些人肯定是挨罵了。

我朝鄧季維揮揮手，他面無表情地瞥了我一眼，逕自走進超商裡，好一會兒之後才看他拿著一杯熱咖啡和香草冰淇淋走出來。

我打量了鄧季維好半晌，他都沒說話，思索了幾秒，我硬著頭皮問：「怎麼了？」

鄧季維冷冷地勾起嘴角，「都是些蠢貨。」

果然……我眞是料事如神。

「別這樣，剛考完試，大家還沒轉換好心情嘛。」我好聲好氣地勸。

鄧季維哼一聲，就不接話了。

「別生氣，不然等程譽軒練習完，晚上我們一起去吃晚餐。」我腦中靈光一閃便提議，吃到好吃的東西心情應該會好一些吧。

鄧季維似乎對這個提議有點興趣，「吃什麼？」

「吃……你想吃什麼？」

鄧季維想也沒想，「豬排飯。」

「好，就吃那個。」

「不用問程譽軒？」鄧季維挑眉。

我唔了聲，「不用吧，依他的個性，他一定會同意的。」

鄧季維安靜了片刻，口氣頗爲認眞，「說起來，妳和他是什麼關係？」

「啊？」我眨了幾下眼睛，「朋友關係啊。」

「我看你們感情很好的樣子，以爲你們在交往。」鄧季維沉思幾秒，語氣平淡地說。

我搖頭，喝一大口飲料，「沒有啊，我喜歡的人不是他，他應該也不喜歡女生吧。」

「哦，那妳喜歡的是誰？」鄧季維追問。

我話一噎，「呃……」

「說吧，我不會告訴別人的。」這大概是鄧季維史無前例的大讓步吧，他通常都習慣用脅迫的口吻要求我做事，不可能會和我交換條件。

我依舊有些猶豫，如果現在告訴他，不就等於直接向他告白了嗎？但我也沒有把握在鄧季維面前說謊不被戳破……

「換個話題吧？」我諂媚地笑了笑試圖討好他。

鄧季維這下更來勁了，「妳不肯告訴我，最大的可能是，我認識那個人。可是我們之間的交集並不多，妳喜歡的也不是程譽軒，這麼說來……」

我嚥了口口水，看著他，頓時一陣緊張，他不會猜到吧？

鄧季維勾起唇，「師生戀？」

舒了口氣，我瞪他一眼，「才不是，我對所有老師都沒有興趣好嗎？」

他哼笑出聲，聳聳肩，把冰淇淋下面的甜筒遞給我，「拿去丟了。」

你還眞指使我指使上癮了啊？

「垃圾桶明明就離你比較近。」我碎碎念，「你是沒手還是沒腳？」

鄧季維站起身，「我都聽見了，今天就先原諒妳。」

我不可思議地看向他，「你吃壞肚子啊？」

這不科學啊，我當著他的面說他壞話，他居然肯原諒我？

「你是不是段考考得很糟啊？」我小心翼翼地問：「沒關係啦，下次再努力就好了。」

他瞥向我，沒接話，恢復成平時清冷的表情，「我回辦公室了，晚上妳和程譽軒來辦公室找我。」

「喔。」這麼捉摸不定？鄧季維你是生理期來了？

他走幾步後，停下腳回過頭來，「林軍綺……」

「幹麼？」看著他那嚴肅的神情，我的心跳沒來由地漏了幾拍。

「不要喜歡我，我永遠不會喜歡妳的。」他直勾勾地凝視著我的眼睛，語氣中沒有溫度，也不帶嘲諷。

我猛然站起，他果然猜到了！

「因爲把妳當朋友，才決定告訴妳實話，我是永遠不會喜歡妳的。」鄧季維直接了當地說，頓了一會兒又開口：「這是我能給妳最有誠意的回應。」

是朋友之間坦承相對的誠意吧……

被他當面如此直白地拒絕，我除了難堪之外，沒有別的想法了。

我腦子裡一片空白，嘴上卻兀自說：「什麼叫最有誠意？你這樣傷害你的朋友，你有沒有良心？」

鄧季維只是注視了我幾秒，接著轉過身，「晚上一起吃飯，不要忘了。」

霎時間，一股血液衝到了我的腦中，我情緒失控地大喊：「你都這麼說了我還有什麼臉跟你吃飯？」

「朋友吃飯，不需要什麼臉。」他依舊冷靜地回。

「那——」

我的聲音硬生生地被他打斷，「有些事情，既然我沒明說，那就是不說比較好。林軍綺，有些平衡，是不能隨意打破的。」

什麼平衡不平衡，你有看到我在難受嗎？鄧季維你這個膽小鬼！

我腦裡的理智線瞬間斷掉，衝口而出：「我喜歡你，鄧季維，我喜歡的人是你！」

他緩緩地回身，緊盯著我的臉，表情複雜地嘆氣，「妳爲什麼要說出來？妳不說這話是會死嗎？」

「會！」我賭氣地大聲回應，卻快克制不住流淚的衝動。

他又嘆一口氣，抬起手來，在半空中遲疑半晌後，最終仍是放了下去。

「妳這麼說，我也只能告訴妳。」我們的視線交會，而我的眼前此時起了薄霧，無法看清他的臉龐，只能聽見他堅定地說：「很抱歉，我不喜歡妳。」

第四章

那天晚上，我們當然沒有一起去吃豬排飯。

別說豬排飯了，從那天過後我就沒和鄧季維吃午餐了，我推託說要處理班上校慶擺攤的事，叫程譽軒自己去辦公室。

鬱鬱寡歡地度過校慶，到了週日，我忽然一時之間不曉得有什麼事可做。於是在吃完早餐後，我就回到房間裡躺在床上繼續傷春悲秋。

說實在的，我明白鄧季維這麼做是爲了我好。

他是不想讓我抱持著不可能實現的期望，才會明講，其實他大可不必說，橫豎這件事對他來說也沒什麼影響。

可當我想起每一次靠近他時，胸口總是怦怦跳的感覺，心不禁一酸。

他不喜歡我，幹麼做這麼多令人誤會的舉動啊……

我在床上滾來滾去，煩悶卻不知該如何發洩，最後才懶洋洋地坐起身，準備來修照片，這次我在校慶的職務是班上的攝影小組，現在手機裡都是這次校慶的照片，我們攝影組都拍了些，打算之後挑出幾張好看的洗給同學們當作紀念。

將手機連上電腦，我打開資料夾，猛然看見我和鄧季維的合照。

當時我要是知道他過幾天就會說出這麼狠心的話……

我還不一拳從他下顎揍上去！媽的，你不喜歡我幹麼對我摟摟抱抱。

我按下右鍵想把這張照片刪掉，可又捨不得，儘管他拒絕了我，但我仍無法輕易放下對他的感情，畢竟感情也不是對方說不喜歡我，我就能立刻放下。

猶豫再三後，我還是放棄了，只把校慶的照片抓到電腦桌面上，開始專心地修圖。

到了晚上，我拿著貓飼料到公園時，發現程譽軒已經在長椅上等我了，他一雙長腿優雅地交疊，我卻沒有什麼心思欣賞。

他敏銳地察覺出我心情不好，便向我問了緣由。

想了想也沒有什麼不能對他說，我就一口氣把所有事全盤托出。

程譽軒聽完後，摸了摸我的頭，「妳很難過嗎？」

我思考片刻，嘆了一大口氣，「不知道，比起難過反而更像是失望，好像期待很久的事情，最終才發現，那只不過是我的妄想而已。」

程譽軒頷首，「我了解妳的感受。」

「你也失戀過？」我非常好奇是怎麼樣的人竟然會拒絕程譽軒。

他笑了幾聲，「首先，妳這個不能算是失戀吧？頂多算是告白失敗；其二，我沒失戀過，我只是輸過比賽，也曾失望過。」

「原來如此。」我靠著他的肩膀，抬頭望向天上的月亮，「程譽軒，那我都失敗了，以後中午就不去辦公室和鄧季維一起吃飯了。」

「妳連朋友都不想跟他當了嗎？」程譽軒暖暖的嗓音在我頭頂響起。

我沉默半晌，「不是，但我現在不曉得該怎麼面對他，想收拾好心情之後再說。」

「好吧，我會幫妳和會長說清楚的。」程譽軒又輕撫著我的頭，「沒關係的，會長應該不會介意這件事情。」

「我在意啊。」我脫口而出，看見程譽軒有點驚訝的表情，深深地吸了一口氣，「我怕看到他，會想起我告白失敗的那個畫面。」

「這麼說，其實妳更像是不甘心，而不是傷心吧？」他停了一下，「就像我輸掉比賽時也會很懊惱。」

聽到程譽軒這麼說，我頓時愣住了，沉思良久，我才搖頭，「我不知道，也許都有吧？」

他溫柔地看著我，他的眼神似乎在對我說，就算我搞不清楚自己的感覺也不要緊，他專注的目光讓我有些羞赧，忍不住微微地別過臉。

我們兩個安靜地坐了一會兒，我才開口：「那你中午還會和鄧季維吃午餐嗎？」

他想了想，聳聳肩，「不知道耶，校慶結束後學生會的事情大概就不會這麼多了，說不定會長也不需要我幫忙了啊，畢竟沒有妳的話……」

我偏頭，等著他的下文。

程譽軒搖搖頭，「沒什麼，再說吧。」

「喔。」我的腳一下一下地踢著地面，「程譽軒，如果我最後跟你說，其實我也沒有那麼喜歡鄧季維，你會認爲我很荒謬嗎？」

他忽然笑出聲，我不由得感到有些莫名其妙。

「妳會認爲離婚的人很荒謬嗎？」他反問我。

我思索了幾秒，「還好吧，若是眞的不愛了，勉強彼此也不好吧？」

「那些人一開始也是想著可以和對方過一輩子，才會結婚啊。」程譽軒臉上掛著淺笑，「我只是想告訴妳，妳和會長甚至沒有正式交往過，後來發現自己沒有想像中那麼喜歡他也沒關係的。」

我鬆一口氣，「你不會認爲我是在鬧彆扭就好。」

「我還是覺得妳在鬧彆扭啊。」程譽軒爽朗地笑起來。

在秋天的夜裡，他的笑聲好像特別清澈。

等我反應過來，他已經撥亂了我的瀏海，「不過這樣，很可愛。」

「可愛？」我撇撇嘴，「我只是在鬧脾氣罷了。」

「鬧吧，我陪妳。」他說得很順，讓我噎了一下。

倘若不曉得程譽軒喜歡的是男生，我一定會以爲他喜歡我咧。

「有好朋友就是不一樣，我再胡鬧也會幫我撐腰。」我嘻嘻哈哈地把那句話帶過，「你明天去找鄧季維的時候，就跟他說我需要一點時間想想。」

「妳不用擔心，我會把這件事處理好的。」程譽軒失笑，「這也沒有什麼，我覺得會長還是很關心妳的，至少他很明確地跟妳說了，他把妳當朋友。」

我垂下頭，「我知道，可是現在我心裡有道坎，等我跨過去就會沒事的。」

「好，等妳跨過去了，我們再找會長一起吃飯。」

「你怎麼知道我一定能跨過去？」我說著說著語氣不禁帶了點憂傷，「搞不好就和我永遠搞不清楚化學一樣，那道坎長得跟山一樣高。」

「我相信依妳的性格，不會對這件事糾結太久的。」程譽軒說得很自然。

有他這個朋友眞好，即使我在胡亂發脾氣，他仍然願意相信我。

「但妳的化學……」他嘆了口氣，「雖然我也不喜歡補習，不過妳有考慮過要去補習嗎？」

我掩面，「你不要提啊，好不容易才考完試。」

程譽軒面容是罕見的嚴肅，「妳的化學考得怎樣？這次考題感覺難度比較高。」

我啞口，望向天，貌似不經意地說：「寂寞的時候看天空，天是空的。」

程譽軒沉默了幾秒，「我懂妳的意思了，想必妳的分數也很寂寞。」

我憂傷地點點頭，「別問，傷心。」

我躲了鄧季維一個星期，準確來說，是五天的上課日。

然後他就殺到我教室來了。

那時我剛拿到便當。潘潘一打鐘就去找社團的人吃飯了，我也不好意思和她說最近我在躲鄧季維，請她陪我，畢竟她也有自己的安排。

所以這幾天我都是和程譽軒去學校裡隨便一個樹蔭下吃。

沒想到今天我還沒走出教室，鄧季維就站在我面前，一時之間我只能愣愣地看著他。

他居高臨下地緊盯著我，用氣勢爆棚的語氣，面無表情地說：「妳要自己走，或者是我抱著妳走？」

我嚇得趕緊抱緊便當，並拿起桌上的手機，「我自己走！」

天涯海角我都跟你去！

鄧季維頷首，「很好。」

他一轉身，我隨即追上去。上次我仍是傷患，可以得到一個公主抱，這次我絲毫不懷疑他會把我扛上肩膀直接抬走。

我亦步亦趨地跟著他，小聲地問：「那個……程譽軒還在等我吃飯，怎麼辦？」

「傳訊息跟他說妳今天和我一起吃飯。」鄧季維想也沒想便回。

「啊？就、就我們兩個？」我詫異到微微結巴著。

鄧季維停下腳步回頭看了我一眼，「妳是不樂意還是不願意？」

我立刻搖頭，「沒有沒有沒有，我樂意我願意我……」

「閉嘴！」鄧季維朝我使眼色，「現在馬上告訴他。」

我迅速拿出手機打給程譽軒，他的聲音聽起來有些失落，卻依然溫柔地和我說了聲好。

我心中頓時湧起濃濃的罪惡感，這樣就像我拋棄程譽軒一樣。

「我們不能一起吃嗎？」我忍不住問出口。

「不能。」鄧季維瞥了我一眼，「我有話要和妳說。」

「喔……」

「走吧。」說完，鄧季維便拉起我的手走到頂樓，儘管已是十月中旬，可中午時分的太陽仍十分熾熱。

我苦著臉，「你是故意的嗎？是不是爲了懲罰我啊……這裡溫度這麼高，我們眞的要在頂樓吃飯？」

鄧季維一言不發地推開門，熟門熟路地走到他的專屬小天地。這裡完美占據了陰影處，不但有放一套課桌椅，他還不知道從哪裡偷渡了一臺電風扇擺在這。

我不由得瞠目結舌，「你這樣會被罵吧？」

他聳聳肩，「又沒人曉得這是我放的。」

「可是工友先生不會上來嗎？」

「喔，我收買了工友。」鄧季維輕輕巧巧地答。

我無言地注視了他一會兒，沒從他臉上找出任何心虛的痕跡，好像這一切都如此地理所當然。「工友這麼好收買嗎？」

「也沒有什麼難的。」他隨口回：「坐，有事跟妳說。」

我點頭，在唯一的椅子上坐定，鄧季維則坐在桌上。

「在我的世界裡，喜歡就是喜歡，不喜歡就是不喜歡，沒有什麼日久生情的情況。」他單刀直入地開口。

「喔……」如今我的心臟已經被訓練得挺強壯的，聽到鄧季維這種直接的宣言也沒受到任何打擊。

他話裡的意思，不就是他一開始就不喜歡我嗎？我可以接受的。

「不過經過這幾天的思考，我發覺了一件事。」

我低頭扒了口飯，漫不經心地問：「什麼事？」

我當然不會往臉上貼金地認爲他忽然發現自己喜歡上我了，退一萬步說，他拒絕我的時候都說「永遠」不會喜歡我了，要是現在又說喜歡我……我還不先揍他一拳再說？

「我喜歡程譽軒。」鄧季維冷靜無比地說。

噗！我嘴裡的那口白飯噴了出來。

鄧季維緊緊擰起眉頭，「很髒。」

我愣了許久，才回過神，這時候誰還擔心髒不髒啊？我驚訝地看著他，「你再說一次，我是不是聽錯了？」

「我喜歡的人是程譽軒。」鄧季維面不改色地又說了一次。

那瞬間我眞是悲喜交加啊……

我這才明白當初那些我想不通的事情，背後眞正的原因了，扣掉最初的捉弄，原來每一次鄧季維會靠近我，都是因爲程譽軒。

他在我受傷後隔天來到我家，是因爲知道程譽軒會和我一起上課。

答應讓我們去學生會辦公室吃飯，是因爲程譽軒。

在霸王龍粉絲面前救了我，也是因爲程譽軒。

因為程譽軒，他才讓我進入他的生命中。

我抹了把臉，頓時既生氣又無可奈何，畢竟鄧季維從未說過喜歡我，是我一直自認為他喜歡我，才會愈陷愈深。

「那……那你跟我說這個幹麼？」我有些無精打采，雖然我是腐女，但輸給男生還是會傷心啊……難道這就是被喜歡的人拿來當煙霧彈的感覺嗎？

果真被論壇上的帖子說中了，我的確是鄧季維的煙霧彈沒錯。

「第一，我要告訴妳，我不喜歡妳是因為從一開始我喜歡的人就不是妳，所以妳鬧了一星期的脾氣也該夠了；第二，我要妳幫我創造和他相處的機會。」鄧季維有條不紊地說。

你這真的是喜歡人家該有的態度嗎？冷靜得和處理公事一樣。

我在心裡吐槽他，不過依然認真地思考了片刻，「你的意思是，要我們繼續和你一起吃午餐？」

鄧季維露出了一個略微難懂的表情，搖了搖頭，「智商太低真難溝通。」

「喂！」我瞪他，「是你有求於我，結果還不把事情說清楚好不好。」

鄧季維瞇起眼，露出了些微殺氣，隨即又恢復原本冷靜的樣貌，「妳說得對，我該把事情說清楚，妳才不會理解錯誤。」

我低頭再吃幾口飯，這個事實太令我意外了，我得多吃一點壓壓驚。

「我要妳幫我追程譽軒。」鄧季維用他一貫強勢的口吻對我說。

我張著口，再度訝異地瞠大眼。

「看什麼？沒聽懂嗎？」他眉間微微鎖起。

我閉上嘴，把嘴裡那個不知道是豬肉或是雞肉的東西，隨便咬了兩口吞下，「我記得第一次見面時，你跟我說你最討厭旁敲側擊的人了？」

他點點頭，「我不是旁敲側擊，我是要追他，所以需要幫手。」

我眨了眨眼，好不容易才理解他的邏輯，「即使他不喜歡你，你也要追他？」

鄧季維頷首，「就是這樣。」

「那如果你認真追求他，他卻還是不喜歡你呢？」只見鄧季維臉色一變，我急忙補充，「我不是想唱衰你啊，不過他好像有喜歡的人了，不是我們學校的。」

「妳見過？」

「見過一次。」我看鄧季維表情不豫，又補了句，「那個人是他表弟。」

鄧季維安靜地凝視著我，好一會兒後才開口：「我開始覺得找妳當隊友是一個錯誤的選擇了，可是我居然該死的沒有其他選項。」

我沉默幾秒，「你這是在罵我是豬隊友嗎？」

「幸好妳還有這麼點自知之明，不算太豬。」鄧季維的語氣中滿是同情。

「滾。我也可以不當你隊友。」我沒好氣地回，「你是沒見過程譽軒那時候難過的神情才會不相信，他真的很關心他表弟，而且他們之間感覺不單單只有親情。」

鄧季維望了望天，「好，那妳的第一個任務就是去問程譽軒對他表弟究竟抱持著什麼樣的感情，直接轉述他的回答就好，不要自己腦補劇情。」

午休過後，我整個下午都在想鄧季維喜歡程譽軒的事情。

我依舊十分困惑，鄧季維怎麼忽然就喜歡上程譽軒了？我仔細琢磨著他以往說過的每一句話，卻無法從裡面找出任何蛛絲馬跡。

我沒有精神地趴在桌上，不知該對這事有什麼感想。

「妳幹麼？怎麼無精打采的？」潘潘回過頭來，「發生什麼事了？」

「我有個朋友，突然對我說他喜歡男人。順帶一提我那個朋友也是男的。」

潘潘頓時樂了起來，「這樣不好嗎？妳那個朋友帥嗎？妳是不是本來對人家有不正常的幻想，才會這麼失落啊？」

我一驚，潘潘這直覺和一針見血的本能眞是……

看我臉色不對，潘潘就知道自己猜對了，「妳那個朋友不會是鄧季維吧？」

「不是！」我立刻否認，要是讓鄧季維發現我不小心把他的性取向洩露出去，我就死定了，「是一個以前的朋友。」

潘潘瞇著眼，眼神明顯帶著懷疑。

我想也是，我和她從小同班，我以前的朋友有哪個她不熟的。

「這不是重點啦，重點是，他忽然跟我出櫃，我有點……」我趕緊開口不讓潘潘深思下去。

我正想著要怎麼說，潘潘就接話：「受寵若驚？」

我愣了瞬，潘潘的想法還眞是特別，我又找不到其他更合適的形容詞，只好點點頭。

「是應該要受寵若驚沒錯，他這麼相信妳。」潘潘停了下，「所以妳到底爲什麼會因爲這件事心情不好？」

「我只是……」在不能透露這個人是鄧季維的前提之下，我眞是不曉得該怎麼描述，「覺得他都找到喜歡的人了，我卻在這時候告白失敗，有點傷心。」

「關妳屁事啊。妳也有喜歡的人啊，退一萬步說，雖然妳告白失敗了，但他也未必會成功，妳幹麼傷心？」潘潘翻了個白眼，沒好氣地說：「簡直是浪費我的時間，林軍綺，妳下次再拿這種無聊的事問我，我就揍妳一頓。」

我怔愣，「我又沒問妳，是妳先找我搭話的耶！」

「對喔！」潘潘像是想起什麼，向我伸出手，「數學作業啦，我還沒寫！」

我瞪她，「還有五分鐘就要上課了妳居然……」

「別廢話了，快點！」潘潘催促我，在我從書包裡拿出本子時，她便一把搶走。

我望向窗外的天空，又開始思索起鄧季維的事，潘潘說得也沒錯，我應該要開心的，鄧季維和程譽軒終於要在現實中兄弟成CP了。

可是，鄧季維究竟是什麼時候喜歡上程譽軒的呢？

我一直和他們在一起，卻從來沒注意到這件事。

我心底無法遏止地泛起淡淡的憂傷。

鄧季維不知不覺中喜歡上的人不是我，我眞的……挺失落啊。

「對了，你表弟最近還好嗎？」

我對一起坐在公園長椅上餵貓的程譽軒提問，他不知道怎麼了，竟然特地買了零食和飲料，一副要與我促膝長談的樣子。

程譽軒似乎沒想過我會問起他的表弟，想了會兒，才開口：「跟之前差不多，我阿姨還是挺擔心他的。」

「喔。」

我腦子瘋狂轉著，正在想該如何把話題轉到他喜不喜歡他表弟上頭，程譽軒就說：「妳今天中午和會長談了些什麼？」

我一悚，慌忙地回：「也沒有特別說什麼，他把我罵了一頓，叫我別再鬧脾氣。」

「那為什麼不讓我去？」程譽軒遞給我一罐打開的飲料。

我扁嘴，還不是因為他要跟我出櫃，說他喜歡你。不過這話我又不能說，只好隨便敷衍了幾句，「鄧季維的想法就是那麼奇怪啊，我也不敢多問……或許他不讓你去，是想幫我保留最後一點面子吧。」

結果程譽軒居然輕易接受了這個理由，看來他也是真心認為鄧季維的性格太奇怪了。

「對了，每次都是討論我的感情，我也想問你，你喜歡的人是什麼樣子的？」我連忙把話題轉到他身上，我們迂迴前進，曲線救國！

程譽軒想了想，撕開了一包零食，「至少，要和我談得來的。」

我眨眨眼，思索幾秒，想也沒想就張口吃掉他遞來的餅乾，「這聽起來有點模糊啊，而且好像滿容易達成的？」

他低低地笑，「還是我的那套理論啊，當不當情侶不說，至少要能先當朋友吧？」

我同意地點點頭，「那男生女生都沒關係嗎？」

「妳幹麼突然關心起我的感情世界？」程譽軒敏銳地反問。

我的目光不自覺飄移，「沒有啊，我不是被拒絕了嗎？就有點好奇別人的啊。」

「喔。」程譽軒沉思了會兒，「我沒認眞想過對方的性別問題，但我覺得會長說得也挺有道理的，重點是那個人是誰，而不是那個人是什麼性別。」

有戲！我一下子就熱血沸騰了，兩眼放光地看他。

程譽軒對上我的眼神，啞然失笑地伸手蓋住我的眼睛，「妳也太期待了，我可從來沒喜歡過男生。」

「沒喜歡過，不代表未來不會喜歡嘛。」我一把撥開他的手，「那你喜歡你表弟嗎？」

「啊？」程譽軒愣了片刻，才反應過來我問什麼問題，忍不住哈哈大笑，「當然喜歡，不過是親人的喜歡，不是妳想像中的那種。」

我噘起嘴，「喔……」

「妳怎麼這麼失落啊？」程譽軒滿臉無可奈何，輕拍了下我的頭，「妳都在胡思亂想什麼？」

「沒有啊，因爲之前看到你很擔心他，我還以爲你們之間有禁忌的戀情之類的。」

程譽軒搖頭失笑，「我看是妳看太多BL小說，不小心腦補過頭了吧？」

我朝他做鬼臉，「那你現在沒有喜歡的人喔？」

「現在嗎？」程譽軒想了幾秒，「算是沒有吧。」

「算是？」這是什麼意思？

「是有個不錯的朋友，但只是有好感，還不到喜歡。」程譽軒說起那個人的語氣十分溫柔。

眞的假的啊？我有些錯愕，如果我直接問他，他會告訴我是誰嗎？

算了，反正不管程譽軒怎麼想，鄧季維依然會追他，所以他有沒有喜歡的人根本不是重點，更別說只是個「還不到」喜歡的朋友。

「等你有喜歡的人，一定要告訴我啊。」我拍拍他的肩膀，嘿嘿笑了兩聲，「最好是男人。」

程譽軒哭笑不得地勉強點頭，「好，我盡量。」

鄧季維，我可是盡力了啊！

「我問了，程譽軒說他不喜歡他表弟。」

我趁著早自習的空檔，找鄧季維到頂樓談話，這裡是他的地盤，要說什麼都很方便，而且要是被別人聽到，也不能怪我。

鄧季維的表情波瀾不驚，一副早就知道的模樣，「還有嗎？」

「程譽軒說，他覺得你說得滿有道理的，性別不是重點，重要的是對方是誰。」我把程譽軒的原話轉告給鄧季維，然後自己下了結論，「我認爲你們兩個還是挺有戲的。」

鄧季維的心情在聽到這消息之後明顯好轉許多，我第一次在他臉上看見如此和煦的笑意。

「林軍綺，沒想到妳還滿靈光的。」

我偏偏頭，這到底是不是誇獎？「……喔，謝謝你。」

「我決定了，以後每天早上我們就固定這個時間在頂樓見面，妳必須好好向我報告工作進度。」鄧季維很自然地命令我。

What?我不可置信地瞪大眼，「喂，我爲什麼要幫你啊？幫你一次是好心，你還眞把這個當成我的義務啦？」

鄧季維挑眉，「我以爲妳們很希望我和程譽軒在一起。」

我一怔，我們？是指腐女們嗎？是沒錯啦，可是……「可是這樣我不是就像間諜一樣嗎？」

鄧季維審視我的眼神，瞬間充斥著同情，「我確實希望妳去刺探軍情，但並不是想要傷害程譽軒，所以間諜這個詞不太合適。」

我擺了擺手，「誰在乎這個？」

「妳啊。」鄧季維雙手環胸，「妳不就是怕我傷害程譽軒才拒絕的嗎？」

我被他的話繞得腦子快要打結，「是……這樣嗎？」

「是啊。」鄧季維聳聳肩，嘴角彎起，似笑非笑，「既然妳希望我和程譽軒在一起，卻不肯幫我，除了怕我傷害程譽軒之外，我想不出有什麼其他的原因。」

我皺起眉頭，努力想從他的話中找出漏洞來反駁。

「這樣吧，我保證，第一，我不會傷害程譽軒，哪怕最後他拒絕了我，我也會欣然接受這個結果；第二，我不會再把妳當下人，我們是伙伴，共同目標是拿下程譽軒。」

他說得坦率，儘管我仍是覺得有些怪怪的，可是實在想不出哪裡有問題，這時掃地的鐘聲又響起，我一個咬牙，只好答應了。

鄧季維這時朝我伸出手，「成交？」

「嗯。」我握住他的手。

我抱著一肚子的困惑回到教室，這才回過神。

靠！我根本沒有希望鄧季維和程譽軒在一起啊！我還在糾結為什麼鄧季維喜歡的不是我，怎麼最後就被他繞邏輯繞到成交了呢？

我一臉惆悵，潘潘正好經過我身邊，便問：「妳怎麼啦？」

我看向她，語氣哀怨，「我眞心認爲智商眞的是個很重要的東西啊。」

潘潘斜覷了我一眼，「廢話，這還要妳說。」

自從被鄧季維拐去當什麼他媽的伙伴之後，他天天都有任務交給我，一下問程譽軒喜歡吃什麼，一下又問程譽軒這個那個的，每天和程譽軒聊天時，我都要不動聲色地套出這些問題的答案。

◆

我都覺得自己的智商在短時間內迅速往上攀了一個等級。

對此鄧季維只表示：刀不磨不利，尤其從鐵片開始磨刀，更是個大工程。

我頓時後悔當初爲什麼要答應他？索性讓他自己去追程譽軒追到死算了。

總之，這幾個星期就這樣平淡地過去了。每天都有固定的行程，早上我先和鄧季維開戰略會議，中午我跟他們一起開開心心地吃午餐，晚上再執行鄧季維給我的任務。

我實在很想知道鄧季維怎麼會有這麼多問題，又深深地感嘆，難怪我當時告白會失敗，我根本沒有好好地了解鄧季維，卻認爲只要自己喜歡他，他就應該也會喜歡我。

仔細想想，這不是腦子一熱的行爲，什麼才是？只是把自己的一腔心意擺在喜歡的人面前，卻沒有去了解他的一切，也沒有做任何實際的追求行動，就希望對方能夠喜歡自己，這多不合理啊？

我拿著掃把掃著地，忍不住嘆了口氣。

「林軍綺！」潘潘從走廊那頭跑過來，叫著我的名字。

「幹麼？」我回頭。

「妳是不是和鄧季維在談戀愛沒告訴我？」潘潘吼得全世界都知道了。

我啊了一聲，莫名其妙地看她，「妳在說什麼啊？」

「妳多久沒上論壇了？」潘潘停在我面前，還有些氣喘吁吁。

我想一會兒，從我跟鄧季維結成同盟開始就沒去看了，我哪有空啊？「呃……幾個星期吧？」

潘潘忽地抬頭，「妳老實說妳是不是得罪了誰？」

這又是哪一齣啊？「我、我沒有吧？」

認真說起來我得罪的人可多了，光鄧季維和程譽軒的粉絲，在我們學校裡沒有上百也有數十人吧？

「那爲什麼他們要大費周章地跟拍妳啊？」潘潘將手機遞到我面前，「妳每天早上都會和鄧季維約會的事，被爆出來了！」

「什麼約會？」我腦袋一時還沒轉過來，過了一會兒才頓悟，我和鄧季維的戰略會議……

我滑著潘潘的手機，這次爆料的人還真有耐心，一連拍了五天我和鄧季維從頂樓上一起走下來的照片。

大概是這段時間經歷過太多次了，我已經很習慣這種情況，「隨便啦，他們要怎麼說，我都不在乎了。」

潘潘一臉錯愕，「妳真的一點都不在乎？」

我點點頭，照片裡我跟鄧季維什麼曖昧的動作都沒有，過一陣子新話題出現大家就會忘了。我倒是想藉由這個緋聞讓程譽軒吃醋，這樣他們或許就可以順利在一起，若能這麼簡單就好了……

「你們真的沒有交往？」潘潘的語氣滿是懷疑。

「我還真希望有咧。」我沒好氣瞥了眼潘潘，然後用全世界都聽得到的音量大吼：「鄧季維是單身、單身！」

潘潘還沒說話，鄧季維就在我身後冷不妨地開口：「真是感謝妳幫我昭告天下。」

他聲音極冷，我瞟了他一眼，「你來幹麼？」

鄧季維雙手插在口袋，「來看看妳是不是還活著。」

我哼了聲，「都是你！快去管好你的粉絲！」

鄧季維瞇起眼，但最後沒說什麼便轉身離開。

我繼續掃我的地，半晌後才注意到我身後聚集了一堆石化的圍觀群眾。

潘潘嚥了口口水，「妳怎麼敢這樣對鄧季維說話？妳沒有看到他剛才氣場超強的嗎？如果下一秒他從口袋掏出槍我都不意外。」

我愣了一會，搖搖頭，「我沒注意到。而且他怎麼可能會有槍？妳太誇張了。」

潘潘扶著頭，「我覺得妳的膽量比這則八卦還更值得上熱搜排行榜。」

我想了想，「大概是久了就會習慣吧。」

何況現在是他有求於我，我怕什麼？看著潘潘不明所以的模樣，我只好再補充：「其實鄧季維人很好的，只是氣場很強而已。」

這句話讓所有石化群眾都回過神來，議論紛紛地討論起這件事。

潘潘的說法是，本來她還認爲那只是傳言，可是我這樣凶鄧季維，他居然沒有發火而是直接轉身離開，更顯現出我們兩個的交情不凡。

江湖傳言表示：要不是正在交往，就是即將要交往。

我趴在桌子上，翻起白眼，「不管怎麼樣都有人會說話，隨便啦。」

我意興闌珊地翻閱著課本，最近論壇上關於我的帖子隨便都能蓋到破百樓，如今我這小透明也終於對這種事習慣成自然了。

潘潘趴在她的椅背上望向我，「妳現在眞的好淡定啊。」

「那是因爲我和鄧季維絕對不可能會在一起。」我的聲音沒什麼情緒。

倘若仍有一絲機會，正常人應該還是會因爲對方而臉紅心跳，但問題是，我跟他實在是毫無機會啊。

「妳怎麼可以這麼肯定？」潘潘挑眉，敏銳地問：「妳是不是有什麼內幕沒告訴我？」

我心頭一跳，立刻打起十二萬分精神回：「沒有，我不是告白失敗了嗎？怎麼可能還有機會，妳看鄧季維會是欲拒還迎的人嗎？對他來說，拒絕了就是拒絕，不要抱任何期待比較好。」

潘潘做了個鬼臉，「自從妳和他們一起吃飯之後，祕密愈來愈多了。」

我想解釋，卻又想到不能把眞相跟潘潘說，比起說謊，我寧可沉默，於是閉上了嘴。

潘潘不愧是我最好的閨蜜，儘管她平時總愛鬧我，然而當我眞的非常猶豫時，她卻從不追問太多，大概是知道如果我能講，一定會第一時間告訴她吧。這算是我們認識多年累積起來的默契。

「妳中午還要去跟他們吃飯嗎？」潘潘一臉好奇地提問。

「要啊。」我有些漫不經心，「學生會最近開始忙運動會的事了，我和程譽軒都要去幫忙。」

「是喔……」潘潘的語氣竟帶上了些許失落，「我都好久沒和妳一起吃午餐了。」

我頓時有點愧疚，最近都在幫鄧季維執行他的追求計畫，一不小心就忽略了潘潘，「那還是週六，我們一起去逛街？」

我腦子裡倏地閃過了一個好主意。

「好啊，妳想逛什麼？」潘潘沒注意到我走神，繼續說：「冬天也快到了，不然我們去買衣服好了？」

我握住她的手，對她眨眨眼睛。

潘潘瞇起眼，「妳幹麼？」

「沒有，我就是想感謝妳！妳給了我一個好主意。」我用力地握了握她的手，「事情成了我請妳喝飲料。」

潘潘一頭霧水，「什麼成不成的？」

「不是什麼大事啦，星期六我們去買衣服吧。」我笑嘻嘻地說。

潘潘盯著我好一會兒，「妳不會是想要算計我吧？」

我嗆咳幾聲，「是妳說我最近都沒陪妳吃午餐的耶！況且妳渾身上下根本沒有什麼好圖謀的，我算計妳有什麼好處？」

潘潘喔了聲，「妳這樣說也是沒錯啦……」

「就這麼說定了，星期六我們先去吃午餐再去逛街。」我和潘潘說定後，從口袋拿出手機，潘潘見我不知道在忙什麼，她就轉過頭去滑手機了。

我傳了LINE給鄧季維，說中午有事要和他商量，叫他早點到，他很快地回了個好。

我接著再傳訊息給程譽軒，和他說我中午要先去找老師，到時候我們直接在學生會辦公室見就可以了，程譽軒那頭很快就回了貼圖給我，然後手機又震動一下。

程譽軒：論壇上是怎麼回事？

我想了幾秒，在螢幕上打字。

軍綺：我們學校論壇上的話題還有可信度嗎？

程譽軒：所以妳沒跟會長交往吧？

軍綺：我倒是想，但沒有，他不喜歡我，嗚嗚嗚。

程譽軒回我一張摸摸頭的兔子貼圖。

程譽軒：那中午辦公室見。

軍綺：好。

我思索一會兒，又補充一句。

軍綺：你不用太早到，我應該會遲一些。

程譽軒：好。

結束與程譽軒的對話，我立刻查了幾個大家推薦的約會好去處，打算替他們的感情發展推波助瀾一番。不是我太沒耐心，可是他們再這樣磨磨蹭蹭的，要什麼時候才能在一起？

我都快受不了啦！

而且程譽軒似乎少了感情偵測雷達，每次鄧季維各種暗示，他都完全接收不到鄧季維的電波，我猜程譽軒大概和很多人一樣，以爲鄧季維是個妥妥的直男吧，還是死都掰不彎的那種。

所以我只好幫他們創造一點機會！最好能讓程譽軒對鄧季維心動，這樣我也算功德圓滿了。

好不容易挨到午休時間，我拿起便當快步衝到學生會辦公室。

程譽軒果然還沒來，而鄧季維已經在裡面等著了，我跑到他身邊，說我有個能替他們創造獨處機會的計畫。

鄧季維挑眉問：「妳要怎麼做？」

「星期六我們就假裝三個人要一起去逛街，我會在中途說我臨時有事要去找潘潘，晚上再去找你們吃晚餐，這樣你不就可以跟程譽軒共度兩人世界了嗎？」我飛快地說，然後把便當往旁邊一擺，坐在桌子上居高臨下地看他，「我幫你問了這麼多問題，你也足夠了解他了吧？最終臨門一腳還是要靠你自己來啊！」

鄧季維似乎被我說動了，他將十指交握抵在臉前沉思，「那我們逛街的理由是什麼？」

我拍拍胸，「這我也想好了，我的生日快到了，等下我會說我想找你們去慶生，如果他同意的話，當天我離開的時候，你就和他說要幫我挑禮物，這樣不就有理由了嗎？」

鄧季維臉上帶著淡淡的喜色，「沒想到妳還挺靈光的。」

「那是。」我得意洋洋地看向他，「那你同意了吧？」

「可以試試。」他頷首。

他一點頭，我才注意到他頭上好像沾了片紙屑。

「別動。」我伸出手，「有東西。」

鄧季維低著頭，我才剛把紙屑拿下，門就被推開了。

程譽軒的目光在我們之間來來回回地掃了兩趟，「妳……來了啊？」

我跳下桌子，跑到他面前，「這週六你有沒有事啊？」

程譽軒一愣，想了想，「早上要練習，之後就沒什麼事情了。」

「那我們去逛街吧？」我笑盈盈的，「我生日快到了，你跟鄧季維一起來，就當幫我慶生？」

程譽軒先是有些驚訝，接著溫柔地笑起來，「好啊，那要不要先訂餐廳？」

「不用，我來負責，我生日嘛，當然要按照我的心意過啊！」我笑著說：「你們只要能來我就很開心了，等安排好行程之後，我再通知你們。」

程譽軒摸摸我的頭，「好，我一定到。」

我回頭對鄧季維使了個眼色，明知故問：「你也會來吧？」

鄧季維哼笑一聲，「我會去。」

我連忙說：「好，就這麼說定了。」

◆

進入了十月底，天氣逐漸轉涼。

今天太陽下山後溫度又更冷了些，晚上餵貓時，程譽軒在昏黃路燈下信步朝我走來，他穿了一件針織外套，使他全身上下都瀰漫著受味。

我頓時看傻了眼，不禁腦補出他和鄧季維站在一塊的畫面，一下子熱血沸騰了起來，若這幻想能夠成眞，那我此生足矣。

咦？從什麼時候開始我居然也打從心底期望鄧季維跟程譽軒在一起了？

程譽軒在我身邊坐下，手在我面前晃了兩下，「在想什麼？」

我回過神，不加思索便說：「喔，在想鄧季維洗腦的功力眞不是普通厲害。」

想想我當初還在爲鄧季維喜歡的人不是我而感傷，但沒過多久，我已經全心全意地希望他們能幸福了，甚至如此認眞地出謀劃策，這要不是被洗腦，什麼才是。

程譽軒愣住，好像完全不明白我話中的含意，不過我也不能向他解釋，只能呵呵傻笑。

他見我沒有要說明的意思，無可奈何道：「最近妳好像和會長很要好？」

我在心裡翻了個白眼，不都是因爲你。可這話我還是不能說，只好嗯了一聲，「那……在告白失敗之後，我覺得終於可以放下對他的感情，只當朋友了，就……」

就什麼來著啊！這理由也太爛了吧。

果然程譽軒也露出了略微困惑的表情，我連忙擺手，「算啦，這不重要。」

他輕皺起眉，「妳是不是有什麼事情不能告訴我，所以才胡亂找藉口？下次不用這樣，妳直接坦白說不能說就好，我不會追問的。」

他的語氣依舊溫柔，我卻從他的神情中看出了些微失落。

程譽軒和潘潘畢竟不一樣，潘潘與我是從小到大的交情，即使我們之間有什麼話沒說清楚，但對彼此有充分的信任。可程譽軒跟我不過認識幾個月而已，他會因爲我有事情瞞著他而感到不舒服，也是很正常的。

我握住他的手，「沒有，是我也不知道該怎麼回答才好，有些人就是會因爲一些契機，反而變得更熟，也沒有什麼特別的原因。」

程譽軒凝視著我，深思了一會兒，「也是。」

我趁他還沒將所有事想清楚時，趕緊扯開話題，「對了，當初你怎麼會來念我們學校，我記得復興高中的游泳校隊也很好啊。」

程譽軒想了想，「沒有什麼特別的原因，因爲這所學校離我家比較近，而且……」

「而且……？」

他勾起淺笑，「制服比較好看。」

我跟著笑了起來，「我都忘了你這麼注重外表了，不過我們的制服眞的滿好看，我認同你的眼光。」

程譽軒輕笑出聲，眼眸因路燈的照射而熠熠發光。

他本來就很帥氣，以前我只迷戀他的鎖骨和在陽光底下閃閃發亮的他，但在與他成爲朋友後，我才發現他的個性比他的外表還要好上千百倍，可惜大家都被他外在的光環迷惑，沒有發現他的內在更美好。他不僅溫柔體貼，也會像英雄一樣，用他的方式保護身邊的人，雖然和鄧季維霸氣外露不太一樣，但同樣令人很有安全感。

「其實復興高中到現在都還沒死心，我媽偶爾還會接到他們詢問我目前的訓練情形的電話。」程譽軒慢慢地說。

我錯愕地望向他，驚呼出聲：「你不會想去吧？」

你去了鄧季維怎麼辦啊？那傢伙恐怕再也找不到能讓他心動的人了。想到這兒，我急忙緊抓他的手，「不能去啊！」

程譽軒被我的驚慌失措弄笑了，「別擔心，我沒有要去，而且我爲什麼要去？好好的沒必要轉學啊。」

我鬆下肩膀，「也是、也是。」

「妳爲什麼這麼緊張？」程譽軒的話中滿是好奇。

我扁扁嘴，「我們是好朋友啊！你轉學我會很孤單的。」

「不是還有會長和潘潘嗎？」程譽軒快速地回，好像還想說什麼，卻又閉上了嘴。

我猜不到他想說什麼，只能逕自說：「他們是他們，你是你，你也是我很重要的朋友，我不想和你分開。」

程譽軒溫和地彎起嘴角，拍拍我的頭，「知道啦，我不會去的。」

「那就好。」

我伸著懶腰，看向夜空。

其實在城市裡看不太到星星，何況我們還坐在路燈下，不過興許是溫度宜人，心情自然愉悅的緣故，我居然覺得什麼都沒有的夜空也很漂亮。

這時一陣涼風吹過，我……哈啾。

程譽軒笑著把身上的針織外套脫下，然後遞給我，「小心不要感冒了。」

我仍是愣愣的，「欸，不用啦，我不冷的。」

「穿著吧。」他語氣十分堅持，「如果感冒就不好了，再沒多久又要考試了。」

他一提到段考，我立刻接過了外套。

「程譽軒，你這麼溫柔的個性是怎麼養成的啊？」我邊穿邊問。

「天生的吧？」他笑答。

小白吃完貓糧就跑到我們腳邊來亂蹭，程譽軒抱起了牠，低著頭輕柔地順著小白的毛。

我仔細凝視起他的側臉，心也柔軟了起來。

他這麼溫柔，還是配一個能保護他的人比較好。最好要很專情，不然他性格這麼敏感，絕對會很容易就受傷。

似乎察覺到了我的目光，他偏過頭來看我，「妳今天怎麼老是看著我發呆？」

「喔，我只是在想，要怎麼樣的人才適合你。」我笑了下，「你這麼好，那個人一定也要很好才配得上你。」

程譽軒啞然失笑地搖搖頭，「我不用那個人有多好，只要我們互相喜歡，這樣就夠了。」

我睜大眼睛，真摯道：「那個人肯定會喜歡你的。」

「是嗎？」程譽軒一臉笑意，語調歡快地問：「妳怎麼知道那個人肯定會喜歡我？」

「你這麼好，沒有理由不喜歡你啊。」我用力地注視著他的眼睛強調。

程譽軒好似被我這種孩子氣的口吻說笑了，他像摸小白一樣，輕柔地撫著我的頭，「希望眞能像妳說得這麼順利就好了。」

我沒有動，就乖乖地讓他摸著。因爲這一刻，我突然覺得他心裡好像藏了些事情，是不想告訴我的。

也許在現實世界裡喜歡同性，並不如在BL小說的世界中那般理所當然，也不會總是如此歡樂。

「沒關係的，你還有我啊。」我再次握住他的手，「不管怎麼樣，我們都是朋友。」

他的眼眸中盛滿了溫柔，輕輕地應了聲好。

到了週六，我和程譽軒一同搭車前往文創園區與鄧季維碰頭。

我們先在附近的早午餐店隨便吃了點東西，才剛吃完潘潘的電話就來了，我瞥向鄧季維一眼，他微不可見地朝我點頭。

我接起電話，那頭潘潘果然馬上吼了過來，「不是約好了要見面！現在都幾點了！」

我是遲到了一會兒，不過是有苦衷的啊。

我對程譽軒做了個抱歉的表情，走到一邊好好地安撫完潘潘，才回到他們身邊。

「那個……不好意思啊，我臨時有事，潘潘威脅我要是我不去，她就要和我絕交。」我語氣討好地說：「那我們晚上還是一起吃飯好嗎？」

「如果妳忙的話，改天再約也沒關係。」

這話當然是程譽軒說的，鄧季維只是將雙手插在口袋看我，明明我們就是同謀，他怎麼有良心擺出這種置身事外的態度？

我連忙拉住程譽軒的手，「沒有沒有，一下就好了，我絕對會和你們吃晚餐的，那間餐廳我可是期待很久了。」

程譽軒拍拍我的手，暖暖地笑開了，「知道啦，我和會長都會等妳的。」

我點點頭，又瞥了鄧季維一眼。

你給我好好加油啊！我都爲你們做到這程度了！我在心裡這麼想，嘴上卻說：「鄧季維，你不要生氣啊，我晚點就回來。」

鄧季維也不曉得有沒有接收到我的想法，只是微微對我挑眉，哼了聲，「快去快回。」

我無言地看著他，你這傢伙到底是有沒有懂啊？

算了，不管他了，我都已經把計畫和他交代過一遍了，假如他還不長進……我也幫不了什麼啦。

所以說身邊有個傲嬌簡直會讓人把心都操碎。鄧季維，你什麼時候傲嬌都沒關係，千萬不要在緊要關頭鬧脾氣啊！這種機會錯過就沒有的。

我走了幾步，又轉身深深地凝視著鄧季維。

我真的好憂心，但也不能留下。

鄧季維被我看得不耐煩，擺了擺手，「滾。」

我扁嘴，覷了程譽軒一眼，終於下定決心，「那我走了，你們一定要跟我吃晚餐啊！」

「知道了，快滾。」這時鄧季維的耐心已完全用盡，他臉上明顯帶著不耐煩。

接收到他的不悅，我急忙小跑步跑離。

事實上我和潘潘就約在附近的小店裡，沒走多久我就看到了她的身影，走進餐廳時，只見潘潘瞇著眼睛，看向我的眼神充滿怒氣。

我馬上高舉雙手，「對不起，我睡過頭了，這餐我請！」

潘潘一聽立刻欣然同意。

我向服務生要求換到靠餐廳裡面的位子，然後把菜單討好地遞到潘潘面前，她雖然不知道我在搞什麼鬼，最後仍是原諒我了。

「鬼鬼祟祟的。」她嘟囔。

「我不是鬼鬼祟祟，是正在進行一個大計畫。」我也跟著翻起面前的菜單，儘管才剛吃飽，但我想再吃個蛋糕。

潘潘瞧我一眼，「有話就說。」

「現在還不能說。」我搖頭，「總有一天我會告訴妳的。」

潘潘根本沒打算理我了，「隨便妳。」

和潘潘吃完第二頓午餐後，我是真的撐到不行了，潘潘興高采烈地拉著我到附近的韓風小店裡試穿了一堆衣服，將她喜歡的掃蕩一空後，又買了雙鞋子和包包，才心滿意足地罷手。

這期間，我也買了幾件長袖衣服，不過我實在是太擔心鄧季維那頭的進展，所以整路上都顯得有些心不在焉。

逛了一下午，潘潘和我都腳酸腿乏，便提著那堆戰利品跑到百貨公司裡的下午茶店，又叫了一壺紅茶跟一桌甜點，準備好好休息一下。

即使我中午吃了兩餐，可經過這一番戰鬥，能量也差不多消耗殆盡了。

「喂，妳的大計畫是不是和鄧季維有關？」潘潘忽然問。

我愣了一瞬，想了片刻，便點點頭。

「好吧，那我就不問了。」潘潘很爽快地說了這句，「但之後妳一定要告訴我。」

我心中突地泛起愧疚，潘潘這麼相信我，我卻什麼事都不能對她說。

我看著她，正在琢磨該如何解釋。

「不要用這種表情看我，我是死了嗎？值得妳這麼哀傷。」她沒好氣地瞪了我一眼，「我去洗手間。」

潘潘離開之後，我思索了三秒，便拿出手機撥電話給鄧季維，他很快就接起。

「喂？」鄧季維的聲音一如既往的冷淡。

「你那邊的情況如何？」

「還可以。」他迅速地答，依然簡明扼要。

還可以是什麼意思……到底是順利還是不順利？

「對了，我能帶潘潘一起去吃晚餐嗎？」我決定先處理這件事，至於他和程譽軒的感情進展之後再問好了。

「哦，潘潘。」鄧季維安靜了一會，「可以。」

「那你幫我和程譽軒說一聲。」我抬頭，剛好看見潘潘回來，「就這樣，晚上見。」

沒等他回話，我便掛上電話。潘潘也在位子上坐下，好奇地問我：「妳打給誰啊？」

「鄧季維。」我隨即答，又問：「今天晚上，妳想和我們一起吃晚餐嗎？」

潘潘瞪大眼睛，「只有你們兩個嗎？這樣的話我不要去。」

「還有程譽軒啦！」我連忙更正，接著說：「就算只有我和他，妳也可以來啊。」

「如果只有妳和鄧季維，我才不想去當電燈泡。」潘潘義正辭嚴地說，下一秒卻猛然笑了，「不過有程譽軒的話，我就去。」

「什麼電燈泡，說這麼多藉口，最後還不是衝著帥哥去的！」我噘嘴抗議。

潘潘嘖了我一聲，「妳這不是廢話嗎？帥哥當然比妳重要。」

果然是潘潘的作風，只要有美男能欣賞，其他事情都無所謂了。

我怔愣半晌，笑出聲來，「我現在才明白，爲什麼妳對於我跟鄧季維之間的計畫沒什麼興趣了。」

「誰說的，我很有興趣啊！」潘潘強調，「但是我也很有自知之明的，見色忘友是人之常情，我絕對能夠理解。」

我噗哧一笑，「好啦好啦，問題是我跟鄧季維眞的沒有什麼。」

「那不是重點啦。」潘潘隨意地擺擺手，對我露出一個猥瑣的表情，「我終於能近距離看到那一對CP的互動了，妳說我要不要買點禮物過去啊？我這樣突如其來的介入，會不會讓他們很尷尬？」

「妳是要介入蝦毀？就一起吃個飯而已！」我毫無氣質地凶她，「保持冷靜，維持鎮定，裝得若無其事，好嗎？」

潘潘瞠大了眼睛，非常受教地猛點頭，「我懂！假裝什麼都沒看到，他們才會肆無忌憚地蜜裡調油。」

這個瘋女人……

我們到餐廳門口時，鄧季維和程譽軒正聊著天，天色已暗了下來，店內的燈光從窗戶透出照在他們身上。程譽軒坐在店門口的椅子上，而鄧季維雙手插在口袋站在他身旁像是保護者一般，他們的影子落在地上緊緊相依，看起來無比親暱。

秋季涼風輕送，吹拂過他們的髮，這場景完美到使我和潘潘不由得停下了腳步。

「林軍綺，妳不要告訴我，妳天天都有這種畫面可以看。」潘潘低聲說，嗓音裡帶著濃濃的警告。

我也壓低聲音，「哪有這麼好的事？但我確實有看過幾次。」

「妳去死。」潘潘語氣十分咬牙切齒，隨即又補了句：「我們還要過去嗎？這畫面這麼美，我不敢闖進去破壞，我能拍照嗎？」

「妳現在了解我每次破壞畫面的時候是什麼心情了吧。」我無奈地說：「其實我比妳們這些粉絲更懊惱。」

潘潘還沒回話，鄧季維就注意到我和潘潘了，他對我們揮揮手，程譽軒也站起來，朝我們勾起嘴角。

我拉起潘潘跑了過去。

「嗨。」我笑了下，發現程譽軒跟鄧季維的目光在我和潘潘下午的戰利品上打轉。

「妳說有事就是……」程譽軒欲言又止，我乾笑了兩聲，向鄧季維投以求救的眼神。

鄧季維還是那副冰山樣，卻倏地開口：「好像可以進去了。」

他這一打岔，程譽軒自然沒再繼續追問。

我們在服務生的帶領下，入座點餐。我挑的是一間美式漢堡店，我們點了一堆炸物，在主餐上來前，開胃菜就送來了。

潘潘伸手捏起一塊薯球吃，嚼了幾下之後驚嘆：「味道不錯欸，林軍綺，原來妳偶爾也能挑中好餐廳啊！」

她當著鄧季維和程譽軒的面直接洩我的底，害我頓時萌生了殺人的念頭，不過程譽軒似乎對潘潘的話很有興趣，開口問：「爲什麼這麼說？」

「林軍綺的眼光極差，每次她挑的餐廳，餐點都不好吃，這應該也算是一種天分，可以在一堆餐廳裡選中最難吃的那間。」潘潘哈哈大笑，「所以後來都是我挑餐廳，她負責吃。」

我有點不好意思，總覺得這樣很丟人，但程譽軒笑咪咪的，好像這些事情很有趣一樣，我也不好打斷他們。

趁著他們聊起來時，我對鄧季維使使眼色，他瞥了我一眼，臉上依然毫無波瀾。

我這下有些急了，你這表情究竟是什麼意思？虧我整個下午爲你們提心吊膽的，至少給我一點暗示吧？

我抓著手機，站起身，「我去一下洗手間。」

潘潘跟程譽軒同時看了我一眼，點了點頭，然後就繼續熱烈地討論我的糗事。

我也沒有心思管他們說什麼了，一跑進洗手間裡，我立即LINE了鄧季維。

軍綺：你跟程譽軒之間到底發展到什麼程度啦？

幾秒鐘之後鄧季維回我。

鄧季維：一切如舊。

我怔了一瞬，這意思是？

軍綺：所以我一個下午都在做白工？

等了好一會兒，鄧季維的訊息才傳來。

鄧季維：我在洗手間外面，出來說。

我趕緊跑了出去，看見他靠在牆上，在昏暗的燈光下，他的側臉籠罩在一片陰影中，使他看起來心事重重。

「怎麼了？你說清楚啊。」我急忙問。

「我想他恐怕不喜歡我。」鄧季維面無表情，平鋪直敘地說出這個結論。

我愣了好一會兒，「是嗎？」

他聳聳肩，「不知道，我猜的。」

我看不出來他的神情是什麼意思，也許有點傷心，也許有點失落，總之，這些都不是適合他的神情。

我握住他的手，對上了他詫異的眼神，安慰道：「不要緊，他只是現在還沒喜歡上你罷了，以後喜歡就好。」

鄧季維一反常態地沒有甩開我的手，而是安安靜靜地待在我身邊。

他不應該是這樣的啊，他這模樣讓我的心不自覺一酸，比起悶悶不樂的他，我更喜歡看到鄧季維充滿惡意、霸氣四射的樣子。

「沒事的、沒事的。」我空泛地安撫他。

「林軍綺，我拒絕妳的時候，妳也是這麼想的嗎？」鄧季維神情淡漠地凝視著我的眼睛，「只是現在還沒有喜歡，以後喜歡上就好了？」

我收回手，望了望掛在天花板的燈，「不是，我是想你不喜歡我就算了，我又不能逼你喜歡我。」

「那妳難過嗎？」他又追問，「我知道妳鬧了幾天脾氣，但後來妳怎麼看起來就一副若無其事的樣子？」

我瞪向他，「還不是你逼我的？」

鄧季維忽然低低地笑了幾聲，「這樣說起來，我還眞不能輸給妳。」

我猛點頭，「就是，快點打起精神來！你一定可以成功的，我會幫你啊！」

他哼笑了聲，臉上的失落慢慢退去，「沒想到有一天，我也會變成妳那無用善良的受益者。」

我笑出聲，「看你以後還敢不敢瞧不起我。」

「下個月妳的貓糧我出一半錢。」鄧季維爽快地回。

我失笑，拍了他的手臂，「神經病啊，這算是另類地積陰德嗎？貓糧又沒有多少錢，要的話直接來餵貓，會累積得比較快。」

「走吧，回去了，不然程譽軒要起疑心了。」鄧季維這麼說。

我應了聲好，跟在他身後，走沒幾步就見程譽軒迎面朝我們走來。

「你們怎麼躲這裡說悄悄話？」程譽軒笑著說：「漢堡都上桌了，快點回來吃吧。」

我走到他身邊，挽起他的手，「你是特地來找我們的嗎？」

「對啊。」他溫和地答，接著轉頭覷了鄧季維一眼，「我想你們肯定是碰上了，才會一起消失。」

「我們哪有消失，只是稍微聊了一下，然後你就來了。」我出聲反駁。

我跟程譽軒邊走邊聊，回到位子上時，潘潘用一種很奇妙的眼神看我。

「幹麼？」我疑惑地回望她，叉了一塊雞米花塞進嘴裡。

她搖搖頭，「沒事，我只是在想，餵貓眞是個好活動。」

「啊？」

「我同意。」鄧季維忽地接了話，「餵貓眞是個好活動。」

我錯愕地看了看不知在何時達成共識的潘潘和鄧季維，扭過頭困惑地瞥向程譽軒，就見他也一臉莫名其妙地看著我。

我現在還是無法理解，爲什麼晚餐結束後的續攤行程會變成全部人一起去公園餵貓。

程譽軒本來就是我的餵貓好伙伴，可是潘潘和鄧季維這兩個從出生就沒有配備良心的人，來湊什麼熱鬧啊。

於是當我們來到公園時，完全不見貓咪們的蹤影，連小白都不曉得跑哪兒去了。

我有些無語……應該說不出我所料嗎？

我瞪向他們，而鄧季維和潘潘則都是一點也不放在心上的模樣。

「你們到底為什麼要來啊？」我沒好氣地嗆他們，「貓咪都被你們嚇得不敢出現了。」

鄧季維聳了聳肩，「搞不好是妳太晚來了，牠們才會跑掉。」

這麼說是該怪我嘍？我忿忿地嘟囔：「是誰在那邊拖拖拉拉的……」

潘潘舉起手，「不好意思是我。」

我睨了潘潘一眼，「所以說你們為什麼要來餵貓啊？」

「沒餵過。」

「好玩啊。」

潘潘和鄧季維同時回答了我的問題，讓我愣了好幾秒，這兩人的個性倒是意外合拍。

「沒關係啦，不然我們就在這裡等一會兒，也許牠們等一下聞到食物的味道就來了。」

程譽軒好聲好氣地說，又摸摸我的頭，安撫著略微焦躁的我，「別生氣。」

我不禁失笑，「你這是把我當成小孩子哄了。」

「妳本來就是小孩子。」鄧季維走到一旁的長椅坐下，從口袋裡掏出個東西扔到我面前，我下意識地伸手接了，就聽見他說：「生日禮物。」

程譽軒慌張地想阻上鄧季維，「軍綺生日不是今天啊！」

「無所謂，我不在乎。」鄧季維瞟了我一眼，「打開來看看吧。」

我對他做了個鬼臉，把盒子拆了開。

「手鍊是我挑的，項鍊是會長挑的。」程譽軒對我漾起了笑，「妳喜歡嗎？」

程譽軒挑給我的手鍊上串著無限大符號的墜飾，旁邊還搭著LOVE四個字母，而鄧季維送我的項鍊，上頭的吊墜則是一隻彩色的小鹿。

「不喜歡也沒辦法，就這樣了。」鄧季維冷淡地說。

我笑起來，「你幹麼這麼彆扭，我又沒說不喜歡，小鹿很可愛啊。」

「我幫妳戴上吧。」程譽軒拿起項鍊，溫柔地為我戴上。

我低著頭，忽然有些感動，我一整天都在擔心鄧季維跟程譽軒之間的發展，完全忘記幫我買生日禮物是為了讓他們能順利獨處的藉口，更沒想到他們竟然眞的有幫我挑禮物。

「好了。」程譽軒走到我面前，訝異地瞠大眼，「妳哭了嗎？」

我連忙搖頭，「沒有，我沒哭。我只是太感動了，謝謝你們。」

程譽軒鬆了一口氣，拿起手鍊幫我戴上，「怎麼會感動到快哭呢？這本來就是我們應該為妳做的啊。」

潘潘在鄧季維身邊坐下，「沒事，我家軍綺就是特別情緒化，讓她哭一哭就沒事了。」

我瞪了潘潘一眼，她這麼一說，我實在是哭不出來了。

「妳開心就好。」程譽軒臉上仍掛著溫暖的笑，「雖然沒有蛋糕，也沒有蠟燭，今天也不是妳的生日，但是祝妳生日快樂。」

「生日快樂！」潘潘在一邊興奮地大吼，那語氣像是發生了什麼好事一樣，「林軍綺，妳要出運啦，學校的兩大天菜幫妳慶生，還送妳禮物，如果說出去妳就要被殺人滅口了。」

我笑個不停，「謝謝你們。」

「不用客氣，以後學生會跑腿的事就交給妳了。」鄧季維的聲音也帶上了些微笑意。

整晚的氣氛都很好，潘潘鬧個不停，一直在公園裡大唱生日快樂歌，程譽軒又跑去買了飲料跟餅乾還有一支打火機，說沒有蠟燭就用打火機許願好了。

我們鬧到很晚，把地上的垃圾都收拾乾淨後，才準備回家。

鄧季維被我趕去送程譽軒，潘潘則打算在我家睡一晚，也已經打電話跟她家裡說過了。

我和潘潘回到家裡，洗好澡，並肩躺在床上。

潘潘突地開口：「我覺得妳眞的挺幸運的。」

薰香小夜燈柔和的燈光安靜地映照著房間，散發出溫暖又安神的氣味。

「妳是指程譽軒跟鄧季維嗎？」

「當然啊。」潘潘笑了下，「他們兩個明明是校園男神，但人居然這麼好，還特地幫妳挑禮物和慶生欸，這難道還不夠好嗎？我大概一輩子都不會忘記今天吧，儘管今天根本不是妳的生日。」

我低低地笑，「還有妳啊，妳也在，這就是最幸福的事情了。」

潘潘嘖了一聲，「妳不要說這麼肉麻的話，我又沒送妳禮物。」

我再次笑了笑，「無所謂，我不缺什麼，你們都在就很好了。」

「對了，晚餐妳和鄧季維都離開位子上的時候，程譽軒問了我一件事。」

「什麼？」我一怔。

「他問我，妳和鄧季維在交往嗎？」潘潘沉吟了幾秒，「那時他的表情看起來怪怪的，好像很介意這件事的樣子，他是不是喜歡妳啊？」

我大笑出聲，「妳不要看到誰都說對方喜歡我好不好？前幾天妳還問我是不是在和鄧季維交往咧，我怎麼可能會同時和兩個人在一起啊，劈腿是不好的行爲好嗎。」

潘潘撐起上半身，向後靠上床頭，神情異常嚴肅，「那妳到底喜歡誰？」

我也坐了起來，「我之前喜歡鄧季維啊，不過告白失敗了，而且他有喜歡的人了。」

「哦？」潘潘沉思了好一會兒，「妳不喜歡程譽軒？」

我笑了聲，「我對他只有朋友的感情啦，更何況我覺得他喜歡的不是女生。」

潘潘琢磨了片刻，「這的確也是一種可能啦，可是他問我那個問題時的表情，看起來眞的挺嚴肅的。」

我緊盯著小夜燈，不禁想：他問這問題，或許是在關心另外一個人啊。

「莫非他喜歡的是鄧季維？」潘潘陡然說了句。

我看著她，沒承認也沒否認，「我不知道。」

潘潘猥瑣地笑起來，「呼哈、呼哈，這消息簡直讓人睡不著覺了啊！那鄧季維怎麼想的，爲什麼還不快點和程譽軒在一起？」

我眼神飄移，不敢說眞話，「他又沒說自己喜歡誰。」

潘潘瞇起眼睛，促狹一笑，「我懂妳的心情，畢竟妳曾喜歡過鄧季維，難免會有點難受。可妳不能只想著自己啊，他們兩個都對妳這麼好，妳應該要極力促成這段戀情才對！」

我被她說得笑出聲來，「妳才是只爲了自己著想吧。」

潘潘坐正了身，「當然啊！身爲腐女，我這輩子最大的願望就是看見兩大帥哥永結同心！」

「好好，妳趕快去向神明祈禱吧，我要睡了。」我又躺回床上，鬧了一整天，我現在實在是累到不行了。

潘潘似乎還在想程譽軒和鄧季維的事，我只隱約聽見她在喃喃自語，至於說了什麼，我在聽清楚之前，已經沉沉睡去。

我以為在那天的聚會後，潘潘也和他們比較熟悉了，大概會想要和我們吃午餐，沒想到她還是選擇跟社團的人一起吃飯。

我問她為什麼，她只是聳了聳肩，「鄧季維和程譽軒很明顯是看在妳的面子上才對我這麼好，我不想讓妳為難。」

我正滿臉感動地看著她，又聽見她說：「更何況我覺得，假如我在場的話，他們就不會打情罵俏了。」

我無言了瞬，「妳不在，他們也不會打情罵俏。」

潘潘杏眼圓睜，「那就是妳的問題了。我們不是說好要讓他們有情人終成眷屬嗎？」

「誰跟妳說好了啊。」我翻了個白眼，儘管我也希望他們可以趕快在一起，然而這難度不是普通的高啊！

我把這段對話隱藏了一些關鍵訊息，然後轉告給程譽軒。

他笑了老半天，才開口：「妳們眞的很希望我和會長在一起。」

我猛點頭，又搖了搖頭。

程譽軒好像被我弄糊塗了，看著我的面容滿是困惑。

「我自然希望你和鄧季維能在一起啦，但最重要的是你要開心啊。」

程譽軒眉眼彎彎地笑，「我還以爲妳要說妳還喜歡會長，所以不想要我喜歡他。」

「怎麼會！」我跳起來，瞪大眼看向坐在昏黃路燈下的他，「即使我喜歡他，他也不喜歡我啊，我才不會這麼小氣，如果你喜歡鄧季維，就不要在意別人的想法，喜歡他的人這麼多，每個都在意的話，你們要到什麼時候才能在一起？」

程譽軒拉拉我的手，「好啦，我知道了，妳坐下吧，我只是開玩笑的。」

我眨了幾下眼睛，「你眞的懂我的意思了？」

程譽軒莞爾，「眞的。」

我慢慢地坐了回去，「我也喜歡鄧季維，不過只是朋友的喜歡。」

「妳能放下他了？」程譽軒嘴角的弧度收掉了，語氣非常嚴肅地問了我這個問題。

「嗯，其實我本來就沒有這麼喜歡他，比起喜歡，更像是一時鬼迷心竅吧。多虧他拒絕得直接，讓我一絲遐想的機會都沒有，經過這段時間的沉澱，我早就清醒啦。」我低下頭，輕笑出聲，接著頓了一瞬，「可能愛和喜歡這類感情，都比較像一時的衝動吧，只要過了心動的時間點，就會慢慢消失。」

所以你，千萬不要因爲我而放棄鄧季維啊。

這話我沒有說出口，我怕說了反而會造成反效果，而且，雖然我是在撮合他們沒錯，可無論如何都該由鄧季維親口對程譽軒說出他的心意。

「我不這麼認為。」程譽軒搖搖頭，「我覺得要是眞心愛上一個人，那種感情是會隨著時間而增加的，因為相處的時間愈長，才能看清自己內心的眞實感受，就會明白那僅是衝動，或是眞的喜歡。」

「那你認為眞的喜歡，或眞的愛，是什麼感覺？」我不由得好奇地問。

他細思了會兒，眼底透出溫暖的神采。

「我覺得，若是眞心喜歡對方，是不會被時間及距離這些外在因素所影響的。」他垂眸，神情更加溫柔了，「如果因為分別，彼此的感覺就淡了，也許正說明從一開始，兩人之間的感情就沒有想像中穩固。」

我偏頭想了想，「假如兩個人分離後就再也不會見面了呢？」

「那也是緣分吧？」

我嘟起嘴，「我不喜歡這樣，好像什麼都必須聽從命運的安排。」

程譽軒勾起嘴角，深吸了口氣。「倘若妳是眞心喜歡對方，即使需要歷經千山萬水，妳也會努力回到那個人身邊啊，這樣怎麼算是必須遵循命運？」

我有些啞然，想不出什麼話反駁他，「所以，要是你有喜歡的人，你一定會千方百計地把握住對方吧？」

程譽軒沉默了一會兒，「大概吧。」

我頷首。這樣我就放心多了，既然他不會輕易放棄，就只要等到他喜歡上鄧季維便沒問題了。

「其實前陣子我一直以爲，妳和會長瞞著我開始交往了。」程譽軒忽地開口說了這話。

我錯愕地瞠大眼，「啊？你爲什麼會這樣想？」

「你們看起來好像有什麼事情不想讓我知道，總是一副兩個人都商量好才通知我的樣子。」他淺笑了下，「我還因此有點失落。」

我囧著臉，我們有祕密，都是因爲你啊！

「沒有，完全不可能。」我舉起手，「我發誓。」

程譽軒拉下我的手，「不用這樣，我相信你們之間沒有什麼。」

我都嚇出一身冷汗，差點就要發毒誓了……

「前幾天幫妳慶生時，我看會長跟妳的互動還是和以前一樣，完全沒有曖昧的感覺，我就發現應該是我想太多了。」他笑了幾聲，「況且他還直接把禮物丟到妳面前，一點都沒放在心上的樣子。」

我低低地笑，「我就說沒有嘛，他根本是把我當成奴隸在奴役，怎麼可能會把我放在心上。」

「但我覺得他其實很喜歡妳，」程譽軒拍了拍我的肩膀，「不過就像妳說的，只是好朋友。」

我哼了聲，「不用幫他說話了，我是因爲現在還打不贏他，等我能打贏他，我一定把他打到連他媽媽也不認得！」

程譽軒輕拍我的頭，「又胡說八道了，妳明明也很喜歡會長，幹麼總是裝做和他勢不兩立的模樣。」

我哈哈大笑，「這樣你才會相信我眞的不喜歡他啊。」

程譽軒笑著搖搖頭，「我沒有不相信妳，反正知道你們沒有交往就好了。」

我偏了偏頭，語氣有點猶疑，「那你……」

我想問，你這麼關心我跟鄧季維有沒有交往，是不是因爲你喜歡鄧季維？

可是這樣問，你肯定會否認。

「嗯？」

「沒事，我們回家吧？」我抬頭望了望天空，「爲什麼時間過得這麼快呢？爲什麼又要考試了？」

我問蒼天，蒼天無語凝噎。

程譽軒被我的口氣逗笑了，「妳的化學……」

「明天中午我們就開始吧。」我遠望，腦中突然想起什麼，突地跳了起來，「對了對了，段考後再過一週就是運動會了，你幫我做游泳特訓吧？」

「妳報名了什麼？」

「捷泳兩百公尺。」我笑嘻嘻地，「沒想到吧，我也是會游泳的。」

程譽軒似乎眞沒料到，「我怎麼從來沒看過妳游泳？」

「我懶嘛。」我伸了伸懶腰，「游泳好麻煩，我又不像你們男生換件泳褲就能下水了，每次游完泳都要抹乳液，不然身體會癢。」

程譽軒嗯了聲，「我有不錯的乳液可以推薦給妳，等一下我回家把牌子拍給妳看。」

我睜大眼睛，「你也會抹乳液？」

「當然啊，我泡在水裡的時間這麼長，不抹乳液怎麼行？」程譽軒理所當然地回。

「也是啦。」我跳了跳，「好，那明天再討論吧，我要先回家寫作業了。」

「好。」程譽軒跟著我站起身，彎下腰拿起空碗，「我送妳回家吧。」

我一手插在外套口袋，一手挽著他。「走嘍，回家嘍！」

第五章

儘管已經十月底了，不過學校的泳池是室內溫水游泳池，更何況這幾年的冬天不到十二月不輕易降溫，所以即便我們每天放學都留下來加強訓練，也不怕會冷。

之所以說「我們」，是因為潘潘和鄧季維也來了。潘潘自不用說，就算吃午餐的時候沒來攪和，但她怎麼可能會錯過只穿泳褲的兩大天菜？

我看著鄧季維，有點困惑，「你不會也有報名游泳比賽吧？」

鄧季維正在做暖身，他本來就高，一拉筋顯得腿更長了，「沒有啊。」

我湊近他身邊，放低聲音，「你趕快隨便去報一個項目啦，不然你出現在這裡很奇怪欸，要是被程譽軒發現怎麼辦？」

鄧季維的眼神略帶疑惑，「發現什麼？」

「你喜歡他啊！」我直接了當地說。

鄧季維挑眉，「那不是很好嗎？」

我錯愕地愣住，想了好幾秒，「你不怕他發現？」

「我巴不得他知道。」鄧季維換了個暖身姿勢，用他天生凍人的聲音回我。

我傻傻地看著游泳池的天花板好半晌，才回過神，「那你幹麼不趕快告白，這樣他不是就能馬上知道你的心意了嗎？」

鄧季維拍拍我的頭，口氣既同情又憐憫，「告白是最後一戰，是拿來定勝負的。如果沒有百分之百的把握，怎麼可以輕易出擊？」

我瞬間頓悟，原來如此啊！「難怪我在你身上跌得這麼慘，原來是我把最後一役當成前哨戰了。」

「妳哪有跌得很慘？」鄧季維瞥了我一眼，「妳根本還沒開始行動，我就把妳的小心思給掐滅了。」

我無言了瞬，恨恨地說：「那還眞是感謝你啊。」

「不用客氣，好朋友嘛。」他說這話時音調毫無起伏。

我瞪他一眼，走到一邊去做暖身，這才察覺游泳池裡竟聚集了不少人，「爲什麼這麼多人？」

「應該是爲了運動會來練習的吧？」潘潘雙手攀在泳池邊，「妳好了沒啊？」

「好了好了。」我跳下水。

這時校隊的練習也告一段落了，程譽軒四處找著我們，鄧季維游到我和潘潘的身邊，朝程譽軒揮手。

程譽軒看見之後，燦爛地笑了下。

我身後的看臺頓時響起一陣倒抽一口氣的聲音。我回頭看去，就見剛才只剩零星幾人的看臺，現在幾乎已座無虛席。

「這是理所當然的吧。」潘潘的聲音波瀾不驚，「要不是我一直待在水裡，我都懷疑叫大家來看兩大男神的消息是我發出去的了。」

說得也是。我轉回頭，輕聲對潘潘說：「那我們是不是該離他們遠一點，這樣其他人比較好拍照？」

「妳試試看啊。」鄧季維也學著潘潘那種波瀾不驚的語氣，「今天要是有一張照片裡沒有妳，明天我就讓妳……」

我連忙站到鄧季維的身旁，與他之間的距離瞬間縮短到無法進行任何裁切。至於背後那些細碎的抗議聲音，我也只能暫時當作沒聽到了，畢竟比起他們的美好合照，還是自己的小命更重要一點。

「會長，你不要嚇唬她啦，你也知道她膽子小。」程譽軒笑著開口，伸出手幫我把沒塞到泳帽裡的髮絲順到耳後。

「她膽子小？」鄧季維似笑非笑地盯著我，「我怎麼感覺不到。」

「當然是你的感覺神經失誤了！」我躲在程譽軒的背後，突然有了底氣，探出一顆頭嗆鄧季維。

鄧季維忽然笑了，「來，妳怕什麼跟我說看看。」

他的笑容使我不自覺嚥了口口水，向程譽軒投去求救的眼神。

他果然立刻接收到我的訊號，勸阻了鄧季維一番後，轉頭對我說：「妳不是要特訓嗎？妳先游一趟，我看有沒有動作需要修正。」

我趕緊戴上蛙鏡，站到泳道上。

程譽軒對我扯了個笑，「不用在意速度，我只是要看妳的游泳姿勢對不對。」

我點點頭，看到他的手一揮，我腳一蹬牆就出發了。

游了一趟回來，我從水底探出頭的時候，恰巧看見鄧季維在跟程譽軒說話，我沒聽見對話的內容，卻有些失神地凝視著他們，我只是覺得這畫面很好看。

他們兩個對我來說都很重要，無論最後他們有沒有順利交往，要是我們能一直不分開就好了。

不過一瞬，程譽軒就察覺到我的視線了，見他朝我招招手，我馬上把水道讓給其他要練習的人，游到他們身邊。

「有幾個姿勢不太對，我幫妳修正一下。」程譽軒叫我先把手扶著牆，便握起我的肩膀與肘關節，幫我矯正泳姿。

可我滿腦子都在想他和鄧季維的事情，根本沒聽進去他給我的指導。

我們又練了幾趟，我卻始終有些心不在焉，他最後的表情帶著幾分無可奈何，眉頭淺淺地皺起，「妳在想什麼呢？爲什麼不用改正後的姿勢游？」

這是我第一次看見他略帶惱怒的模樣，之前他就算怎麼樣都教不會我化學題目，也不曾生氣。

鄧季維把手掛在程譽軒的肩上，懶洋洋地說：「有些人可以用愛的教育，但有些人更適合鐵的紀律。」

這話明顯就是衝著我來的，我惡狠狠地瞪他，倏地嫣然一笑，對他做了個叫他滾的手勢，接著伸手將程譽軒勾到我身邊，「關你什麼事？我又不是拜託你！」

程譽軒當然不知道我這麼做的原因，面容很是困惑，不過我只是想氣氣鄧季維，也不可能跟他解釋。

「對不起，我們再來一次好嗎？」我愧疚地道歉。

是我不好，請他幫我特訓，結果還不認真，一直胡思亂想。

程譽軒低頭看我，溫和地問：「妳是不是累了？如果平常沒有運動，突然增加運動量會不習慣的，明天再繼續好了。」

我想了想，還沒得出答案，肚子已經咕嚕咕嚕地叫了。

程譽軒愣了會兒，噗哧笑出，「原來是因爲肚子餓了，那我們今天就先到這裡吧。」

我點了點頭，「那我先去換衣服，等一下我們泳池門口見。」

「等等。」程譽軒拉住我的手，「我去拿乳液給妳。」

「喔。」我左右張望了下，「潘潘呢？」

程譽軒走在我前頭，聽見我這麼問，茫然地對我搖了搖頭，我轉而看向鄧季維，可他只是靠在泳池邊，懶洋洋地回望我，一言不發。

我緊緊盯著他，「生氣啦？」

乍看之下鄧季維似乎仍是那副沒有波動的表情，但仔細看就能發現他臉上的冰霜大概有三公分這麼厚。我走到他面前，見他依然沉默，我頓時靈光一閃將水潑到他臉上，在他來不及生氣前一把抓住他的手，「走啦，吃飯了，我要餓死了。」

鄧季維應該是沒料到我會這樣做，還真的被我拉動了。

「下次妳再試圖讓我吃醋妳就完蛋了。」他的聲音混雜在水波聲之中，輕輕地傳入我耳裡。

我回頭瞥了他一眼，「那你就不要找我麻煩啊。」

「妳這麼蠢，沒辦法不找妳麻煩。」他的口氣十分理直氣壯。

我哼了他一聲，握住泳池的扶梯向上爬，誰知剛站上岸，腳下突地一滑，我整個人往前撲去。

靠！完了，在這裡滑倒一定會見血的！

下一瞬間，鄧季維及時接住了我，我直接撞上他的胸口，映入我眼簾的除了他形狀分明的胸肌之外，還有那上面的小紅莓——

「還好我先從旁邊上來了，不然妳已經長得夠醜了，如果又破相還得了。」

他這麼說著，而我用滿臉鼻血回應了他。

「妳能不能把這老是流鼻血的習慣改一改。」潘潘一臉恨鐵不成鋼的模樣，「妳看論壇上的圖都被改成什麼樣子！丟臉都丟到家了。」

我奄奄一息地趴在桌上，「別提了。」

「妳以爲我想提啊！」潘潘氣得把手機推到我面前，「妳實在是很誇張，明明是這種浪漫的英雄救美場景，卻全被妳的兩管鼻血破壞光了！」

我看也不看那張照片。儘管看過很多次了，可是每看一次都還是會懊悔不已啊。

因爲這張照片，我被學校論壇上的廣大群眾各種改圖，我合理懷疑，再過不久他們也許會推出以我爲主題的LINE貼圖。

潘潘嘆了口氣，「妳怎麼這麼不爭氣，在那種時候……」

「沒辦法，鼻血又不是我能控制的。」我頹喪地抬起頭，「不過也好啦，那群粉絲現在不會再找我麻煩了。」

「只會找妳的照片麻煩。」潘潘接得很順，「妳完全消弭了她們的憤怒。」

覷向窗外，我心中滿是絕望，「謝謝妳的安慰。」

「不過，鄧季維對妳眞好。」

潘潘忽地意味深遠地說，話裡的內容使我立即從沮喪的情緒中清醒，「什麼跟什麼？」

「妳看，每次妳快要跌倒時，都是鄧季維救了妳，這應該是命中注定吧？」潘潘雙眼放光，「要是妳眞能把鄧季維拿下，我就原諒妳愚蠢的行爲了。」

「妳什麼時候也開始相信命運了？」我瞪她，沒等潘潘開口，又接著說：「還有，妳不要再說這種我會和鄧季維或程譽軒在一起的話了，假如被他們的粉絲誤會了，那我不是又會平白無故多出一堆麻煩嗎？」

潘潘詫異，「眞的生氣了？」

「沒有。我只是覺得我不會和他們在一起，所以這樣說不太好，如果……我是說如果有人喜歡他們其中一個，卻因爲這些流言蜚語而打退堂鼓，那不是很糟糕嗎？」

我盡量隱藏了鄧季維喜歡程譽軒的訊息，同時把我的想法表達給她。

潘潘瞇著眼思索了片刻，「爲什麼妳這麼確定不會和他們其中一個在一起？況且就算有人喜歡他們，也和妳沒關係啊。」

「我就是這麼確定。難道我會連自己喜歡誰都不清楚嗎？」我的語氣帶上了一點不容反駁的強硬，頓了一會兒，才開口：「妳也知道，其實我和他們的相處根本沒什麼曖昧的感覺，而且現在我也沒有喜歡任何人，所以別再那樣說了。」

我和鄧季維之間的確沒有什麼，但以訛傳訛的事也不少見，我怕旁人說多了會讓程譽軒誤會，何況之前他就誤會過一次了，這種情況能避免還是盡量避免比較好。

「兩大天菜整天在妳面前晃來晃去，妳居然誰都不喜歡。」潘潘搖搖頭，「妳是不是傻了啊？」

拜託，我只希望他們的戀情可以順利發展好嗎，怎麼可能有什麼歪念頭？

我噴笑，「妳才傻了，喜歡哪裡是這麼簡單的事情？」

潘潘沉吟了會兒，「妳說得對。我答應妳，以後不會再這麼說了。」

「謝啦。」我這才放下心來，趴回桌上，「妳說，我爲什麼這麼倒楣，人家上岸都沒事，就我撞得一臉鼻血？」

「倒楣？」潘潘聲音陡然拔高，「妳倒是也讓我倒楣一下！老子這輩子也想撞進男神懷裡一次，而且是沒穿衣服的男神！」

我跳起來摀住她的嘴，可是顯然來不及了，潘潘的大嗓門已經吸引到班上大部分同學的注意。

我連忙朝大家陪笑，「對不起對不起，吵到大家了。」

潘潘拉過我的衣領，「妳再給我好好地說一次，妳到底是幸運還是倒楣？」

「走運！我走大運了」我立刻改口，裝出興奮的口吻，「我這輩子的好運都用完了，這輩子再也對不中樂透了！」

潘潘用力哼了一聲，「妳這個不惜福的傢伙！」

我默默坐了下來，突然覺得人生好苦，這世界沒有人懂我。

期中考的到來，使我成為全校笑柄的事件很快不再被關注。雖然放學之後我們仍會去游泳池練習，不過圍觀群眾明顯少了很多，看樣子就算他們有一顆想八卦的心，依然不敵期中考的震懾力啊。

這一陣子，我們每天的行程都一樣，放學我會先跟鄧季維在辦公室讀書，等到泳隊訓練結束後，再一起去泳池找程譽軒，我進行游泳特訓，而鄧季維則在旁邊放鬆，特訓後我們會去吃晚餐和念一會兒書，最後才各自解散回家。

儘管這麼說，可程譽軒和我回家同路，而且向鄧季維告別後，我們還會去公園餵貓。

我曾問過鄧季維，他會不會因此吃醋。

對此，他只是瞪了我一眼，並表示：不然妳搬家好了。

我只好摸摸鼻子就走了，我怎麼可能搬家啊，況且是要搬去哪裡……這屬於不可能達成的目標，所以我也不想管這個傲嬌無理取鬧的要求了。

時間在考試複習和游泳特訓的滿檔行程下，一下就過了，我順利地考完期中考，更順利地被化學屠殺。現在只能坐在學生會辦公室裡，奄奄一息地看著鄧季神采奕奕地處理學生會事務。

「奇怪，你怎麼看起來精神特別好？」

「考試期間我睡得特別好。」鄧季維語調十分愉悅。

「為什麼啊？你都不用念書？」我苦著臉，「老天不公。」

鄧季維視線從我臉上掃過，「課前預習，上課專心聽，課後複習，積少成多的道理妳應該是第一次聽見吧？」

被嘲諷了。我摸摸臉，不禁感嘆起人就是一種容易習慣的生物啊，被嘲諷久了，也就沒什麼感覺了。

「妳很閒嗎？去送公文。」鄧季維指著一旁堆得和山一樣高的文件夾。

「不要，我要保存體力，等一下還要去游泳。」我趴在桌上看他，「你整天處理這些事情都不覺得煩嗎？」

「還好。」鄧季維意料之外沒再出聲趕我，「我喜歡把時間花在有用的地方。」

這是在說我都在浪費時間嗎？我想了想，湊到他身邊去，「喂，那你究竟什麼時候才要和程譽軒一決勝負？」

我好奇地等著他的答案，而鄧季維只是撐著臉淡淡地回：「妳這麼關心我們幹麼？」

我們耶！他用這個詞彙來代稱他和程譽軒，眞是讓背景瞬間飄散著無數粉紅色泡泡！

「當然啊！全校有無數腐女盼著你們趕快在一起，這簡直就是大家心中的共同夢想。」我托起臉，笑咪咪的，「而且成功的話，她們就會發現我是最大的功臣，不是什麼腳踏兩條船的女人了。」

我忍不住哈哈地笑了，這眞是一個美好的未來啊！

鄧季維撐著臉，用一種看傻瓜的眼神望向我。

「眞羨慕頭腦簡單的人。」他瞥了我一眼，慢吞吞地開口：「我不曉得程譽軒是如何看待我的，不過我覺得他對我沒有那個意思，或者說，我覺得他對我的態度，和他對妳的差不多。」

我一愣，爲什麼又扯到我身上來了？

「他對我怎樣不重要，對你的想法才是重點。」我又急急補了句，「說不定他是因爲不好意思，才把我當成煙霧彈啊，你不也把我當煙霧彈嗎？」

鄧季維深吸了口氣，略帶自嘲地說：「可能吧。」

看到他這副模樣，我頓時也有些失落，「不要這樣啦，不然我們先去喝點飲料，慢慢來嘛。」

「妳就只剩下陪別人吃吃喝喝的功能了。」鄧季維起身，「算了，走吧，剛好我也有點渴了。」

我鬆了口氣，趕緊追上他的腳步。

經過一週的密集訓練，我自認有了程譽軒的指導，我的游泳能力提高了不少。

我有問程譽軒有沒有覺得我有進步，可他只是看著我笑，一句話都沒說。

可能是我這微小的進步在他眼裡連屁都不如吧，不過他一貫溫柔，才不好意思當面道破。畢竟人家是預備國手，而我的程度頂多只能比比校內比賽，算什麼？

儘管之前信心十足，然而臨要上場了，我仍是緊張到不行，換上泳衣之後，我找到了剛剛比完賽的程譽軒。他頭髮還濕漉漉的，披著一條白色的毛巾在頭上，讓平常總是優雅從容的他，多了幾分不羈。

他見我來了，淺淺一笑，「不是快輪到妳了嗎？」

我抓住他的手，「我、我緊張！」

程譽軒抬起另外一隻手摸了摸我的頭，「沒事，我們不都有特訓過了嗎，妳只要上場去比賽就好，不用想太多。」

「我怕我游不好。」我連牙關都開始發顫，「我知道輸了也沒關係，但就是怕……」

我叨叨絮絮地說著一些我自己都不明白是什麼意思的話。

程譽軒聽了聽，忽地笑出聲來，「平常還沒感覺，現在才發覺妳緊張起來碎碎念的功力竟然會變得這麼厲害。」

我本想說的話就梗在喉頭，幾秒後才吐出氣，「都這個時候了，你還取笑我！」

他嘴邊的笑意仍未退去，語氣溫柔，「我陪妳暖暖身吧，其實妳只要保持平常和我練習時的狀態就好，不用太緊張。」

我點頭，依然苦著臉，「你這麼常參加比賽，當然不會緊張。」

「怎麼可能，我還是會緊張啊。」程譽軒一邊帶著我做暖身的動作，一邊和我閒聊。只是一個動作都還沒做完，就聽見廣播傳來要我所在的分組準備就位的通知。

雖然我心中依舊憂慮不已，也只能壯士斷腕地說：「我走了。」

「加油！很快就結束了，晚上我們去吃好吃的。」程譽軒幫我打氣，「相信妳自己，全校只有妳接受過準國手特訓，一定沒問題的。」

我勉強地勾起嘴角，「好了，待會兒見。」

我十分焦慮地到了集合地點，卻見四周的人都一派輕鬆的模樣，彷彿只有我一個人要比賽，站在人群中，我隨著其他選手就定位。

我的手氣不好，抽到了最旁邊的水道，我望向周圍，這時看臺上的位子全坐滿了，群眾的目光令我渾身肌肉緊繃。我搜尋起觀眾席，但沒找到程譽軒和鄧季維，也沒找到潘潘，我深吸了一口氣，將視線轉回眼前的水面上。

鳴槍聲響起，我跳水游了出去。

兩百公尺的比賽，總共要來回兩趟才算結束。我很快到了泳池的另一頭，在水中轉身後蹬牆。之前特訓時，程譽軒每次都說我這個動作用力過猛，其實只需要借力使力就好，可是我始終改不掉這習慣，也不懂爲什麼這樣是錯誤的。

不過，很快我就明白程譽軒要求我改正這動作的原因了。也許是我方才沒有做好暖身，或是我太過著急蹬牆蹬得太大力，又可能是我太緊張了，我不知道真正的原因，我只知道自己抽筋了。

在泳池的中央，我第一次清楚感受到溺水的恐懼，平時在水裡練習、玩鬧，從不覺得游泳有什麼可怕的，然而此刻水從我的口鼻嗆入，我不停地掙扎著想要起身，可是就像有隻水鬼拼命拉著我抽筋的那隻腳似的，使我只能無助地向下沉去。

我似乎快要沒入水底了，也許就要因此失去生命了吧。

忽然有人拉住我的手臂，把我帶進他的懷裡，尚存一絲意識的我死命地攀著他。

「林軍綺，是我，放輕鬆。」

我分不出這是誰的聲音，但仍用無尾熊一樣的姿勢緊抱住他。

「放輕鬆。」他的聲音裡頭帶著警告。

我回過神來，定睛看他，好半晌才發現這人是鄧季維，這時他已經把我拉上岸。

我們班的人都圍在泳池邊，有人在我身上蓋了一條大毛巾。

我見自己安全了，緊繃的神經一放鬆，隨即失去了意識。

◆

睜開眼，我凝望著天花板好幾秒，才把昏迷前的事情都想起來。

我坐起身，左右張望了下，看起來這裡是保健中心休息室的樣子。正想下床，但抽筋的那隻腳頓時一痛，讓我叫了一聲，立刻縮回床上。

休息室的門也在這時被推開，鄧季維、程譽軒和潘潘魚貫而入。

「比個賽都能抽筋，妳到底有什麼毛病？」鄧季維開口就先罵我，「而且都上岸了，妳昏倒做什麼？」

我乾笑，有點不好意思，「那……這兩件事情都不是我能控制的，對不起啦。」

程譽軒走到我身邊，臉上的擔憂尚未退去，仍輕擰著眉，「還有沒有哪裡不舒服？」

果然還是程譽軒好，我可是病人，鄧季維這麼凶是想要嚇誰。

有事沒事抓個程譽軒好保命。我一把抓住程譽軒的手，「我沒事了，不過抽筋的腳還會痛。」

他拿出肌樂的噴霧罐，「先噴一噴，這個止痛很有用。」

我伸手要接，程譽軒卻笑了下，將噴劑拿遠，「把腳伸出來，我幫妳噴吧。」

「不用啦……」大家都在旁邊，這樣我會害羞。

「沒關係啦，剛才我也沒幫上忙，就讓我幫妳處理這件小事吧。」程譽軒的表情看起來有些受傷，「明明我才是游泳隊的，卻是會長救了妳。」

見他似乎很介意，我連忙把腳伸出，「那你……不能笑我腿粗啊。」

「妳爲什麼不說要我不要嫌妳重？我一路把妳從游泳池抱到保健中心，我看我也需要噴一下肌樂。」鄧季維口氣很差地說。

嘖，這傢伙又吃醋了。我對他做了個鬼臉，「我有叫你抱我了嗎？」

「不然我要怎麼把妳送到保健中心，難道在妳額頭上貼符紙，我搖一搖鈴鐺，妳自己就會跳過來嗎？」他冷冷瞥了我一眼。

「我又不是殭屍……」我回，頓了一會兒又說：「好啦，謝謝你，沒有你的話，我就要死在游泳池了。」

鄧季維抬起手，「不用謝，我是不想讓我們學校多了個莫名其妙的泳池鬼故事。」

你才是千年難得一見的彆扭鬼咧，我哼了他一聲。

這時程譽軒已經幫我噴好酸痛噴霧了，他起身，摸摸我的瀏海，「短時間內，妳的肌肉應該還是會有點痛，如果想要拿什麼東西可以叫我們幫妳。」

「那個等下再說吧。」潘潘忽地插進話，「你們能先出去一下嗎？先讓她換個衣服吧。」

潘潘這麼一說，我才注意到我身上依然穿著泳衣。

抹了一把臉，我是不是該去安個太歲啊？

他們出去之後，潘潘一語不發地把我的袋子遞給我。

每次看到她這個神情，我都有種背脊發麻的感覺，可能是因爲我們從小一起混到大，認識這麼多年，每次她要說什麼讓我想殺人或想死的話之前，都會是這神情。

我就像是巴夫洛夫實驗中的狗，那隻狗被制約成一聽見鈴鐺聲就流口水，我則是一見潘潘這表情就覺得要倒大楣。

我握緊袋子，縮起肩膀，「妳……有什麼話就直說吧，不要用這種表情看我，怪可怕的。」

「沒關係。」她搖頭，「妳先換好衣服，我們慢慢說。」

靠！更可怕了啊！我身體不自覺抖了起來，開始思考起我究竟做了什麼事會令她失去理智？但仔細想想也沒有啊。我才剛醒來，哪有什麼時間惹火她？

莫非她和鄧季維一樣想吼我一頓？喔……很有可能，畢竟這次的事情真的有點嚴重，我差點就要死了。

我邊緩慢地換著衣服，邊胡思亂想，換回運動服之後，我抱著必死的決心望向她。她只是面無表情地把手機遞給我，「看看這影片。」

我一頭霧水，「喔。」

接過潘潘的手機，我按下播放，影片的畫面本來是在拍著賽況，在發現我溺水之後，拍攝者就將鏡頭對準我，而下一刻鄧季維穿著體育服直接跳進水裡，把我拉上岸。

躺在他懷裡的我，仰頭看著他好幾秒，然後就昏了過去。

鄧季維先探了探我的呼吸，又拍了拍我的臉，接著將我打橫抱起，不顧自己形象急急地往泳池外衝。

影片內容就到這裡，我琢磨了幾秒，小心翼翼開口：「這……嗯，我還活著真是感謝鄧季維。」

潘潘一把搶回手機，朝我大吼：「誰管妳有沒有活著啊，我是要妳看鄧季維！妳有看見他多帥氣嗎？妳有看見他穿著體育服跳進水裡起來後，依然如此帥氣逼人嗎？妳有看見他差點要幫妳人工呼吸嗎?」

我縮了下,「妳好激動,他不是沒有幫我人工呼吸嗎?而且我只是昏了一下,不用人工呼吸的……」

潘潘的眼神裡滿是恨鐵不成鋼的意味,「都這樣了,妳還是沒能讓他幫妳做人工呼吸,眞是不長進,妳都溺水了,怎麼不乾脆停止呼吸一下呢?」

我無言以對,潘潘這傢伙,原來不是在擔心我的死活!

我從牙縫裡擠出話來,「妳這混蛋!妳根本不關心我!」

「妳才白痴,我要不是關心妳,妳有機會看到鄧季維對妳這麼好嗎?」潘潘重重地哼了一聲,口氣比我更凶,「竟然和這種大帥哥的吻擦肩而過,妳這溺水算是徹底失敗了!」

見她比我更凶,我的氣勢頓時滅了,「妳不要說得像是我故意溺水似的。」

潘潘挨著我的肩坐在病床上,「唉,妳錯過這個帥哥,不曉得下一個要等幾年才能再遇到……」

「妳還眞關心我的初吻到底是不是給帥哥啊。」我嘟囔,但不敢再對潘潘大聲,「我覺得能活下來就很好了,不用追求這麼多。」

潘潘瞪我一眼,「說妳白痴妳還不承認,妳當然會活下來啊,妳知道整個游泳池有多少人嗎?就算沒有鄧季維也有程謦軒,還有一干游泳校隊,這些都不算好了,也有救生員啊,妳這個笨蛋!」

我偏了偏頭,「妳今天好像特別激動,是不是也嚇到啦?」

潘潘忽地無語，張口欲言卻一點聲音都沒有。

我低低地笑了幾聲，「妳看妳說成這樣，結果還是很擔心我嘛，好啦，我沒事了，等會兒妳跟我們去吃晚餐吧。」

潘潘點點頭，伸手抱住我，「明年妳敢再報名游泳比賽，老子就先掐死妳。」

我輕拍她的背，「好了好了，乖啊，沒事了。」

「同學，還有哪裡不舒服嗎？」護士阿姨倏地探進頭來，見到我們抱在一起，她笑了下，「我看妳們應該一起去收驚，外頭那兩位也是。」

潘潘收回手，一臉不好意思，「我沒事。」

我也連忙說：「我也沒事了。」

護士阿姨笑著點頭，「都沒事的話，就可以回去嘍，今天的賽程也快結束了。」

護士阿姨這句話說完，鄧季維和程譽軒也開門走了進來，一左一右把我架起來，潘潘則在一旁提我的袋子。

我趕緊出聲道謝，「謝謝護士阿姨。」

「不用客氣，以後游泳小心點。」

我們離開了保健中心，程譽軒跟鄧季維仍攙著我的雙手。

「我跟潘潘一起走就好，你們先回去吧。」

「送佛送上西，要是路上又出事，潘潘哪抱得動妳？」鄧季維語調是一貫的平淡。

程譽軒淺笑，「會長，你明明也很擔心軍綺，爲什麼總要說一些會讓人誤會的話？」

「不要戳破他，他會不好意思。」我笑著，又故意語帶曖昧對程譽軒說：「但你現在真了解鄧季維啊。」

程譽軒無奈笑了下，卻不說話了。

我自己一個人樂呵呵地傻笑，在我沒注意到時就回到班上了。他們扶我在椅子上坐好，鄧季維口氣很差地命令我放學後在教室等他們，才轉身和程譽軒一起離開。

他們一走，班上立刻炸開了鍋。只有零星幾個同學關心我的身體狀況，剩下一半的人都在尖叫著鄧季維好帥，另外一半則是痴痴地流著口水，沉醉於他們離去的背影。

還是班導好，他幫我把人都趕走了之後，又溫聲安慰了我幾句。

不過後來班上的人再次圍了過來，七嘴八舌地誇我做的好。好什麼？我輸了比賽耶。

「妳不曉得，雖然妳輸了那場比賽，可是架不住鄧季維帥到毫無天理，接下來的幾場比賽我們班都勢如破竹，每一場都贏了。」潘潘一副事不關己的模樣。

……鄧季維帥得毫無天理與我們班的人簡直像是開外掛一樣，場場都贏，有什麼直接的關係？

我還想再問清楚，但潘潘跑去做別的事情了，我只好拿出手機打發時間，連上學校論壇後，我才發現這次是真的鬧大了。

光是鄧季維救我的那個影片，就被瘋狂截圖、配字幕，版上甚至爆出各種不科學的傳言……我只能說，少女的思想都是很接近的。

她們結合了過往我和鄧季維的各式互動，包括他第一次闖進我的教室把我打橫抱走遊街示眾那次，還有他當著眾人面前說我和程譽軒都是他的人那次，以及他之前在泳池邊及時抱住我的那次。加上各種族繁不及備載的照片，最後變成一篇圖文並茂的言情小說。

她們寫出一個因命中注定而相遇，校園王子拯救平凡少女故事，合理地解釋了鄧季維為什麼每次都能在我要出事時及時救了我？若不是命運般的吸引，他怎麼會一直關注著我，又怎麼可能成為我的守護神？

……神你媽！就說是巧合了。

我無奈地嘆了口氣，只能看著幾個眼熟的ID高興地在版上討論著，好像我真的已經把鄧季維拿下，讓校園男神順利成為我們班的一員，另外也有人說程譽軒也是我們班的，其實這是個三角戀，兩個男神都離不開我。

妳們是腦補過頭了吧？妳們有想過我這個當事人的感受嗎？無言地關掉螢幕，仰頭望向黃昏的天空，突然覺得我剛才應該溺死在泳池裡才對。

肯定是因為剛考完期中考，大家都太閒的關係，這傳言竟然在一個星期後，依然沒有停止的跡象。

如今學生會的成員遇到我都會自動讓一條路出來，害我都以為自己是什麼可怕的災星，人人唯恐避之不及。

仔細想想，從高二開始，我遇到一連串的怪事，十件有八件和鄧季維脫不了關係。

他哪是我的守護神，根本就是我的天敵吧！他的命格大概和柯南一樣，只是柯南的命格是剋死旁邊的人，他的是專門剋我，讓我遇到衰事。

我邊看著小白吃飯，邊憤怒地和程譽軒抱怨。

他淺淺地笑了兩聲，我卻看不出來他眞正的情緒。

我偏了偏頭，戳戳他的手臂，「你怎麼啦？心情好像不太好的樣子？」

他微彎了下嘴角，張口欲說，但我等了好半晌也沒聽到下文。

「怎麼了？有什麼問題，可以說出來我們一起討論啊。」我拉了拉他的手。

他想了會兒，輕輕地嘆口氣，「我是想國手選拔快要開始了，上一次我不小心在選拔賽前感冒，這次……」

我喔了聲，用力地拍拍他的肩，「這次不會這麼衰了啦！從今天開始你天天吃維他命C，天天喝蜂蜜薑茶，就絕對不會再感冒了！」

他又笑了下，不過我看得出來，其實他一點都不開心。

「到底發生什麼事了？是不是不能告訴我？」這下我眞的有點不安了。

「不是。」他連忙否認，總算肯認眞地與我對視，他重重地嘆了口氣，「以後我可能不能和妳一起餵貓了。」

「咦？」我有些錯愕，這兩件事情之間有什麼關連嗎？「啊，你是要留下來練習？」

他點點頭，「不好意思啊。」

我頓時感到一陣失落，但依然勉強笑了，「沒關係，我本來也是一個人餵貓嘛，等你選上國手了，再來陪我就好。」

他彎著嘴角點點頭，神情看起來像在笑，卻又像心事重重的樣子。

我心裡忽然也泛起微微的惆悵，只要想到以後餵貓時會少了他的陪伴，就有點難受。

「沒關係、沒關係。」我也不知道我是在安慰他還是自己，其實也不是什麼大事，可是為什麼會有種程譽軒要與我分別的意味呢？

大概、大概是因為天氣變冷了，特別容易使人感到寂寞吧？應該只是錯覺。

「妳可以找會長來陪妳。」程譽軒淡淡地提議，「你們最近相處得很不錯，不會一見面就吵架了吧。」

「幹麼找他？」我做了個鄙棄的表情，「小白看到他就不來了，而且他家又不住在這附近，找他餵貓太麻煩了吧？」

「不會吧……」程譽軒欲言又止，突地笑了下，「他現在不是妳的守護神嗎？」

「什麼狗屁守護神。」我沒好氣地回：「他不來我都不會出事，他一出現我就災難連連，你剛才都沒聽我說話齁？」

程譽軒抬手拍拍我的頭，示意我冷靜一點，「有，不過我覺得妳把他說成這樣，他會傷心的。」

「屁咧。」我脫口而出，「他怎麼可能為了我的話傷心，他頂多會冷冷地嗆我，把我說到無地自容而已。」

「妳看，妳多了解他？」程譽軒輕輕地笑，「其實會長表面上看起來很難相處——」

「實際上也很難相處。」我搶了他話，對著他錯愕的臉擺擺手，「你不用幫他說好話了，只要你能和他好好相處就好，我這輩子對這件事已經不抱任何希望了。」

程譽軒露出苦惱的模樣，「但我也不可能一輩子都跟著你們吧？」

「爲什麼不可能？」我下意識地反問。

程譽軒似乎沒想到我會這樣回，愣了好一會兒才說：「總是會有分離的一天吧？」

我偏著頭，這是什麼意思？是他和鄧季維在一起後會覺得我是電燈泡嗎？好像不對啊，他的上下文意貌似不是這個意思？

程譽軒倏地笑出聲，「妳爲什麼會擺出這種困惑的表情？我們大學也不一定會在同一所學校啊。」

「可惡，你不要嚇我啊，說得像是我們明天就要分開了一樣，況且就算不同學校又有什麼關係，你說過，即使要經歷千山萬水都會回到重要的人身邊，難道我不值得嗎？」我直勾勾緊盯著他，齜牙咧嘴地說：「如果你敢說我不值得，我就直接揍你一拳。」

程譽軒先是微微睜大了眼睛，隨即低低地笑，最後變成完全克制不住地大笑。

「笑什麼！」我跳起來揪住他的領口，「你給我把話說清楚。」

下一刻，他單手一把握住了我的一雙手腕，我驀地震驚於他的手竟然這麼大，我看著他把我的手放到了他的大腿上，然後，我便一不小心失去平衡一頭撞上他的胸膛。

程譽軒慌忙地鬆開我的手，「還好嗎？會痛嗎？」

我摀著額頭，直起腰後搖搖頭，「不痛。」

他鬆了口氣，「那就好。」

「你還沒把話說清楚，得罪方丈你還想逃？」我居高臨下地瞪他。

他收起笑，用手摸了摸自己的臉，「我沒想逃。我剛才只是在笑，妳把話都說完了我要說什麼？」

「我哪有把話都說完了……」我一屁股坐回長椅上，「是你一副決定要拋棄我的模樣，我才會著急的。」

「我哪有要拋棄妳？」他突然停下了話，定定地凝視著我。

好一會兒，他就欲言又止看著我，讓我一直等不到他的下文。

最後我才頓悟，這人根本沒打算要說話，於是開始朝他擠眉弄眼，沒幾秒，他就被我逗笑了。

「妳幹麼？」他邊笑邊問。

「你都不說話，我還以爲你在發呆咧。」我故意這麼說，我當然知道他有事沒告訴我，可既然他想了這麼久都說不出口，我也不想再逼問。

他輕輕握了拳，將虎口抵著唇瓣，嘴角噙著淺笑，那模樣帥得令人目不轉睛。

我們就這樣相視，片刻後，我才回過神朝他莞爾一笑，「一人一次，扯平了。」

「扯平什麼？」

「今天晚上，我們都看著對方，話說到一半就走神了。」我笑了笑，伸伸懶腰，接著豎起手指，「有些話你暫時不想告訴我也沒關係，我不會生氣的。不過等到你可以告訴我的那天，你一定要第一時間告訴我，就算只有一秒鐘，都不可以拖延。」

「好。」他非常嚴肅地頷首，「我答應妳。」

聽到他的回答，我這才笑出聲來，下一刻又聽見他說：「還有，妳很値得。」

「啊？」

「値得即使必須經歷千山萬水，也要回到妳身邊。」

他這麼一說，我反而不曉得該接什麼話了，明明方才我已經想好要對他說什麼的。

「會長——」那人硬生生地咬住了舌頭，眼中滿是無辜。

我睨他，「會長什麼？」

我眞是受夠了，現在每天中午去學生會辦公室吃午餐時，那些成員都會用那種既敬畏又羨慕的眼神看我，讓我一肚子氣。

這不，今天還有這種在走廊遇到就忍不住對我拼命行注目禮的人，甚至直接開口打招呼，可爲什麼喊的是會長兩個字呢？難道我長得像鄧季維嗎？

我瞇起眼，再次追問：「會長什麼？」

他嚥了口口水，左顧右盼期望有人來救他，可惜這裡除了我之外，只有程譽軒。

程譽軒忍不住發笑，「妳幹麼捉弄人家？」

我微微抬頭看向程譽軒，強調：「我沒有，我只是好奇。」

當然這話沒人相信就是了。那個人想跑，我馬上揪住了他的領子，「你不把話說清楚我就叫鄧季維來問。」

「我是想說『會長大人的緋聞女友』有時候我們也會叫妳會長夫人。」那人一口氣把話又快速又清楚地說完，接著可憐兮兮地求饒，「我可以走了嗎？」

我鬆開了手，一旁的程譽軒做了個手勢，叫他趕快走。

我被這番話說得大受打擊，懊惱地把額頭抵在程譽軒手臂上，「爲什麼會變成這樣？」

「沒事，沒關係，大家不知道眞相嘛。」他的聲音裡帶著一點隱忍，我猜他一定是在忍笑，便猛然抬頭，卻見他面容十分正經。

我沒料想到他是這種表情，反而笑出聲來。

「被你一說我好像也覺得沒關係了。」我勾起他的手，無奈地嘆氣，「走吧，吃午餐。」

我們走到學生會辦公室，推開門時，鄧季維剛好起身在收拾桌上的文件，儘管逆著光，我都能感受到他正在打量我勾著程譽軒的手，這時程譽軒立刻把手抽開，那種態度好似我有毒一般。

嘖，一個愛吃醋，一個怕人吃醋。你們能不要這樣放閃嗎？單身狗的玻璃心是很脆弱的。

我默默走到我慣常坐的位子上，「程譽軒，關門。」

我的口氣滿滿都是克制不住的憂鬱，你們也不想想要是沒有我，哪有你們的今天，居然這樣對待我這個媒人？

程譽軒關了門，回頭就對上我幽怨的眼神，「怎麼了？」

我搖搖頭，「沒事，只是被剛才那個人說的話嚇到，還沒回過神來。」

鄧季維在程譽軒的身旁坐下，「剛剛怎麼了？」

程譽軒瞥了我一眼，笑著轉述了方才的情況。

我撫著額，舉起筷子無意識地撥弄眼前便當盒中的菜，等到程譽軒說完後，我才抬頭望向鄧季維，「我覺得這樣不太好，你能不能管管學生會的人？」

鄧季維一臉無辜，「我要怎麼管？嘴巴長在他們身上，況且這種事情本來就只會愈描愈黑，我說多了人家也會認爲是此地無銀三百兩。」

我重重哼一聲，「不但無銀，連金子也沒有。」

鄧季維嘲諷地呵呵了兩聲，「妳還是乖乖吃妳的飯吧，別說這種爛透的話了。」

我扁扁嘴，拿出手機，LINE了鄧季維一句。

我按下發送，鄧季維那頭很快收到了訊息，他瞟我一眼，拿出手機看了看，又瞟向我。

軍綺：「你再繼續放任留言，小心程譽軒當眞，你的暗戀就會變成失戀！」

我哼了他一聲，低頭吃幾口飯，手機又震了下，我看了眼螢幕上的訊息。

鄧季維：多管閒事。

我放下筷子，忍不住拿起手機回。

軍綺：我幫你追程譽軒的時候你怎麼不說我多管閒事？

鄧季維：就跟妳說我管不了。

軍綺：管不了就不管了嗎？那追不上你也別追了。

鄧季維忽然拍了下桌子，我睨了他一眼，把我便當中的南瓜夾給程譽軒，「我不喜歡這個，你幫我吃。」

程譽軒淡淡地微笑，臉上又是前幾天那副心事重重的模樣，讓我有股衝動想追問他究竟怎麼了，但鄧季維在一旁，我也不好意思開口，只有我一個人時他都欲言又止了，要是還多了個人，程譽軒大概會更爲難吧？

「我現在才知道妳不喜歡吃南瓜。」程譽軒看向鄧季維，「會長你喜歡吃南瓜嗎？」

鄧季維想了幾秒，「還行，沒有特別討厭。」

「那給你吃吧。」程譽軒把南瓜都撥到鄧季維的便當盒裡，「我不能吃太多澱粉。」

「是因爲選拔的關係嗎？」我好奇，「我以爲游泳選手不用特別維持體重？」

程譽軒笑了下，「雖然我們不是用體重分級，不過還是不要吃太多比較好。」

「這樣啊。」鄧季維點點頭，「那好吧，以後你的南瓜都給我吃。」

程譽軒一愣，「我不是那個意思，只是要控制分量，不是全部都不能吃，如果你喜歡吃南瓜的話，可以吃軍綺的，反正她也不喜歡。」

鄧季維對我做出嫌惡的表情，「她的我要看心情。」

我呿了一聲，擺擺手，「你這麼說，以後不要後悔。」

鄧季維嘲諷一笑，「哈，我有什麼好後悔的？尤其是因爲妳而後悔？」

「比如說，這個跟那個，我也要看心情才選擇要不要幫你。」我宛如在揮舞魔杖一般，揮動著筷子，「我們之間牽扯這麼多，你不會要我逐條列出，一項項說清楚吧？」

儘管我沒把話說白，但鄧季維應該接收到了我的威脅。

他啞口無言地盯著我好半晌，「可以，妳的南瓜也全都歸我了。」

「很好。」我笑了下，如今我也把鄧季維的表情跟招數都學了不少，至少威脅起人來，我覺得自己肯定有青出於藍的跡象。

「妳現在的神情跟會長好像。」程譽軒忽然這麼說。

「屁咧！」我立刻回，鄧季維也同時冷哼了聲。

我先瞪了鄧季維一眼才轉過臉看程譽軒，可能是因爲背光的關係，我看不清他的表情。

「我才不要像他。」我補了這一句。

「那妳想要像誰？」鄧季維朝我勾起了半邊嘴角，惡意盎然地說：「妳身邊還有比我更好的選擇？」

我想也沒想便回：「程譽軒就比你好！」

鄧季維看了看程譽軒，回過頭，「那又怎樣？」

我正想反駁，但程譽軒出聲打斷了我們的爭吵，「不怎麼樣，快吃飯吧，便當都要涼了。」

我又惡狠狠地瞪了鄧季維一眼，才肯乖乖低頭吃飯。

吃完午餐後，我趴在桌上小睡了會兒，程譽軒和鄧季維不知道低聲在討論什麼事情。

程譽軒叫我起來時，是午休結束前十分鐘。

「我們要去買點喝的，妳也一起吧，走一走，下午會比較有精神。」他臉上仍掛著笑容，眼底卻有一種我說不出的情緒，像是難受，像是壓抑。

我眨了幾下眼睛，想再看仔細點時，他就轉過身開始收拾東西了。

我困惑地起身，把手機塞進口袋，程譽軒早就幫我們把中午的便當盒處理好了，他站在門邊回頭等我和鄧季維。

鄧季維的東西多，通常會另外再提個袋子裝。

我走到程譽軒身邊，就聽見他說：「妳不去幫會長嗎？」

我皺下眉，「幹麼幫他，他又不是拿不動。」

鄧季維哼了聲，「我還眞的拿不動，快滾過來。」

我這才發現他今天東西多到連提袋都裝不下，只好默默走回去把桌上那幾份文件抱在懷裡，「你爲什麼要拿這麼多東西啊？不是可以等放學後再回來拿嗎？」

他語氣平淡，「就是因爲有人吃飽就想睡，我才會累積了這麼多文件要送。」

我一時語窒，等我們走到超商，選好飲料之後，我才說：「明明學生會有這麼多人，你怎麼不叫他們去跑腿，偏偏要找我。」

鄧季維瞄了我一眼，「這是妳中午使用學生會辦公室應該要付的代價。」

我對他做了個怪表情，「我們都什麼交情了，你還和我算得這麼清楚，小氣鬼。」

「我們是什麼交情能不用算這麼清楚，妳倒是說說啊。」鄧季維一點也沒有要退讓的意思，與我脣槍舌劍得非常快活。

「以後我不能和你們一起吃午餐了。」程譽軒忽地說。

我正要開口堵鄧季維的話，沒想到程譽軒突然來了這一句，害我半聲都吱不出來，只能傻傻地看著他。

「為什麼？午休時間校隊不用練習吧？」鄧季維先反應過來，隨即追問。

程譽軒搖搖頭，「我想要先睡一下，再吃午餐，這樣放學練習時會比較有體力。」

我明白程譽軒對這次的國手選拔很看重，可是我沒想到他居然……

我一時之間不知該怎麼反應，只覺得錯愕。

他做出這個決定，就好像我在他的人生裡，是被排在較不重要的順位，而我莫名地對此感到有一點不習慣，還有一點失落。

「軍綺，妳在想什麼？」他側過臉問我。

我搖頭，無論如何那種話都不應該說出口的，我憑什麼要求程譽軒把我放在他生命中最重要的位置？

「沒有，我就是……就是想，有夢想的人果然和我這種醉生夢死的人不一樣。」我連忙從腦子裡擠出話來，「你要加油啊！這樣才對得起我們。」

程譽軒莞爾，「這不是我自己的選拔嗎？怎麼會對不起你們呢？」

我理直氣壯地回：「因為你本來就是我們的一員啊，只不過是為了游泳國手的訓練要暫時離開我們，我們損失可大了。」

「還是中午我們等你來，再一起吃飯？」鄧季維問。

我猛點頭，「對啊對啊，我們可以等你啊。」

鄧季維肯定也不希望程譽軒不和我們吃午餐，其實他才是最失落的人吧，我算什麼？

程譽軒一臉為難，「讓你們等我一個我會不自在的，沒關係，就請你們忍耐一下，等國手選拔結束就好。」

他都這麼說了，我也不曉得該接什麼話，畢竟他是為了自己的夢想努力，總不能逼他配合我們吧？

「好吧，那你選拔完，一定要馬上回來喔。」我頓了一下，瞥了眼鄧季維，「我們都會等你的。」

程譽軒淡淡地微笑，面色憂鬱地點點頭，他好像還想說些什麼，但終究沒開口。

在這種氣氛之下，我們三個都沒了聊天鬥嘴的興致，只是靜靜地喝著飲料，等待打鐘。

十一月已經到來，天氣慢慢地變冷，這幾天又來了個冷氣團，即使是大中午，風一吹也依然冷意襲人。

程譽軒眺望著遠方，不知道在想些什麼，看著這樣的他，我頓時一陣心慌，感覺我們似乎就要漸行漸遠了。

不能一起餵貓，中午也不一起吃飯，那我還有什麼機會可以和他相處？

特地去他班上找他又顯得太過刻意，如果我和潘潘一起，在放學後去看校隊練習，他會不會覺得很奇怪？算了，就算他不說，我自己都覺得很奇怪。

為什麼我們現在變得這麼親近，卻又這麼疏遠。

鄧季維在桌下狠狠地踢了我一下，我咬牙切齒地瞪向他，然後拿出手機。

軍綺：你踢我幹麼啦！

鄧季維：快想點辦法，勸他中午繼續和我們吃午餐。

軍綺：他就要追逐夢想齁！我要怎麼勸？難道你對他的愛跟他的夢想不能共存嗎？

鄧季維：共存的前提是我們都有共識！我跟他現在有個狗屁共識！

軍綺：那我也沒有別的辦法啊！我盡力了。

還沒等到鄧季維回我，鐘聲就響了，我拿著手機，頓了瞬，抬頭剛好對上了程譽軒的眼眸，他沒有笑，只是沉默地凝視著我。

「怎麼了？」我看著他認真的眼神，不由得問。

程譽軒垂下眼簾，勾起嘴角，搖搖頭，「沒什麼，我們回去上課吧。」

「好。」

我和鄧季維同時起身，程譽軒本來是站在我身邊的，卻硬要繞到鄧季維旁邊，看到這情形，我笑了下，「你們倆站在一起真是郎才郎貌，我這輩子大概沒有機會再認識這麼帥的人了。」

「是會長好看，我普通而已。」程譽軒淡淡地說。

「你這樣算普通？」我對他做鬼臉，「那這世界就沒有好看的人了。」

我們本來一邊閒聊一邊往教室走，但鄧季維在半路上想到要回學生會辦公室拿一樣東西，所以後來只剩我跟程譽軒。

於是我和程譽軒一路上便安靜地走著，一想到他以後連中午都不和我們一起吃飯了，我突然感到一陣彆扭，不知道要跟他說些什麼，我們又走了一小段路，先到了我的教室。

我停下腳步，程譽軒看著我幾秒，掙扎了很久才開口：「中午休息的時候還是讓眼睛休息一下吧，有什麼話能直接說的，不用特意傳訊息。」

「啊？」這段話這麼沒頭沒尾的，使我一時之間完全反應不過來。

「我走了，以後要好好跟會長相處。」他說完後，旋即轉身離開。

後來我一直認爲程譽軒當時那種決絕的模樣，就好似他再不走就走不了了一樣，我直到現在依然不明白他爲什麼有那種反應，難道我會吃了他嗎？太奇怪了吧？

望著他離開的背影，他轉身的那瞬間我眞的有點受傷。

之後的一個星期，中午我跟鄧季維仍會一起吃午餐，只不過更多時間都在討論程譽軒怎麼會做出這個決定，可鄧季維都想不通了，更別說我。

「妳說他是不是跟妳一樣鬧脾氣了？」到了最後鄧季維甚至連這種荒謬的推論都說出來了。

我瞄了他一眼，低頭繼續吃飯，漫不經心地問：「他生誰的氣？」

「肯定不是我，那就是妳了。」鄧季維語氣無比確定，「妳老老實實說清楚妳最近都幹了什麼？不對，依照妳的智商肯定連自己做錯什麼也不曉得。」

「你才是咧，絕對是因爲你喜歡他喜歡得太明顯了，他才會躲著你。」我忍不住回嗆這句話，講完才驚覺自己說得太過分了，鄧季維一定超不爽的。

果然，他面容立刻變得烏雲密佈。

「妳把話說清楚，我喜歡他怎麼會讓他躲著我了？」他沉著聲音，聽起來要是我不好好回答，回頭他會馬上殺了我。

我放下筷子，趕緊高舉雙手，「我只是隨便說的，你不要當眞。」

「這種話能隨便說嗎？」鄧季維口氣極差，臉上寫著「老子差點就要當眞了」。

「你才奇怪，程譽軒明明都說了他的理由，你幹麼不信？還一直覺得有其他的原因，就算眞的有，難道你要去逼問他嗎？」我看著他，「你爲什麼不肯相信他是爲了追逐夢想就好，這樣不就簡單多了嗎？」

「實在是很難和低智商的人聊天。」鄧季維嘆了一口很長的氣，「妳要好好感謝妳爸有錢，讓妳能讀雲華，如果把妳放到會考那種廝殺的場合，大概連前五志願都沒有。」

我被他氣得說不出話，「就你最聰明，那你自己想辦法啊！」

我這才發現，要是我的缺點是碎碎念和嘴巴比腦子快，那鄧季維的缺點就是嘴巴壞，而且那些話不說出來他還睡不著！

他沉默了好一會兒，安靜地吃完了便當。

我正想我是不是說得太直接了，就見他抬起頭說：「我還眞沒有辦法。」

他的態度一軟，我突然就有些不知所措，「沒關係、沒關係啦，我也不知道該怎麼解決啊。」

我這話一說，便看見鄧季維額角的青筋爆了出來，他咬著牙硬擠出話，「我難道會不曉得妳也沒有辦法嗎？」

「喔……對喔。」我傻笑了幾聲，閃躲了他的目光。

他眼神裡嫌棄我低智商的情緒實在太明顯了，連早已免疫被他嘲諷的我，都有點無地自容。

「還是我來約他星期六出去吃飯，這樣你就有藉口可以見到他了。」我偏偏頭，「至於他說的理由到底是不是真的，你就別追究了吧？」

「好啊，妳約。」鄧季維一口答應，「至於真正的原因，總有一天我會知道的。」

聽起來他依然沒有要放棄的意思，不過我也懶得勸他。鄧季維要是這麼容易被說服，就不叫鄧季維了。

我拿出手機，歡快地傳了LINE給程譽軒，問他星期六要不要一起吃飯逛街？

其實我早就想聯絡他了，只是找不到理由，如果單獨約他又好像有點怪怪的。

然而訊息卻一直沒有顯示已讀，我乾脆跳出了LINE的介面，想說趁機刷一刷八卦，結果在連上了學校的論壇時，我頓時震驚了。

我把手機推到鄧季維面前，「你看看。」

他拿起來看了下，面不改色地把手機還給我。

「應該把這些人的腦袋都拿去做生化實驗，放過兔子、小狗跟小白鼠吧，這裡有一批便宜的次等人，他們的大腦構成和人類一模一樣，只是智商比較低。」

我不由得噗哧一笑，「你現在是氣得口不擇言嗎？」

「沒有，我是認真的。」他面無表情地扭頭看我，「我收回剛剛的話，原來妳還算是聰明的。」

我這下實在是忍不住，很沒禮貌地噴笑，「謝謝你的誇獎。可是這傳言怎麼辦？我們只不過是單獨吃午餐罷了，怎麼會變成甩開程譽軒開始交往了？」

「他們本來就唯恐天下不亂，從我在泳池救了妳開始，他們便在等著，只要有任何風吹草動，就要立刻把我誣陷成毫無眼光的人。」

我被他說得既好氣又好笑，「你不要以爲我聽不懂就拐著彎罵我喔！」

「哇，原來妳聽得懂耶。」鄧季維浮誇地說了這句，隨即變回波瀾不興的模樣，「不要管他們了，人跟猴子是無法溝通的。」

我總覺得這樣不太好，但鄧季維也沒說錯，要是溝通有用的話，之前那些無中生有的八卦也不會出現。

「我能不能問你一件事？」

「問。」

「你到底喜歡程譽軒什麼啊？」我偏著頭望向他。

「說不出哪裡好，就是喜歡他。」鄧季維很直接地說，儘管不是說我，卻連我都有些不好意思了，「怎麼？妳不喜歡他？」

我一愣，做了個怪表情，「我當然也喜歡他啊，我還喜歡過你呢。我只是好奇像你這麼挑剔的人，會因爲什麼原因喜歡上別人？」

「他……很好。」鄧季維想了好一會兒，「什麼都很好，我就是喜歡他這個樣子，不管是缺點還是優點。」

我低下頭笑了，「你還眞喜歡他，居然連缺點都挑不出來。」

「那是因爲他本來就沒什麼大缺點。」鄧季維回得很快，「要是妳交了男朋友，記得問問他不討厭妳什麼，他的眼光如此特別，妳一定要好好把握。」

「靠北喔，你誇程譽軒我沒意見，幹麼要把我扯下水？」我瞪他，「這種行爲太不可取了。」

鄧季維正要說話，我的手機就震了下，我連忙拿起來看，是程譽軒的訊息。

程譽軒：不好意思，週末我要去外地訓練，可能不行。

我很錯愕，這大概是程譽軒第一次拒絕我，我把手機遞給鄧季維，心裡頓時空空蕩蕩的，好像少了什麼，像是破了的窗戶透著寒風。

這讓我開始心慌了，也許鄧季維是對的，或許程譽軒根本只是隨便找一個藉口推託，他其實是不想和我們聚在一起了。

可是爲什麼？明明以前我們相處的時候，他也很開心啊。

「妳問我我怎麼知道。」潘潘吃著蛋糕，「我才想問妳咧。」

「妳要問我什麼？」我沒什麼精神地反問。

我無法克制憂鬱的情緒，即使潘潘在我面前唧唧呱呱的，我的心情仍然十分低落。

沒有程譽軒的日子，我比想像中還更不習慣，我喜歡餵貓時有他陪我聊天，也喜歡我和鄧季維鬥嘴時有他勸架，還喜歡我們午休時喝飲料的時光。

他和我們分開的時候，是不是也像我想念他一樣想念著我們？

我啜飲著熱水果茶，不禁想到最近天氣變冷了，程譽軒每天都要練習游泳應該會很冷吧？我是不是該去買個可以溫暖身體的東西給他？

就算要特訓，他還是會來學校上課，我能去他班上找他，最好挑個風和日麗的日子，也能順便把我網拍買的新髮夾給他看看。

「林軍綺！」潘潘一拍桌子，大吼我的名字，她雙手撐在桌上，把臉湊到我面前，「妳在想什麼啦？我和妳說話妳都不理我。」

我尷尬地笑了下，用力搖搖頭，「沒有，我……我不小心恍神了，對不起，妳要跟我說什麼？」

「我是要問妳，爲什麼程譽軒要加我LINE？」

我猛然站起，「程譽軒加妳LINE！」

潘潘被我的大嗓門嚇到，愣了好幾秒，「妳幹麼這麼激動？」

「我、我沒有……」我都不相信我自己的話。

這時幾乎全餐廳的人都在看我們這方向，我努力用最不引人注目的姿態慢慢地坐下。

潘潘斜睨了我一眼，「妳是不是……」

「我沒有喜歡程譽軒！」我衝口而出。

潘潘怔愣了一瞬，「我沒有要問妳這個，不過既然妳都不打自招了，說吧，妳喜歡程譽軒啊？」

我連連擺手，「沒有沒有，還不是妳前陣子每次都用這開頭逼問我是不是喜歡誰，我才搶在前頭回答了。」

潘潘賊笑著，「妳要不是心裡有鬼，何必草木皆兵？」

「妳才心裡有鬼草木皆兵！」我哼了她一聲，「那妳到底想問我什麼？」

「好吧，今天就先放妳一馬。」潘潘渾身散發著從容感，話裡似乎帶著以逸待勞的意味，「所以，程譽軒幹麼加我LINE？」

「我怎麼曉得！」我沒好氣地說：「大概他現在和我當朋友當膩了，想要跟妳當朋友了吧？他以前就說過很羨慕我和妳之間的友情。」

潘潘哈哈大笑，「嘖嘖，聽聽妳說的話，店員是不是上錯飲料了，妳喝的是水果醋，不是水果茶吧？」

「我才沒有，我和他最近也沒聯絡了啊，我才想知道為什麼咧……」我扁嘴。

「那妳想知道他加了我LINE之後，問了我什麼問題嗎？」潘潘笑咪咪地問我。

可惡！好傢伙，原來這才是妳眞正的目的啊。我就說潘潘怎麼可能沒事突然約我喝下午茶，難怪她剛才反常地沒有逼問我，還一副神態自若的樣子。

「要說快說。」我催促她，「妳不就是想告訴我，才會特地找我出來吃飯嗎？」

潘潘笑嘻嘻的，「他問的第一個問題就是，妳和鄧季維在交往嗎？妳說，程譽軒是不是眞的喜歡妳啊？」

我張著口，一時之間不知該說些什麼才好，「他為什麼要問妳，直接問我不就好了？」

潘潘搖著手指，「妳這是當局者迷，假設他喜歡妳，要是聽到妳親口承認自己和鄧季維在交往，他一定會很傷心啊，所以只好旁敲側擊了嘛。」

「那他爲什麼不問鄧季維？」我有些懷疑。

「還是他喜歡鄧季維？」潘潘說得極快，「但鄧季維又沒有特別親近的朋友，才決定問妳的好朋友，也就是我。」

「邏輯完全不通。」我朝潘潘做了個手勢，要她有多遠滾多遠。

潘潘顯然被我這動作激怒了，「不然妳說看看他爲什麼要這樣做？」

「我哪知道啊，他最近的行爲我都搞不懂啊！」我低下頭，喝了口發涼的水果茶，「因爲練習不來餵貓就算了，結果連午飯都不和我們一起吃了，我實在是想不通。」

「搞不好，他以爲妳和鄧季維在交往了，所以覺得自己不該繼續當電燈泡。」潘潘愈說愈起勁，「他肯定喜歡你們之中的一個人，才認爲這樣對你們都不好，他也會難過想哭，就乾脆隨便找個理由避開你們。」

我瞠目結舌地看向潘潘，感覺她似乎無意間說中了什麼。

「那……妳認爲接下來怎麼辦才好？」

「妳眞的沒有和鄧季維交往吧？」潘潘挑眉，「假如你們在交往，就拜託你們放過程譽軒吧？我要是他也會很難受。」

「妳幹麼難受？」

「我才不要跟一對你儂我儂的情侶一起吃飯咧，我又沒有人可以互相餵食。」潘潘做了個嫌棄的表情，「而且跟情侶吃飯壓力超大，會覺得自己這電燈泡當得非常有罪惡感。」

我舉起手，「我發誓我沒有跟鄧季維交往，過去沒有，未來也不可能。」

潘潘對我把話說死的態度感到很不可思議，「好、好吧，那接下來妳只能仔細想想，到底是什麼事讓程譽軒誤會你們在一起，然後把那個原因解決不就好了？」

我認眞地回想，程譽軒的行為是從什麼時候開始有點奇怪？

思索了好半晌，腦海中忽地閃過之前與他在公園的談話。

一瞬間，我全頓悟了，程譽軒之前一直認為我和鄧季維似乎有祕密瞞著他，這種疑惑在他心裡日漸擴大，才會演變成如今這種局面。

這要怎麼解釋……我和鄧季維的祕密，就是他啊！除了叫鄧季維跟程譽軒說清楚之外，我們還有別的方法嗎？

潘潘先回家之後，我立刻打電話給鄧季維約他到這間餐廳。等到他坐下時，我馬上把和潘潘討論的結論對他說了。

他一臉淡漠，使我完全猜不到他的想法。

「你說話啊。」我有些急了，「難道你要讓程譽軒就這樣離開我們嗎？」

「那妳想怎麼樣？」鄧季維眼神平靜地看我，「要我去跟他告白嗎？」

我安靜了幾秒，「好。」

「好什麼？」鄧季維嗤之以鼻。

他正想繼續嗆我，我已經開口：「如果現在不是一決勝負的時候，那什麼時候才是？再這樣下去，你也別告白了，反正人都不在我們身邊了，你去跟鬼告白好了！」

鄧季維彷彿被我說動了，表情微微鬆動。

我垂下眼簾，「鄧季維，我不喜歡這樣，很不喜歡。」

「哪樣？」

「我不喜歡我們有祕密瞞著程譽軒。」我緊盯著茶杯中乾涸的茶漬，「明明他是這麼好的人，我們卻沒辦法對他坦誠相待；明明喜歡一個人不是一件壞事，可是我們卻好像做錯了什麼；明明我們都這麼喜歡他，爲什麼要讓他離開我們？」

「妳也喜歡他？」鄧季維的目光銳利地掃過我的面頰。

我嗤了一聲，「不是你想的那種喜歡，我只是喜歡和他當朋友，喜歡我們三個在一起的時光。」

我愈說愈憂傷，從這一刻往前回想，我居然找不到能扭轉一切的關鍵點。即使讓我回到過去，也不知該如何扭轉現狀，但我對於現況又是這麼不滿意，這麼難以接受。

「你去告白吧。」我幾乎是用拜託他的口氣說：「找一天和他說清楚，說我們之間最大的祕密就是你喜歡他。」

「我想想。」鄧季維沒有答應，也沒有拒絕，「我覺得這不是個好時機。」

「可是我們還有更好的選擇嗎？」我望著他，「我們根本就見不到他，更別說什麼時機了。」

「我知道！」他的聲音倏地大了起來，我頓時嚇了一跳，愣愣地看他，他懊惱地又重複一次：「我知道。」

這是我第一次看到鄧季維情緒失控的模樣，「你……眞的很喜歡他對不對？」

因爲眞的很喜歡，才會這麼患得患失，進退維谷。

因爲喜歡，才會捨不得又放不下，如今卻到不了他的身邊，也無法把他留下。

鄧季維重重嘆了一口氣，「走吧，回家了。反正這件事情一時半會兒也不會有結果。」

確實也是，就讓他仔細思考一下吧，但我們最後應該還是會達成共識的，畢竟我們誰都不想失去程譽軒。

我結完帳跟著鄧季維走出了餐廳。

天氣冷了，我把雙手插入口袋，「那就先這樣了，你有什麼決定再告訴我。」

鄧季維面無表情，「我送妳回家。」

我眨了幾下眼睛，「爲什麼？」

除了送我去醫院那次，鄧季維從來不送我回家的啊，他不可能會忽然生出什麼紳士之心吧？還是被我打擊得太過了？不至於吧……

「我……現在不想一個人。」他用一種至高無上的態度說這句話，我卻覺得他就像一隻受傷的野獸，嗚咽著希望有人可以拯救他。

我像是安撫小動物一樣，伸出手輕輕在他手臂上順了兩下，「好。」

我們沉默地搭上捷運，沉默地走出捷運站，在我要往家裡走時，他拉住我，「去公園看看。」

我有些困惑，「可是我沒有帶貓糧出來。」

「我不是要餵貓。」他這麼說。

我感到更疑惑了，不餵貓，那去公園幹麼？

鄧季維停了幾秒，「我只是想去看看。」

我想了想，「你想去看看程譽軒去過的地方嗎？」

鄧季維別過眼，幾不可聞地應了聲。

我突地一陣心酸，不只我，至少還有一個人和我一樣想念他，其實不過只有幾天，我們卻彷彿分開了好久。

「好，那我們去買罐頭吧，我也懶得等下再出來一趟了。」

鄧季維沒有拒絕，我們先繞去超商買了貓罐頭和我們要喝的熱飲，才走到公園裡。

小白已經在等飯了，我打開罐頭把飼料倒了出來，免得牠們被罐頭邊緣刮傷，然後拉起鄧季維在一旁的長椅上坐下，「之前，程譽軒都坐在這個位子和我聊天。」

鄧季維一語不發看著小白，「這幾天我總是想起我們幫妳慶生的那天，我害怕告白之後，那一天的場景會成爲絕響。」

我看著他，不禁被他濃濃的憂慮所感染。

「我也害怕，如果程譽軒不喜歡我，會不會因爲我的告白而討厭我，畢竟，我是男生，」他頓了頓，「而有些人討厭同性戀。」

他一臉茫然地說著這些話，我頓時有股想哭的衝動。

一直以來我都只關注程譽軒的心情，完全沒考慮到鄧季維的心裡也會有這麼多顧慮。大概是他掩飾得太好了，我從沒想過，獅子也會有害怕的事情，國王也會有傷心的一天。

「不會的，即使程譽軒不喜歡你，也肯定不會討厭你！」我在腦中找著適合的安慰語句，「畢竟、畢竟，你不是同性戀啊，只是喜歡的人剛好是男生。」

我到底在說什麼！眞想看看我腦子裡是不是沒裝東西。

「事實上在別人眼中，這樣就算同性戀了，而且我也從來沒喜歡過女生。」

我安靜地望向他，而鄧季維也不再開口，我感受著他身上透出的寂寞，即便坐在他身邊，與他如此靠近，我卻沒能驅散他身上的落寞，這一刻我對自己的無能爲力感到憤怒。

看著我們走來的公園小徑，我這才明白什麼叫做回不去了，原來人生不像散步，走累了能隨時轉身回家，而是一條不能迴轉的單行道。縱使走得再累，也不能回身，也無法停下腳步。

「鄧季維，我不逼你了，隨你吧，這件事情本來就不關我的事情，你……」我的話因突然出現在小徑上的人影停住，那人也被我嚇到，隨即抬步離開。

「程譽軒你站住！」我跳起來跑到他身後，抓住他的衣擺，「你都看到我們了幹麼要直接離開？我到底哪裡惹你不爽了你說清楚啊，要判罪也給我一個原因。」

程譽軒深吸了一口氣轉過身，表情帶著點苦，「沒有，我只是不好意思打擾妳跟會長。」

「你有什麼好不好意思的。」我愈想愈生氣，「爲什麼你就是不相信我沒有和鄧季維交往？」

程譽軒怔了一下，才想到是潘潘出賣了他，他苦笑，「我沒有不相信，我只是想，假如你們之間有什麼事情不想讓我知道的話，那我應該把空間留給你們。」

「我——」

「我們隱瞞的事情和你有關。」鄧季維走到他面前，「我們之間的祕密就是我喜歡你。」

第六章

程譽軒呆愣在原地，好半晌都沒有反應。

「怎麼會……」他喃喃自語，滿是不可置信的模樣。

我能理解他的震驚，畢竟一開始我也不敢相信。

我和鄧季維就站在一邊等著他開口。

「所以，那些你們瞞著不讓我知道的事情……」

我接話，「都是在討論我要怎麼幫鄧季維追到你。」

程譽軒深深地望著我，那是一種很奇怪的眼神，好似要透過我的眼睛看進我的靈魂。

在這樣的凝視下，我居然別不開眼，直到程譽軒垂下了眼簾，我才從那種狀態裡回過神來。我不懂他為什麼要用這麼哀傷的眼神看著我。

但忽然間，我似乎明白了什麼。

程譽軒看著鄧季維，用很誠懇的口氣說：「對不起，會長，我不喜歡你。」

鄧季維彷彿一點都不意外，可面上依然閃過一絲傷心，「因為我是男生？」

程譽軒安靜了幾秒，搖搖頭，「不是，因為我有喜歡的人了。」

鄧季維皺起眉頭，「我從來沒聽說過。」

「最近我才發現的。」程譽軒勾起苦笑，「我也沒想過……」

「我認識嗎？」鄧季維追問。

程譽軒點點頭，目光輕輕地從我臉上掃過，像是不經意似的。

與他對視的那一秒，我頓時明白他眼眸中的含意了。

我想阻止接下來可能發生的事，於是尷尬地向程譽軒勾起嘴角，「既然如此，那你先回去好了，我、我陪陪……」

「不，」鄧季維打斷了我的話，「我想知道是誰。」

「你不要問！」我對鄧季維說：「知道是誰又怎樣？」

鄧季維瞇起眼睛，他往常的霸氣口吻在此時卻帶上了幾分受傷，「爲什麼不能問，既然我認識，我想知道是誰又有什麼不行？」

「你爲什麼要問？你爲什麼要知道？你只不過是因爲輸了覺得不甘心而已，可是愛情哪有什麼輸贏？就像你不喜歡我，就是不喜歡我，難道我問清楚原因你就會喜歡我了嗎？」我飛快地說。

「至少讓我明白我是死在誰手上！」

我和鄧季維都激動地劇烈呼吸著，彷彿想用清涼的空氣壓抑住胸中的激動。

「軍綺說得對，就算曉得是誰也並沒有任何好處。」程譽軒的面容帶著一股難以言喻的憂傷，他對我笑了下。

我卻別過了眼，這一刻我不想面對他，更不敢面對鄧季維。

「不，你說。」鄧季維忽地冷笑出聲，嗓音裡頭沒有一絲情緒，「我想知道。」

程譽軒抿嘴不語。

「鄧季維，算了吧，你不要爲難他。」我苦勸著他，我不想要程譽軒說出答案，我不想我們之間變得這麼複雜，我只想要我們三個好好的！

「憑什麼，你連喜歡誰都說不出口、不敢承認，憑什麼說你喜歡她？」鄧季維冷冷地開口，他沒有大吼大叫，可他洶湧的情緒卻朝我們鋪天蓋地、排山倒海而來。

因爲受傷，因爲難過，所以想要追問出一個答案，好像這樣一切的難過都有了原因，好像有了原因，所有的傷心都可以被它撫平。

但……這是不可能的。原因永遠都只是原因，傷心會被時間安撫，卻不會被原因治癒。

我徬徨地拉起鄧季維的肘彎，對現在的情況一籌莫展。

程譽軒嘆了口氣，「過些日子等你平靜一點，如果你還想知道，我會告訴你。」

「不，不要說。」我不自覺脫口而出，話音才落，我就後悔了。

「爲什麼不說？」鄧季維望向我，語調帶上了顯而易見的受傷，「妳知道是誰？妳一直都知道是誰嗎？」

我急忙搖頭，「沒有，我是剛剛才知道的！」

「剛剛才知道。」鄧季維冷笑了聲，「所以妳曉得是誰，又這麼拼命阻止我，那個人是妳嗎？」

我嚥了口口水，我搖頭，「我不知道，我……眞的不知道。」

「程譽軒，你說呢？」鄧季維轉頭問程譽軒，「你喜歡的人是她嗎？」

我無助地看著程譽軒。不要說，拜託你不要說。

我這才理解鄧季維害怕我們三人分崩離析的那種感覺，我害怕再也不會有我們一起笑鬧的場景，我害怕從此之後我們再也無法聚在一起了。

程譽軒眼神裡充滿歉然，「是，是她。」

那一瞬間，像是連宇宙都安靜了。

「不是，不是我！」我胡言亂語地否認，拉住鄧季維的袖口，卻被他一把扯開。

「好了，你們讓我一個人靜靜。」他的聲音沒有任何溫度，「再見。」

「我不要！我不要我們就這樣散了，爲什麼我們要這樣？」我的眼淚無法抑止，我看了眼程譽軒，又看向鄧季維，「爲什麼我們不能像以前一樣，三個人開心地聚在一起？」

「對不起。」程譽軒開口：「可是我不想連我喜歡妳都不敢承認。」

「夠了，我們都各自冷靜一段時間吧。」鄧季維深深吸了一口氣，他望向我抬起手來，我不明白他想做些什麼，但他又緩緩地放下，「回家吧。」

程譽軒嘆了口長氣，「我送妳回去。」

「不要！我自己回去。」我不曉得自己爲什麼要對他發脾氣，但這一刻，我竟然有些恨他，竟然想著，要是他可以不要向我告白就好了。

我瞥了他們兩個最後一眼，就轉身往我家的方向走去。

回到家裡，我洗完澡，凝望著窗外公園的方向。

鄧季維是不是還在那裡？程譽軒回家了嗎？

我伸手關了燈，躺在床上。

程譽軒喜歡我，所以他會主動遠離我們，原來是因爲喜歡我。

他喜歡得悄無聲息。他是抱著什麼樣子的心情說他不能跟我一起餵貓，不能跟我們一起吃飯，又是如何看著我和鄧季維的互動，隱藏起自己的心意。

然而我仍無端地有些憤怒。爲什麼老天不讓他喜歡鄧季維就好，這樣我一定會很開心地祝福他們，並爲我能成功撮合他們感到與有榮焉。

偏偏，他喜歡我，而鄧季維喜歡他，那……我喜歡誰？

我心煩意亂地在床上盤腿坐起。

我誰也不想喜歡，我只希望我們三個人的友情不要改變。對，如果不是三個人的話，那我也都不要了。我在心裡暗暗下了決定。

黑暗中，我的手機倏地亮起，是LINE的訊息，有潘潘傳來的……還有程譽軒。

程譽軒：我很抱歉，在這種場合下讓妳知道我的心意。

程譽軒：妳生氣了嗎？

程譽軒：對不起，早點睡，晚安。

我按掉手機螢幕，卻還在想著程譽軒，一想起剛剛的場景，鼻間就忍不住一酸。

我躺了下來，眼淚緩緩從眼角滲出，匯聚成河，流入髮中。

從那天之後，我開始躲著程譽軒和鄧季維，除了餵貓之外，其他我們過往會一起出現的地方，我都盡量避開了。

不過若說是躲，用字上似乎有點不夠精確，畢竟「躲」感覺起來是有個人在尋找，而有個人在躲藏。但我們……大概是三個人都不想見到彼此。也許我們心裡的想法都是一樣的，我不曉得怎麼面對他們，他們也不曉得怎麼面對我。

只有在每天晚上，我會收到程譽軒的LINE。

程譽軒：妳今天好嗎？還生氣嗎？

程譽軒：天氣變冷了，晚上餵貓的時候記得多穿件外套。

諸如此類的訊息，全部被我已讀不回了。

其實我不是故意的，起初確實還有點不高興，後來卻是不知該說些什麼。

難道要跟他說：我不想跟你在一起，我只想要我們三個回到當初的模樣？

就算他答應了，鄧季維呢？最受傷的人應該是鄧季維，而不是我。

而且我依然跨不過心裡的那道坎，假如我真的和程譽軒開始聯絡，好像就坐實了傷害鄧季維的罪名，明明誰都沒有錯，我卻充滿了罪惡感。

於是我只能對程譽軒的關心視而不見，可即使我再怎麼閃躲，學校就這麼大，我們總有一天會碰上。

「林軍綺，這些就麻煩妳了。」

放學後我一如既往到教師辦公室去幫老林登記分數，現在都已經是電子時代了，考試居然還用最原始的紙本試卷，我無數次鄙視那些不肯為教育付出一份心力的科技公司。

要是考卷能結合手寫板，並讓老師直接由電腦批閱，將分數登入至系統，那還需要奴役學生登記分數嗎？而且沒道理平板電腦只能給老師寫課堂紀錄，卻不能當小考的載具啊……

儘管我心裡充滿了各種牢騷，仍乖乖地在電腦前坐下，登記到一半，我忽地想起鄧季維帶我去掛急診的事情。

回憶如此清晰，使人猝不及防。也許是我曾喜歡過他的關係，所以把他的表情記得特別清楚，我記得他每一個表情，也能夠輕易分辨他笑容背後的想法，甚至記得他捉弄我的時候，嘴角會是什麼弧度。

而他受傷的神情我也不曾遺忘。

這幾天，我總是想起他面無表情又不停追問答案的神情，那是那麼的痛。

低下頭摀起臉，我沒有哭，只是在這一刻感受到當初鄧季維心痛的感覺罷了。

隱藏在日常生活下的回憶突如其來襲上心頭的感覺，竟是如此令人難以喘息。

還有程譽軒，其實他沒做錯任何事。

他只是剛好喜歡上我，卻因爲我還無法放下對鄧季維的愧疚，所以只能讓他承受著這些痛苦。

如果他喜歡的不是我就好了，這樣我們就能和以前一樣，這樣讓鄧季維受傷的人就不會是我。

「鄧季維。」

我身後忽然有人喊了這個名字，我跳起來，猛然轉身，就見鄧季維從辦公室門口走進來，視線輕輕從我身上掃過，帶著彷彿不認識我一般的冷漠。

他眼中沒有情緒，對於看到我沒有任何反應，宛如我們從未相識。

我頓時傻住。鄧季維不是也很害怕我們三個人的友情分崩離析嗎？那他怎麼能用這種漠然的眼神看我，像是我從來不曾跟他說過話，像是他的生命中從來沒有我。

我發著抖坐回位子上，背對著鄧季維，眼淚一滴一滴地掉在鍵盤上，哭了好一會兒，我才收整好心情，慢慢地把成績登記完。

等我收好東西要回家的時候，鄧季維早已離開，辦公室裡也沒剩幾個老師了，連老林都不在位子上。我鬆了口氣，幸好老林不在，不然我還真不曉得該如何解釋我紅腫的眼睛。

我背起書包緩緩往門口走，冬天日落得早，這時天色已經暗下，一盞盞的路燈亮起，暖色的燈光映照在我身上，卻沒有為我帶來一絲溫暖，四周的溫度依然冷得令人渾身都痛。

我把雙手插在口袋，低頭走著，我不由得想起鄧季維，我想知道他為什麼要用這種態度對我，可是心底深處又對他的冷漠絲毫不感到意外。

也許他認為我一邊答應幫他追程譽軒，又一邊使計讓程譽軒喜歡上我，他才會告白失敗；也許他根本不相信我的話，不相信我是那天才知道程譽軒喜歡我；也許他覺得我一直都把他瞞在鼓裡，故意在一旁看他熱鬧。

這些胡亂的猜測讓我更加難過，但我仍不敢去找鄧季維問清楚，我怕他會連一句話都不肯對我說，直接叫人把我趕出學生會辦公室。

假如說一開始是我決定不見他們，那麼現在就是我被鄧季維隔絕在他的世界之外，他可能再也不想理會我了吧。

我停下腳步，眼淚墜落在地上。

鄧季維，對不起，我不是故意的，我這麼說的話，你願意相信我嗎？

你會不會相信我是真心誠意地想要幫你追程譽軒？你會不會相信我沒有想要看你熱鬧？你會不會相信我？

我哭得停不下來，索性走到一邊的牆角蹲下來繼續哭。

爲什麼我會比之前告白失敗還更難過？或許，被某個重要的人隔絕在他的世界之外，就是這般令人難以忍受？

尤其我曾與他那麼親近，如今卻因爲一件我也無能爲力去改變的事，將我定罪。

眼淚不停落下，我的眼前忽然出現了一包面紙，我抬起頭，淚眼婆娑地看向那人。

「謝——」下一個字硬生生哽在我的喉頭，向我遞面紙過來的人，是程譽軒。

他一臉關心，語氣滿是關切，「怎麼哭成這樣？」

我看向他，胸口驀地塞滿了情緒，使我什麼話都說不出來。

他朝我伸出手，「我扶妳起來。」

我沒有把手搭上去，而是逕自扶牆站了起來。

我很清楚這不是他的錯，但我仍不知道該用什麼情緒面對他。

心中有股衝動想對他怒吼：都是你的錯！鄧季維才會把我從他的世界裡驅逐了。

我明白這只是氣話，然而現在我滿腦子都是類似的情緒，我不想要遷怒他，所以只是搖搖頭，什麼話都沒說。

我深深吸了口氣，瞥了他一眼，「我回家了，再見。」

程譽軒握住我的手腕，「我送——」

他的話還沒說完，我就把手腕從他的掌中抽出，垂下眼簾盯著他鞋尖，低聲說：「不用了，再見。」

◆

那天，我已經忘記自己是怎麼回到家的。

從那天之後，我盡量讓自己的日常生活一切如舊，卻發現我辦不到。天氣一日一日冷下來，我總會不經意在某個地方察覺到程譽軒關注我的目光，也許是上課的途中、回家的路上，或是餵貓的時候，他總是站在一旁，不過我們誰也沒跟誰說話。

我低著頭做自己該做的事情，去該去的地方，走該走的路，就像是鄧季維看到我一樣，我也選擇忽視程譽軒。我不是想要報復他，只是不曉得要怎麼辦才好。

潘潘每天都和我報告論壇上關於我們的最新八卦，這些日子流言蜚語依舊傳得無比熱鬧，從最正常友情版的三個人鬧翻了，到最接近現實的程譽軒向鄧季維告白後發現中間還卡了個我，三個人才會分崩離析。

我邊苦笑邊想，果然太陽底下沒有新鮮事，只要把告白的人換一下，就和事實百分之百吻合了。

「所以妳現在想要怎麼處理這件事？」潘潘問。

發生這麼多事情，我當然不可能什麼都不和潘潘說，但這事情一旦說了個起頭，其他部分就得一一交代清楚，潘潘也了解這件事情的嚴重性，她自然不會向別人提起。

我們倆坐在花圃旁，冷氣團剛過，暖和的冬陽照在我們身上，有不少人和我們一樣貪著暖陽，跑出來吃午餐，四周充斥著歡快的笑語，我手裡捧著便當，卻一口也沒動。

「我也不知道，」我沒有頭緒地胡亂開口：「或是妳可以幫我和程譽軒說清楚，其實我不怪他，我怪的是我自己。」

潘潘聳聳肩，「這話好像輪不到我說。」

「爲什麼！妳和他也沒有不熟吧？」我抗議。

「因爲他就站在妳後面，而且很顯然把妳剛剛說的話都聽清楚了。」潘潘朝我身後看了過去，我猛地回頭，而後垂下眼簾。

「抬頭。」程譽軒的聲音中除了一貫的溫柔外，挾著幾絲無奈。

我想了幾秒，還是照他的話做了，他拿起我放在腿上的便當遞給潘潘，潘潘眼明手快地接住。

下一刻，他抓住我的手腕，扯著我起身。

我心頭隱隱覺得不妙，「要、要去哪裡？」

「找會長。」

「爲什麼！」我想停住前進的步伐，卻抵不過程譽軒的力氣，他拉著我走到學生會辦公室逕自推門而入。

學生會的幹部幾乎都在，每個人皆滿臉錯愕地看著我們闖入。

「不好意思，打斷你們開會，可是我有急事要找會長，請你們先出去好嗎？」程譽軒難得用這種強硬的口吻說話，那些人居然就聽話地魚貫而出，把我們三個人留在辦公室裡。

「有什麼事嗎？」鄧季維淡淡地問。

他的臉色有點差，眼下還有濃濃的黑眼圈，看起來就跟我一樣，這些日子都沒睡好。

程譽軒把我拉到他們兩個人之間，讓我左右無路可退，只好乖乖站著。

他反手鎖了門，轉過身凝視著我們，「我們一口氣把話說清楚。」

鄧季維一言不發，用置身事外的態度冷眼看著我們。

「會長，我很榮幸你喜歡我，但很抱歉，我喜歡的人是軍綺，我從來沒有跟她說過這件事。」程譽軒停了瞬，苦笑了下，「應該說，我是從你們有祕密之後，才察覺到自己對她的心情，在那種前提之下，我怎麼可能和她說。所以，這不是她的錯。」

我望向他，瞥了眼表情有一絲鬆動的鄧季維。

我心裡燃起了小小的希望，也許我們眞的可以說開也不一定。

「軍綺，很抱歉讓妳失望了，不過我不會跟會長在一起，即使妳自以爲妳退出就能成全我們，可是我不可能會因爲妳退出就喜歡上別人。」程譽軒對我說，然後轉頭向鄧季維道了一聲歉，「我沒有要逼妳現在接受我，甚至妳一輩子都不想和我在一起也無所謂，但我必須把話跟妳說清楚。」

程譽軒說完話後便閉口不語，面上沒有什麼表情。

我看了看沒打算要開口的鄧季維，又看了看好像把話都說完的程譽軒。

「我……」我停下來，視線在他們臉上來回掃了幾次，「我只想要我們能和以前一樣開開心心的。」

鄧季維起身走到我身旁，居高臨下地看我。

「你們的話都說完了嗎？說完就走吧。」鄧季維的嗓音裡頭沒有任何情緒，「我們還要繼續開會。」

我著急地問：「要怎麼樣你才肯讓我們回到過去？」

鄧季維哂笑，「回不去了，林軍綺。」

他叫我名字的時候，語調是這麼陌生，陌生得令我瑟縮了下。

我這時才知道，原來生人勿近的鄧季維是這樣的，之前他捉弄我，和我吵架，都是他願意讓我進入他世界的訊號。

而他可以讓我進去，也可以輕易把我趕出來。

「要怎麼做……怎麼做我們才能回到以前？」我問他，鄧季維沒有表情，而我轉頭看程譽軒，他也沒有表情。

我忽然非常生氣，非常非常生氣，「爲什麼只有我在意我們的友情？爲什麼只有我因爲我們的分崩離析而傷心？爲什麼你們都覺得這結果這麼理所當然，完全沒有試著去改變？爲什麼你們只不過是告白失敗而已卻要像是世界毀滅一樣？」

「難道要像妳把雙眼遮起來，欺騙自己這一切就像夢一樣都會過去嗎？」鄧季維冷哼了一聲，不冷不熱地開口：「林軍綺，妳才是那個不肯活在現實的人，醒醒吧，我們本來就沒有任何交集，現在更沒有任何理由讓我們回到過去。」

「鄧季維你這個混帳！你就這樣一筆勾銷了我們三個人之間所有的感情嗎？只有愛情才是最重要的嗎？我們的友情都是屁嗎？」

「對。」

「那好，我們誰也別再找誰了，反正我們本來就沒有任何交集！」我大吼，轉身推開程譽軒，拉開門頭也不回地離開。

於是，我再也沒有在我身邊看見程譽軒。

我也不肯讓潘潘再跟我說論壇上的消息，我選擇蒙著眼睛，摀起耳朵，低頭活在自己的世界裡，欺騙自己生命中從來沒有出現過這兩個人。

反正，他們也一點都不在乎。

鄧季維和程譽軒都把話都說成那樣了，那我還能怎麼做？也許從頭到尾只有我對我們的友情這麼執著。

我想要鄧季維能跟程譽軒在一起，順利交往。

我也想要程譽軒幸福。

然而最後我們什麼都沒有得到。

我轉頭望向窗外，樹葉早已落光了，時間的流逝如此匆促，我卻覺得程譽軒帶我去敲學生會辦公室大門的那天恍如昨日。

我還清楚記得每一個畫面，但轉眼間他們都離開我的身邊了。

自從被我下了禁口令之後，潘潘總是用欲言又止的眼神看著我。

我不想問，也不想知道，我不想說話，也不想哭。

因爲眼淚要留給值得的事情，留給在乎我的人。

下課鐘聲響起，這是今天最後一次鐘響了。

「陪我去吃點東西。」潘潘轉過頭，用不容拒絕的口吻說。

我點頭，沒有要拒絕她的意思，正好我也餓了。

「妳……」潘潘重重嘆了口氣，「我們去吃牛肉麵吧？今天好冷。」

「好啊。」我彎了彎嘴角，我不清楚我的表情看起來如何，我只是做了一個像是笑的動作，心裡卻沒有絲毫高興的感覺。

我低下頭站起身時，把抽屜裡頭的作業拿出來放進書包裡。

穿上外套，潘潘已經在後門等我了。

我們安靜地走著，直到走出學校，潘潘才開口：「所以妳和程譽軒跟鄧季維就這樣了？」

「就這樣了吧，他們都這麼說了，我有什麼辦法？」我說話的音調毫無起伏。

潘潘思索了會兒，「我實話實說喔，妳不要生氣。」

用這種句子開頭，就是要說什麼令人生氣的話了，但她是潘潘，我生命中認識最久也是最重要的朋友。

我淡淡地笑了聲，「妳說吧。」

「我覺得程譽軒並沒做錯任何事。」潘潘停下腳步，面色嚴肅地凝視著我，「從頭到尾，都是妳一廂情願認爲程譽軒喜歡男生，還以爲他喜歡鄧季維。」

我別過臉，有些難堪，「所以是我錯了嗎？不要說得好像妳不想鄧季維和程譽軒在一起一樣。」

「我當然想啊。」潘潘坦率承認，「可是我們都知道現實跟幻想是兩回事。」

我惱怒，「我並不是因爲自己的幻想才希望他們在一起！」

「我知道！」潘潘音量也大了起來，「不過無論妳是因爲鄧季維的請求，或是因爲自己的幻想，對程譽軒來說都是一樣的！都是把妳的期望強加在他身上。」

潘潘說得我啞口無言。

「我只是希望大家都能幸福、開心。」我深深吸了口氣，「我一直以爲程譽軒喜歡的是男生，和幻想無關，我是眞的這麼以爲。」

「可惜不是，就像妳曾經認爲鄧季維喜歡妳，但可惜不是。」潘潘說得很直接，「這世界上有很多事情，總是和我們所期望的背道而馳。」

「那我應該接受這結果嗎？」我反問她，「我是指程譽軒和鄧季維都不在乎我們之間的友情。」

「可是，你們之間眞的只有友情嗎？鄧季維喜歡程譽軒，程譽軒喜歡妳，妳怎麼敢說你們之間只有友情？鄧季維說得沒有錯，醒醒啊，林軍綺。」潘潘停了幾秒，眼神在我臉上轉了一圈，「妳難道不覺得，妳對這件事情的反應有點太激動了嗎？會不會妳早就喜歡上了他們倆其中一個，卻沒有察覺？」

我被潘潘的結論嚇得瞠目結舌。

「我不想再談這個話題。」我別過臉，逃避很可恥，不過我就是要這麼做！

潘潘聳聳肩，「我又無所謂。」

「什麼叫妳無所謂？」我目光直盯著她，「是不是程譽軒叫妳來幫他說話的？」

潘潘伸了個懶腰，「我像是這麼容易被說動的人嗎？我只是想提醒妳一下，不要老陷在自己的情緒裡，最難過的人是告白失敗的鄧季維，最無辜的人是被告白的程譽軒，妳根本就是路過打打醬油的配角，結果傷心的和主角一樣，妳這畫風不太對啊。」

我扁嘴，「這麼一說，好像眞是我做錯了一樣。」

「我是不知道妳有沒有錯啦，我只知道我肚子很餓，可以去吃飯了嗎？」潘潘攬著我繼續往前走。

「那接下來我該怎麼辦才好。」我還不死心，拼命追問解決的辦法。

也許是當局者迷，我才無法理解會演變成這種局勢，然而潘潘是局外人，可能她會有更好的方法。

「沒有辦法。」潘潘笑了兩聲，「妳認為別人能強迫妳當他朋友嗎？」

潘潘算是給了我最好的解答。

我們走進店裡，點好了餐，我的心情依舊低落，盯著面前的麵條直發呆。

潘潘舉起筷子在我面前晃了兩下。

「幹麼？」

「妳就算要去找他們決一死戰，也要吃飽才有體力。」潘潘故意開著玩笑，「程譽軒我是不清楚啦，不過很明顯妳和鄧季維的戰力差距，大概差了八百萬光年這麼遠。」

「這是不是我完全不能理解他爲什麼要對我說那些話的原因？」我喃喃自語，「因爲我們之間的距離有八百萬光年這麼遙遠。」

潘潘嗤了聲，「妳這樣子眞的和失戀差不多了，是有沒有這麼糾結啊？妳想不通只是因爲妳身在其中而已，照我看來鄧季維會說那種話，一點都不意外。」

我愣愣地反問：「爲什麼？」

「他自尊心這麼高、嘴巴又這麼壞，結果告白被拒絕，而且喜歡的人喜歡的竟然是曾被他拒絕的人，怎麼看我都覺得這太傷自尊了。」潘潘喝了口店家提供的免費飲料，「他不說點什麼傷傷你們，才很不可思議吧。」

「……說得也是。」我夾起麵，吃了兩口。

我陷入被他傷害的低潮裡，卻沒想到，鄧季維那種高高在上的性格，肯定承受不起這種打擊。

吃完了一整碗麵，有了能量下肚，我的腦子終於清醒了點。

「可是潘潘，我爲什麼要因爲鄧季維也受傷了，就原諒他傷害我的事啊？」

潘潘斜瞪了我一眼，「我又沒叫妳原諒他，我只是告訴妳我的推測而已。要我說，每個人都要爲自己說過的話和做過的事情負責，我才不管他有天大的傷痛咧，關我屁事。」

好羨慕啊，我眞想像潘潘一樣豁達。

潘潘的話一直在我心頭晃來晃去的，即便如此，我也沒能做出什麼行動改變現狀。

畢竟她說得對，我不能強迫任何人當我的朋友。她對我說這些話也只是希望我想開一點，不要再一副奄奄一息的模樣，至於我和程譽軒還有鄧季維要怎麼樣，她應該一點都不在意。

我試著讓日子回歸到尙未與他們相識時的軌道，但中午我跟潘潘去她的社團吃午餐時，我總是恍神，不經意想到我們三個人相聚的時光。

時間會萃煉出那些對自己來說眞正重要的。

所以我對鄧季維的話沒有這麼憤怒了，對程譽軒的心意也不再如此手足無措，可是，我總會想起他們，總是在晚上念書的時候凝視著手機裡頭我們三個人的合照發呆。

當時眞好啊。

我關掉手機螢幕，專注在化學習題上。說也奇怪，和他們吵翻後我才發現自己對化學並沒有這麼一竅不通。也許是發覺再也沒有人可以依靠了，要是還不認眞，就眞的無力回天了吧。

我解題解到一半，正翻著老師給的講義，想要找到解題方法，手機忽然響了。

我跳起來，看到來電的人是潘潘後，頓時有些失落。

「喂？」

「欸，妳知道嗎？程譽軒沒選上游泳國手。」潘潘開門見山地說了。

我愣了一瞬，「啊？怎麼可能？」

「我也不清楚啊，論壇都把完整的國手名單貼出來了，硬是沒有程譽軒，是不是你們吵架，吵到害他失去水準了？」潘潘問。

我沉默了幾秒，「我不知道。」

潘潘那頭也安靜下來，「也是，妳都這麼久沒和他聯絡了，妳怎麼會曉得。」

我苦笑了下，才想到潘潘看不見我的臉，「我也沒辦法啊，如果我能控制這一切，又怎麼會落到這種下場。」

「也是，好吧不吵妳了，我要去看漫畫了。」

「等等！妳化學作業寫了嗎？」

「怎麼可能。」潘潘笑了起來，「我又不是發神經了。」

我被潘潘說得發笑，「妳寫一寫啦，有幾題我不會，明天妳教我。」

潘潘猶豫了許久才開口：「好吧……看在妳無數次把作業借我抄的分上，我就勉強教妳了。」

「那妳今天晚上要記得先寫好喔！」我不太放心地叮囑她。

「好啦，可惡，早知道就不打電話了，我還有好幾本漫畫沒看欸。」潘潘忿忿地抱怨，

「妳這麼認眞念書幹麼？該不會是和他們吵架了只好把重心轉移到課業上吧？」

「因爲距離期末考只剩兩個星期了。」我淡淡地回，完全沒被她的話激怒。

潘潘沉默了會兒，「靠北喔，怎麼這麼快！好好，不說了我先去念書，這次再考不好，我就要被砍頭了。」

「妳媽怎麼可能砍妳頭。」

「但我媽會砍我零用錢！寒假！有很多繪師出本！還有書展！」潘潘口氣非常激動，「謝啦，我爭取這次考個好成績，拿到零用錢請妳吃飯！」

潘潘沒等我說話，直接掛斷了手機。

我啞然失笑，說得也是，寒假還有這麼多事情可以做呢，林軍綺，打起精神來。

我拍了拍臉頰，出了口長氣，就像是嘆氣。

隔天，程譽軒沒選上國手的消息就傳遍全校了，我想去關心他，又怕他會尷尬，畢竟他大概是全世界最難過的人吧。

儘管我在腦子裡多方設想，最後仍什麼也沒做，只敢在腦中想著。

晚上餵貓時，我穿著羽絨外套望著小白吃飯，呆呆地看了一會兒，突然察覺到椅子上有人坐下，我隨即轉過頭，錯愕地盯著來人。

程譽軒，是程譽軒！才不到一個月的時間，他變得又瘦又憔悴。

「妳還好嗎？」他啞著嗓子問我。

「你才是吧！這問題應該是我問你才對，你感冒了嗎？你的聲音怎麼會這樣？」我站起身連珠砲似地問。

然後只得到程譽軒的苦笑。

他什麼都沒說，只是搖搖頭，「可能我這輩子就是沒有當國手的命吧，每次甄選都感冒。」

我坐回椅子上，不曉得該說什麼安慰他，只能拍拍他的肩膀。

我也不能對他說明年再拚一次就好，運動員的生涯都是極其短暫的，錯過一年，代表又落後了別人一年，不管是年紀、體能或訓練。

可這時候說不要難過，是最空泛的安慰了。

我抬手想要握握程譽軒的手，手才抬起一半，卻倏地想起鄧季維，在我跟他告白時，以及我們鬧翻的那天，他也是抬起手朝我伸過來，不過最後什麼都沒做就收了回去。

那時候，他是什麼想法？和我現在一樣嗎？

我想握握程譽軒的手，給他支持的力量，可是我怕冒犯到他，我說不清楚爲什麼，明明之前能肆意地靠近他，但此刻只要想到他喜歡我，我就什麼都不敢做了。

我怕他誤會，更怕……怕我又讓他受傷。

我最後默默收回了手，什麼也沒做，我忽然理解了鄧季維當時的感受，也終於明白原來他也同樣害怕傷害到我。

我深深吸了口氣，扯了一個安慰的笑，輕聲說：「沒關係，下次你一定會成功的。」

程譽軒勾了勾嘴角，勾起了一個根本不算是笑的彎度。

看著消沉的他，我卻不知道該怎麼辦，我這才眞正了解，鄧季維說得「回不去了」是這個意思。

即使我們可以心平氣和地坐在一起，但終究不曉得該和對方說些什麼。

以前我們同樣安靜地坐著，我會感到輕鬆，如今卻只覺得滯悶，我在腦子裡不停找著話題，又認爲每個話題都不適合這時刻。

「我走了，妳也早點回家吧。」打破沉默的人是程譽軒，他居高臨下地看了我好幾秒，最後深深吸了一口氣，笑了下。

「改天見。」

我凝視著他的背影，不明白他口中的改天是指哪一天，爲什麼不是明天、也不是後天？是不是因爲他最近有什麼事要忙的關係？啊，是準備考試吧？他之前一定卯足全力投入國手甄選，肯定都沒念書。

找到合理的理由後，我暗暗鬆了一口氣。那就等考完再說吧。

這段時間我都沒有和程譽軒聯絡，只是專心認眞地讀書，我不想考得太差，那樣的話，就像沒有了程譽軒跟鄧季維教我化學，我就沒辦法自己念書一樣。

期末考結束後就是結業式，當天一放學潘潘便拉著我去逛街、看電影，還在我家住了兩天，直到寒假第三天時，我才閒下來。

潘潘心滿意足地打包了我的小說和漫畫回家，我送走了她，就坐在書桌前凝望窗外公園的方向。

要不要打電話給程譽軒呢？這時候他大概有空了吧？

我沉思了會兒，雖然沒想到要和他聊什麼，還是按下了通話鍵。

沒幾秒鐘，手機那頭傳來冰冷的聲音：「您撥的電話未開機，請您稍後再撥。」

我愣愣地拿下手機，緊盯著螢幕上通話人的名字，不能理解發生了什麼事。

我該不會被設置成黑名單了吧？

不可能、不可能，要是這樣的話，他那天爲什麼要來看我？難道是要跟我告別？畢竟程譽軒是這麼溫柔的人。

這些念頭在我腦海裡轉了許久，我才覺得不能這樣下去了。這樣的想法好似漩渦一般，不僅讓我想不出答案，還會把思緒一直帶往那個方向。

打不通或許是手機沒電了，我把手機扔到一邊去，站起身做了點伸展運動，然後看起潘潘留給我的BL漫畫分散注意力。

可是我沒想到，整個寒假我都打不通這個號碼，第一週我天天打，無數次悲觀地設想我也許眞的被設置成黑名單拒接了。

後兩週，我想他應該是出國了，所以每隔幾天才打一次。

寒假的最後一週，我也想過程譽軒可能是換手機了，但是不想告訴我，可我依然不死心，每隔幾天就打過去試試，卻永遠都是那個女人告訴我程譽軒的手機沒有開機。

等到開學時，我已經完全死心了。

我和程譽軒居然落到了斷絕聯絡的下場。新學期領了新課本，抄了新課表，換了座位，潘潘這次也沒離我太遠，就坐在我左後方。

大概有些緣分就是這樣，不管怎麼樣總不會離得太遠，比如我和潘潘；有些緣分則太短、太脆弱，經不起時間跟衝突，比如我和程譽軒還有鄧季維。

然而在午休我跟潘潘正要打開便當時，竟看到鄧季維大步走進我們教室。

我覷了他一眼，就默默低下頭。

總不會是找我的吧？他那時候說得像是這輩子都不想再見到我了。

不過這人的氣場實在是太強了，他一走進來大家都不敢說話了，簡直比任何牌子的大聲公還更有用。

「妳要自己走，還是我抱妳走。」

這句話好耳熟，聲音也好靠近啊……

我抬起頭來，才發現所有人的目光都聚焦在我身邊，潘潘誇張地大張著嘴，我的眼睛順著他們的視線，對上了我身旁這尊大佛。

我眨了幾下眼，不是很能理解現在的情況，愣愣地看了他好幾秒，「你是找我嗎？」

鄧季維皺起眉頭，耐心似乎快要見底了。

我連忙起身，拿著我的便當跟手機，用行動表達我的意思。

如果這是那個讓我們三個和好的契機，我完全不介意我有一點點受傷的心靈。

鄧季維轉身走了出去，我跟在他身後，下意識回頭瞥了潘潘一眼。

看著潘潘對我伸出大拇指，非常支持我的樣子。我便莫名地安下心了，橫豎最糟，不就是和之前一樣，還能更糟嗎？

我們一路沉默地走進學生會辦公室。

我剛關起了門，便聽見鄧季維說：「程譽軒轉學了妳知道嗎？」

睜大眼睛，我一時之間反應不過來，好一會兒之後才回：「你怎麼曉得？」

「今年游泳校隊的名單裡沒有他，我問了才知道。」他勾了下嘴角，那笑容有些無奈，「看樣子妳也不知道。」

「整個寒假，我都找不到他，手機也打不通……」我不自覺吐出這幾句話，「他眞的轉學了嗎？」

鄧季維向後靠上椅背，沒有回答我的問題，但嘆了一口長氣，「聽說他轉到復興高中了。」

我驚呼出聲，「啊！程譽軒有說過那所學校一直有聯絡他，希望他可以轉校，也許是因爲這樣……」

「我想我們也是他轉學的主因之一。」鄧季維淡淡地開口，絲毫沒有要迴避我們之間衝突的意思。

我低下頭，「那怎麼辦？」

「不怎麼辦，事情都這樣了。」鄧季維深深吸了口氣，「吃飯吧。」

「這樣你怎麼有心情吃飯？」我問，可與其說是在問他，不如說是在問我自己，「我打電話給他。」

「妳不是說整個寒假都打不通嗎？」

「總是要試試看。」我語氣有些沮喪，「我想知道他有沒有什麼話想要對我們說。」

「那妳打吧，如果妳的手機打不通的話，可以試試看我的。」鄧季維把他的手機遞到我面前。

我想了想，沒有接，「要是我的手機打不通，你的卻通了，我會很難過。」

鄧季維聳聳肩，「隨妳。」

我拿起手機，遲疑了幾秒，才按下那個號碼，那個我一整個寒假都在撥打的號碼。

撥號聲響沒幾秒鐘，電話就通了。

「……喂？軍綺。」

我一下激動地說不出完整的語句，「程譽軒，程譽軒！」

「是，是我。」他的聲音從手機裡頭傳出來。

鄧季維一把搶走我的手機，按下視訊通話跟擴音鍵。

「你爲什麼轉學？」他單刀直入地問。

我看著螢幕那頭程譽軒臉上閃過了一絲糾結，他看了看我，垂下眼簾笑了下。

「我想與其一直僵持不下，不如我先離開，也許有一天我們能回到原先的相處模式。」

鄧季維哼笑了聲，「你怎麼能肯定這會有用？」

「我不曉得，我只知道，我留下來事情也不會有任何轉機，不過我走了之後……」他苦笑了幾聲，「你們不是又一起吃午餐了嗎？」

我和鄧季維頓時無語，他說得對，可為什麼會令人如此難受？

「你們不要再找我了，我也不會出現在你們面前。」他停了停，「等到我們都準備好了，就會再見面的。」

他說完，沒有馬上掛斷通話，只是靜靜地望著我們。

程譽軒的話彷彿突然從天而降的原子彈，炸得我反應不過來。

「你打算就這樣離開？」鄧季維的聲音裡壓抑著濃濃的怒氣，「你有多不負責任？」

程譽軒搖了搖頭，「該說的，我之前都說過了，但那時你們都聽不進去。」

我想起那次程譽軒拉著我闖進學生會辦公室和鄧季維不歡而散的談話。

鄧季維無語，「所以你眞的不回來了？」

「對。」程譽軒非常平靜地答：「我自認已經做完我能彌補的所有事了，既然於事無補，那麼我留下也沒有用。」

「那天，你來見我的時候，是不是就決定要轉學了？」我看著他，緩緩地問出這句話。

程譽軒微微別過眼，「對。」

「所以你說的是改天見，不是明天、也不是後天。」我眼裡慢慢蓄積起淚水，「程譽軒，你怎麼能……」

「我走不走，對你們來說根本沒有影響吧。」他嘲諷地彎了彎嘴角，「我們早就形同陌路了。」

鄧季維重重吸了口氣，我聽見程譽軒說：「就這樣吧，希望我們都會好好的。」

他沒有說再見，便掛斷了電話。

我和鄧季維沉默地坐著，像是看了一場後勁太強的電影，誰也動不了。

直到午休結束的鐘聲在耳邊響起，我才回過神來望向鄧季維。

「接下來，怎麼辦？」我傻傻地問。

「不怎麼辦，回教室上課。」鄧季維語氣平淡，「以後我們一起吃午餐吧，潘潘要來也行。」

看到他依舊面無表情的模樣，我克制不住地脫口而出：「鄧季維，你心裡難過的時候可不可以表現出來！不要老是一個人硬撐著！」

「我爲什麼要表現出來，我爲什麼要爲了他難過！我爲什麼——」鄧季維的語速加快，接著閉上眼睛，「爲什麼會這樣？」

他的話使我眼淚頓時掉了下來，「原來我們之間最狠心的人是程譽軒，他眞能說走就走，一絲一毫都不留戀。」

鄧季維苦笑了聲，「是啊，妳竟然也有說對一件事情的時候。」

我注視著他，心中忽地湧起一種感同身受的哀痛，「鄧季維，我們都一樣。」

「哪裡一樣？」

「我們都是被拋棄的那個。」我的聲音不自覺帶上了幾絲失落。

「該去上課了。」他抿緊了唇，咬牙別過了頭。

我起身，拿起一口也沒吃的便當，隨著他走出辦公室。

◆

偶爾，潘潘中午會來學生會辦公室和我們一起吃飯。

第一次吃完午餐後，潘潘的評語是：同病相憐。

我讓她說得笑了，我和鄧季維的確是同病相憐，正因如此，我們才會又聚在一起吃午餐，沒有誰傷害了誰，而是我們都被同一個人拋棄了。

程譽軒果真是我們之中最狠心的那一個，說放下就放下。

一開始我還不死心，天天傳我和鄧季維午餐時照的照片給他，他卻連看都沒看，我差點以為他封鎖我了，後來是潘潘提醒我這世界上有個App叫做已讀不回神器，即便看了訊息也不會顯示已讀。

這樣反而更難受了，他就算看過了，也不想讓我知道。

打去的電話，傳過去的訊息，都彷彿泥牛入海一樣。

我曾經想叫鄧季維帶我去程譽軒家找他，不過鄧季維拒絕了。

鄧季維說：一個人存心想躲著另外一個人的時候，是怎麼樣都不可能找到他的。

儘管我不明白，為什麼鄧季維可以放棄得這麼快，但我勸不了他，因為我也被他說服了，或許是因爲我這陣子不停地在失望吧，所以也沒有勇氣再去嘗試了。

看見那些顯示未讀的訊息，我有時會想，如果這是程譽軒的選擇，我是不是應該尊重他？然而我就是認爲自己辦不到。

我原以爲我會失去的人是鄧季維，程譽軒無論如何都會留在我身邊，不管我們之間有多少問題跟困難，我都覺得我們一定會和好如初。

爲什麼到頭來，我跟鄧季維和好了，卻跟程譽軒失散了？我想把他找回來，假如他不願意面對鄧季維也就罷了，他怎麼能連我都不要了？

「可是，是妳先不要他的。」潘潘一針見血地說：「要是在你們爭執的當下，或冷戰過程中，妳曾試著把他留下，我想他就不會做出這個決定。」

我被潘潘說得淚流滿面，眞的淚流滿面。

「難道這世界只准妳傷害他，還不准他逃跑嗎？」潘潘打從起初就站在程譽軒那邊，即便現在我這麼難受，她仍沒改變立場。

我哽咽著抱怨：「妳到底是誰的朋友？這時候應該要安慰我吧？」

潘潘聳了聳肩，「我提醒過妳了。」

爲此我和潘潘賭氣了一整天，直到放學我們要去吃晚餐時才肯原諒她。

因爲潘潘這一席話，我開始認眞地檢討自己。

我確實一次次地傷害了程譽軒，就如同潘潘所說，在那些日子，我討厭、埋怨過程譽軒，卻從沒想過要把他留下來。

所以這也算是我咎由自取，我沒有好好珍惜過程譽軒的心意，他才會離開我們，而且走得那麼乾淨俐落。

這時我才明白，原來程譽軒對我來說這麼重要。

他一直像風、像雨、像空氣地守在我身邊，他陪著我去追求鄧季維，陪著我傷心難過，他與我一起共度的時光，在我心中皆是燦爛而暖和的，縱使是陰雨的日子，我依然不覺得寒冷。

等到他離開了，我才知道他曾爲我做了這麼多，最後卻帶著一身的傷痕不得不轉身。可笑的是，直到現在我才發現，他身上的傷口都是因爲我而造成的，是我既幼稚又固執地一心想要回到我們三個最開心的時光，便忽略了我們三個之間不再單純只有友情，甚至將這一切的錯都怪在他身上。

那時的我只想把我們失和的原因怪罪給他人，用逃避的方式爲我的錯誤寫下解答，而不是檢討我自己。但老天是不會允許我自顧自地逃避的，當初的錯誤，等到程譽軒離開之後，祂才讓我一併反省。

時間在不知不覺中流逝，我想起程譽軒的時間愈來愈少，也不再在乎與鄧季維的午餐聚會被傳成什麼樣子。

升上高三，我哪裡還有空閒管這麼多，整天都埋頭在考題之中沒空去想別的事情，我卻在某一次的試題上，看見了一首新詩，霎那間我的思緒便回到最後見到程譽軒的那個場景。

鄭愁予的賦別是這麼寫的：

這次我離開你，是風，是雨，是夜晚；
你笑了笑，我擺一擺手，
一條寂寞的路便展向兩頭了。

路的那一頭的程譽軒寂寞嗎？

這首新詩的起頭就害我走了神，看到最後，我停下了筆，望向窗外的豔陽，已經五月了，不知道程譽軒會不會考指考？或者他和鄧季維一樣，早在學測時便有學校可以念了？

賦別的最後一段，鄭愁予這麼寫：

這次我離開你，便不再想見你了，
念此際你已靜靜入睡。
留我們未完的一切，留給這世界，
這世界，我仍體切地踏著，
而已是你底夢境了……

我淺淺地勾起嘴角，說什麼不想再見，都是騙自己的話，如果不想再見，那麼，現在我又在想念著誰呢？又是爲了誰而感到寂寞？

「林軍綺，在發呆啊？學測都沒考好了，指考還不努力點？」鄧季維從我背後走過，拿著一瓶飲料在我對面坐下，「想什麼呢？這麼入神？」

我把考題推到鄧季維面前，「想起了程譽軒。」

鄧季維收起了嘲諷，仔細讀起眼前的新詩，「哼，說什麼不再想見，還不是想得不得了才寫這東西，文人就是矯情。」

我笑起來，「我覺得全世界最沒資格說人家矯情的人就是你這傲嬌了。」

鄧季維瞪我一眼，「少說廢話，不是要問我化學，題目呢？」

我趕緊把題本從包包裡拿出來放在桌上，討好地說：「你要不要吃點蛋糕或是別的，我去幫你買？」

週六早晨的星巴克客人並不多，店內十分靜謐，我很喜歡和鄧季維約在這時間見面。

「一個三明治，一杯熱的香草拿鐵。」鄧季維頭也不抬地吩咐我。

我連忙拿起錢包，跑到櫃臺去點餐，順便給自己點了一份早餐。

端著餐點回到位子上時，鄧季維回頭瞥了我一眼，我坐了下來，把他的份推到他面前，「爲什麼這樣看我？」

「那時候，妳是不是也喜歡程譽軒？」

他這麼天外飛來一筆，我頓時錯愕地無語，我低頭盯著杯子裡頭的奶泡，安靜了一會兒，才開口：「我……是等到他走了，才發覺的。」

因爲離開了、失去了、心痛了，最後才明白自己的心意。才發現，原來自己蠢得不得了。

鄧季維毫不意外地點了點頭，「原來如此。」

我小心翼翼地琢磨著他的神情，見他神色自若，接著問：「你生氣嗎？」

他搖搖頭，「都過去了，當時我們都各自做錯了一些事情，拼湊起來就是無可挽回的局面。」

「嗯。」我同意他的話，我們都錯了，三個人都錯了，才會變成這樣。

「妳爲什麼不告訴我？」鄧季維又問。

「那你又怎麼發現的？」我反問他。

鄧季維指了指那首鄭愁予的詩，「寫題目不就是從僅有的線索中解出正確答案嗎？靠，這樣都能猜中，你是不是人類啊？

我朝他做了個鬼臉，「沒告訴你，是覺得沒有必要，程譽軒都離開了，我說了也只是徒增煩惱罷了，我不想再和你吵一次架，如果再吵一次，這次我們是誰要離開？」

鄧季維彎起了嘴角，「這次我們都要離開了，兩個星期後就要舉行畢業典禮了。」

「那是不可抗力啊，我們之所以那麼難受，不就是因爲程譽軒明明可以留下來，他卻堅持要走嗎？」我勉強微笑，說不出現在心裡是什麼感受，「生離死別不可怕，可怕的是，他竟然是那麼不願意讓我們留在他的身邊，那種被狠狠捨棄的感覺，才是最傷人的。」

我說完，深深吸了一口氣，苦笑著。

「儘管如此，我還是覺得這不是他的錯，我還是……」我抿了抿唇，隔了好幾秒，才說得出話來：「我還是，很想他。」

鄧季維忽然伸出手來，輕輕地拍了拍我的頭，「我也是。」

我突地忍不住眼淚，眼前模糊一片，「潘潘曾說，哪怕我只有一點點想要留下他的念頭，程譽軒都不會走，我想她說得對，所以我會這麼想念他，也只是我活該而已。」

「不是妳的錯。」鄧季維順著我的頭髮，「我也錯了，是我把話說得太狠太決絕，讓我們都下不了臺，所以……」

我淚眼朦朧地看向他，「那以後你可以不要再批評我的智商了嗎？我的智商是無辜的。」

鄧季維還沒反應過來，我已經噗哧一聲地笑了，帶著鼻音說：「我們不要討論這個話題了啦，是誰的錯都不重要了。」

鄧季維放在我頭上的手一點都沒留情地彎起指節，重重敲了我一下。

「妳會不會看氣氛？」

我邊揉著頭邊點頭，「我不想一大早就弄得淒風苦雨的。」

鄧季維嘆了口氣，「那以後呢？妳想怎麼辦？繼續逃避下去？」

「我就……抱著我對他的想念，能走多遠走多遠吧。」我故作輕鬆，「畢竟我們之間的分離，也不是我決定的。而且我想要尊重他的想法，假如他希望生命中再也沒有我，那就這樣吧。」

「說得很豁達，心裡根本放不下。」鄧季維指了指我的題本，「和那首詩一樣。」

我失笑，「不然我還能怎麼辦呢？你自己說過，一個人存心想躲另外一個人的時候，怎麼樣都不可能找得到對方的。」

鄧季維頷首，「也是。」

「倒是你，眞的釋懷了嗎？眞的不喜歡他了嗎？」

「釋懷了沒我也不確定，但我也認爲被捨棄的傷痕很難跨過。至於喜不喜歡，我還是覺得妳比較厲害一點。」他用一種無法理解的表情，搖頭嘆氣，「人都走了妳才開始妳的戀愛，妳這……已經超出常人的理解範圍了，妳有考慮過大學念心理系嗎？雖然精神科可能更適合妳，不過妳肯定考不上醫科。」

我瞪他，「直接回答喜歡或不喜歡就好了，幹麼夾槍帶棒的，還說別人矯情咧，你才傲嬌、臭傲嬌。」

「不喜歡了，早就不喜歡了。我不需要喜歡一個不喜歡我的人。」他勾起了嘴角，頓了一頓，「這樣下次他出現在我面前的時候，我才能毫不猶豫地揍他。」

第七章

後來我沒跟潘潘考上同一間大學，卻意外地被鄧季維的學校錄取了。這兩件事一起發生的時候，我真不知道該先對什麼感到驚訝才好，是我和潘潘十九年的糾纏終於結束了，或者是我居然運氣爆棚考上了鄧季維的學校。

儘管科系不同，不過也算是意外之喜不是？

放榜那天潘潘人在國外，我不想打擾她睡覺，所以只留了LINE給她，接著馬上打電話給鄧季維，歡天喜地地告訴他這個好消息，他傻了好幾秒才說了聲恭喜，聲音滿是不可思議。

我確實也不太敢相信，這就像把我十年的好運一次用完了。畢竟當初我會把這所學校塡入志願中，只是抱持著，不塡白不塡搞不好就剛好被錄取了的心態，沒想到眞的中了頭獎！

掛斷電話之後，我有點靜不下來，這麼好的消息，我是不是應該慶祝一下？還是該去我未來的學校看看？

我在家裡轉來轉去一陣子，最後換上了衣服出門，決定先去大學逛逛，然後再買個蛋糕回家犒賞自己。

這天天氣十分炎熱，我出了捷運，大約在學校裡漫步了五分鐘，在起初的興奮退去後，才發現這是個錯誤的選擇。

現在是八月啊！八月！我為什麼要像個白痴一樣，沒撐傘走在大太陽底下呢？

果然是看到錄取通知書開心過頭了，一不小心就失去了基本的理智。

又走了一段路，我好不容易才找到可以坐下來休息的陰影處，望向遠方，頓時覺得回家的路途十分遙遠。

「欸欸，妳知道今年體育系來了一堆六塊肌帥學弟嗎？」一個女生興奮地說。

「真的假的？」另一個女生驚呼出聲。

「真的！」

我看著那兩個大概是我學姊的女生愈走愈遠，倏地想起程譽軒。

他現在在哪裡？應該會繼續念大學吧？是不是還在游泳？最後有選上國手了嗎？

他的夢想，到底有沒有實現呢？

我托著下巴，想著這些事情。

剛分開的時候，我很想他，渾身都因為思念發疼著。而如今想念他早已變成一種日常習慣，能夠心平氣和地面對了。

我又呆呆地坐了一會兒，才拿出手機來發訊息給鄧季維。

軍綺：你有沒有空啊？出來吃飯？

鄧季維：在這種攝氏三十六度高溫的大中午？不了謝謝。

軍綺：……可是我已經在學校裡頭了。

鄧季維：關我屁事？

嘖，這個沒良心的傢伙。我恨恨地關掉了螢幕，踏上回家那條既漫長又炙熱的路。

這一趟大學之旅，我唯一的收穫是得到了一則體育系有很多六塊肌帥哥的傳聞，然後就什麼都沒有了。

接下來的一個月我嚴格地執行著所有醉生夢死的人該有的行爲，其間和鄧季維吃過幾次飯，發現他開始在準備大學的課程時，我仍不改其志地決定要荒廢掉最後一個高中暑假。

好在我和鄧季維念的不是同一個科系，不然肯定會被他念到耳朵痛。

我這才漸漸明白，其實我是不可能留下所有人的。

隨著時間過去，我們終究會走向自己的未來，就像我和潘潘還有鄧季維，即使我明白我們都是獨立的個體，卻從沒想過，原來有些時候分離就是這麼突如其來。

會慢慢有不同的人事物進入我們的生命，也許會排擠掉舊的或暫時不重要的。儘管潘潘和鄧季維在我心裡依然占有無與倫比的重量，但我們仍不會再像以前一樣天天聚在一起了。

我也是這時才體會到，當初我堅持要和鄧季維還有程譽軒三個人永遠不分開的念頭，是多麼荒謬。

坐在大講堂裡，我看著同學三三兩兩地走進來。開學的第一堂課是全校性通識，上課的人數約有一百多個，所以是在學校最大的講堂上課。

學長姊千叮嚀萬囑咐，這一門課千萬不要退掉，雖然時間很差，是星期一的早八，可是架不住教授人好又帥，除了講課風趣之外，給分也很大方，最重要的是學校直接幫大一新生排好了課，如果之後還想回來修這門課，就要看老天爺是不是願意賞臉了。

據說這堂課開放給非大一學生的名額非常稀少，要是能抽中，都是祖墳的風水選得好。

我個人對於學長姊這種誇飾的說法不予置評，不過也沒傻到退選這門課，反正橫豎都要修滿這個學分，排了就上吧，不然還要跟別人搶課，多麻煩啊。

我來得早了點，所以挑到了還不錯的位子，缺點就是我現在閒閒沒事做，又不想滑手機，只好盯著門外發呆。

然後，我看見了一個人，一個我不期望自己能再遇見的人。

是程譽軒。

我傻傻地看他走進教室，他好像沒有發現我，逕自選了個角落的位子坐下。

我無法控制地一直凝視著他，感覺自己的心臟劇烈地跳動著。

是他，就算髮型變了，我也不會認錯人的！

那一瞬間，我很想上前去和他打招呼，但我沒有。我怕他也許並不想見到我，只是碰巧也在這裡念書罷了。

整堂課，我的視線都無法離開他，他坐在我的左前方，可能是講堂太大，他完全沒有察覺到我的目光。

我想不通他怎麼會在這裡，他難道不是該去念體育大學嗎？雖然我們學校也有體育系，但專業度……似乎和體大差了一大截吧？

還是他依然沒有選上國手，所以只能回歸一般的升學管道？

那他要念什麼科系呢？

我滿腦子充斥著關於程譽軒的問題，開學第一堂通識課就這樣糊里糊塗地過去了，教授說了什麼我一句都沒聽進腦子裡。

周圍的人陸陸續續起身走出教室，最後整間教室幾乎只剩下我和程譽軒坐在位子上。

等我注意到這一點的時候，已經太晚了。

我不禁突發奇想，如果我現在蹲到椅子之間，以他的角度應該看不見我，我可以等到他走了之後再離開。

這時程譽軒忽然站起身來，背起包包，徐徐走到我面前。

我屏住了呼吸，怔怔地看著他，嘴角很僵，腦子也糊成一片，然後我聽見自己的聲音從嘴巴裡傳出來，「原、原來你也在這裡。」

張愛玲曾說：

於千萬人之中遇見你所遇見的人，於千萬年之中，時間的無涯的荒野裡，沒有早一步，也沒有晚一步，剛巧趕上了，那也沒有別的話可說，惟有輕輕地問一聲：噢，你也在這裡嗎？

我腦中突兀地跑出了張愛玲寫的這一段話。

看見程譽軒淡淡含笑的模樣，我想，他也許就是我生命中最適合這段話的人，我和他的一切都如此的合適，就像是齒輪對準了，喀一聲，便轉動了起來。

「我考上了體育系。」他開口。

我不曉得該不該把心中的疑問問出來，我怕他傷心，也怕他難堪。

他很自然地在我旁邊的位子坐下，就像從前坐在我的身旁，和我一起餵貓時一樣。

「我放棄參選國手了，最後我還是沒有選上，不過游泳依舊是我最喜歡的事情，所以我會繼續朝這個方向前進。」他面上的笑容仍十分爽朗，似乎眞的不介意，「當不了選手，也能成爲工作團隊的一員。」

我愣愣地點了點頭，「那、那就好……」

「妳還不走嗎？下一堂課的人要進來了喔。」程謦軒起身，雙手插在口袋，「如果等下沒課的話，我們一起吃個早餐吧？」

其實我吃過了，但我不想拒絕他，於是便安靜地走在他身邊，我們在學生餐廳找了位子坐下。

過沒多久，他端了兩份早餐回來。

我看著他，「你早就知道我念這所學校？」

他笑了笑，「嗯，潘潘跟我說的。」

「那個叛徒！」我低聲罵，程謦軒聯絡她，她居然沒告訴我？回去看我怎麼處理她！

「不要怪她，是我說想要給妳一個驚喜的。」他溫和地說，把餐點推到我面前，「我一直在想，等到大學時我一定會再和妳見面的。」

我有些錯愕，語氣帶上了幾分訝異，「你當初就是這麼想的嗎？假如我們不在同一個學校呢？你這根本是在賭！」

「幸好，我贏了。」他淺淺地彎著嘴角，「就算不同學校也無所謂，我說過的，即使歷經千山萬水，我也會回到我喜歡的人身邊。」

我怔住了，那是多久之前的話，他竟然都記得，還記得。

我深深吸了一口氣，壓抑著聲音中的哽咽，「要是我不原諒你呢？」

「所以我買了早餐要跟妳道歉。」程譽軒無辜地指了指放在桌上的早餐，「一天不夠的話，我買一年，一年不夠的話，十年好嗎？」

我瞪他，一時之間卻說不出話，「你……就想拿這種便宜貨打發我？」

「十年的早餐，也不便宜。」程譽軒隱隱忍著笑，「早餐不夠的話，也可以加上午餐，還有晚餐、宵夜、下午茶，直到妳肯原諒我。」

「怎麼都是吃的！」我抗議，「沒有別的東西能賠罪了嗎？」

他的嗓音裡含著笑意，「還有我啊，我是來賠罪的。」

他直勾勾地盯著我，我別過頭，「反正你現在說得這麼好聽，說不定改天一個心情不好又消失了，我才不原諒你。」

「怎麼會？」程譽軒啞然失笑，「這麼久沒見面，妳怎麼不笑一下呢？」

「我為什麼要笑啊！」我提高了音量，發覺四周的人都在看我們這桌，連忙低下頭假裝沒事地喝一口奶茶掩飾，「我剛才一整堂課都在想，你會不會不知道我也在這裡？要不要去打招呼？你會不會不想見我？結果！結果你根本在耍著我玩！」

程譽軒淺淺地笑了幾聲，「我又不能在上課途中去找妳聊天，而且我不是一下課，就馬上去找妳了嗎？」

「所以關於我們三個人之間的事情，你都想好了嗎？也決定要回來了嗎？若你還是要走，那不如現在就走吧。」

程譽軒神情錯愕，唇邊泛起苦笑，「我真的讓妳很難過是不是？」

「對。」我才不管他傷不傷心，「我好不容易接受你離開的事情，好不容易習慣你不在我的身邊，假如你還要和之前一樣逃避我們的話，那我寧可你從來沒有回來過。」

「這是妳的真心話嗎？」程譽軒一臉正經地問。

不是，這不是我的真心話，但我也怕痛，我也怕失去，更怕得又復失。

「我知道，當初我這麼決定，就該自己承受苦果。」他嘆了口氣，「不管我怎麼說，妳現在都不會相信吧？所以我只能用行動證明給妳看了。」

我靜靜望著他，沒有再說話。

我們安靜地坐了一會兒，各自吃完了面前的早餐。

「……你轉學之後的日子過得好嗎？」我沉不住氣便開口。

程譽軒沒忍住，笑了出聲。我知道他在笑什麼，十分鐘前我還叫他滾，十分鐘後又關心起他過得好不好，這世界沒有人比我還更口是心非了。

「沒有什麼好不好的，高二時我沒有選上國手，恰巧復興高中的教練和我爸媽聯絡，承諾會給我最好的資源，加上我自己也想拚最後一次，我是在多方考量之後才決定要轉學的，並不完全和我們吵架有關。」程譽軒淡淡地說：「只是那時我不曉得要怎麼和你們解釋清楚，也還不能面對自己又失敗一次的事，才會選擇逃開。」

他停了一會兒，又說：「到了那邊之後，我也沒有認識其他朋友，整天都專注在游泳上，不過很可惜的，我依然失敗了。」

見他如今淡然地提起這些事，我卻不由得想，當下他的心裡有多難受？

「那你，中間爲什麼沒回來找我們？」

「我怎麼好意思？」程譽軒失笑，「而且那時候我也沒有時間？每天回到家都累到不行了，雖然有想過要去看看妳和小白，可是每天回家都太晚了，久了，也就放棄了。」

我哼了他一聲，「知道你當時過得不好，我就放心了。」

程譽軒愣住，低低地笑起來，「是，那算是我的報應。」

我斜瞪了他一眼，接著認眞地問：「所以你現在眞能放下國手的夢想了嗎？」

他點頭，「我努力過了，儘管失敗了很難過，但至少終於可以放下了。」

「然後才想到要回來找我們？你根本就沒把我們當朋友！我跟你說，我這一關不是問題，等你過了鄧季維那一關再說。」我沒好好氣地扁了扁嘴，頓了幾秒，「這一次，我一定會站在鄧季維那邊。」

傍晚，我和鄧季維還有程譽軒約好在學校的大草皮上見面。

鄧季維一來，什麼話都沒說，一拳就招呼在程譽軒臉上。

「啊！」我尖叫，隨即跑到程譽軒身邊，「痛嗎？」

鄧季維甩甩手，「還滿痛的。」

我啼笑皆非地瞥了眼鄧季維，「我又不是問你。」

「妳這個沒骨氣的，給我過來！」鄧季維瞪我一眼，扯住了我的肘彎，「他說走就走，妳還關心他？」

嗯，我今天早上才跟程譽軒說過類似的話，完全能理解鄧季維此刻的想法。

我很無辜地望向鄧季維，挺心虛地辯解：「下意識嘛下意識……」

程譽軒淨白的臉上瞬間腫了起來，他用手背帥氣地抹掉唇角的血絲，「是我不好。」

鄧季維瞇起眼睛看他，「不然呢？」

程譽軒沒說話，只是苦笑著高舉雙手，表示投降。

鄧季維在一旁的椅子坐下，「詳細過程林軍綺都告訴我了，你現在到底想幹麼？」

程譽軒席地坐在草地上，一年多不見，程譽軒似乎變了一些，他不再像以前一樣那麼重視外表了。

「欸，那個地上髒，你要不要……」我剛要起身，又被鄧季維拉住。

「林軍綺，妳給我坐好。」他的聲音裡帶著濃濃的恐嚇，雖然他沒有把話說白，但我覺得我要是敢不聽話，等會兒就完了。

程譽軒還在摸著他的臉，肯定很痛啊……鄧季維就是會說到做到的那種人，方才下手一點都沒有要收勁的意思，就算程譽軒被他打斷牙齒我也不會驚訝。

「還是會長聰明。」程譽軒出了口長氣，從地上跳起來，拍了拍褲子上頭的灰塵，「我是一定要回來跟你們道歉的，因爲我不想失去你們這兩個朋友，這一拳本來就是我應得的。」

「嗯哼。」鄧季維半瞇著眼，對這話好像一點都不意外，「然後？」

程譽軒低下頭笑了下，「然後，我想追軍綺。」

我頓時瞠大了眼，「什、什麼？你今天早上怎麼沒告訴我？」

不對，等等，爲什麼他突然沒頭沒腦說出這句話，還是當鄧季維的面這麼說啊！這不是應該先和我說才對嗎？

「要先搞定閨蜜，才能正式開始追求。」程譽軒略微害羞地勾起嘴角，「潘潘已經答應了，所以……」

「哦，所以我現在是閨蜜了，而且你還想要搞定我。」鄧季維一副恍然大悟的模樣，「那我的答案就是，不可以。」

我再次震驚地脫口而出，「爲什麼啊？」

我問了之後，才發現他們兩個，一個用含笑的眼神看我，一個用鄙棄的眼神瞪我，我摸了摸臉，察覺到我剛才的問句裡簡直帶著一絲迫不及待的意思。

「不、不是啊，我只是……好奇。」我頓了頓，偷偷覷向鄧季維，「我絕對百分之百支持你！」

我立刻舉起手做發誓貌，以表我的眞心。

「沒有為什麼。」鄧季維重重哼了一聲，「你愛追就追，反正林軍綺本來就不在我的管轄內。」

「欸，你這話說得有點傷人了吧？」我拉拉他的袖子，「我怎麼不在你管轄範圍裡了啊，你不能因為有人要追我就說你不是我閨蜜了啊。」

鄧季維睨我一眼，「妳還在意我啊？」

「當然啊！」我跳起來，「不然我幹麼第一時間把程譽軒帶來挨揍。」

程譽軒訝異地看向我們，「原來你們早就說好了？」

「誰和她說好了。」鄧季維語氣仍惡聲惡氣的。

我嘿嘿傻笑，蹲下來握起鄧季維的手，「別生氣嘛，你看他要追我不是挺好的嗎？我們可以慢慢折磨他，除非你答應，不然我不跟他在一起，這樣好不好？」

鄧季維瞇起眼，「真的假的？妳有這麼聽話？」

我用力點點頭，「在這件事上頭我已經學到教訓了，不要吵架，好好溝通才是真理。」

「哼。」

我知道鄧季維只是不想這麼快投降而已，就像我今天早上也不想馬上原諒程譽軒一樣。

「那我們先去吃晚餐好不好？」我陪笑，「叫程譽軒請客！要當我們的朋友，要收買我的閨蜜，可不是一件容易的事情。」

「好好，我請客！」程譽軒立刻接話，「吃什麼都可以。」

鄧季維視線緩緩在程譽軒面上打量，好半晌才站起身，「哼。」

好吧，短期內是不能期待這傲嬌嘴裡會吐出要和程譽軒當朋友這句話了。

但他的態度……我轉頭看了程譽軒，他也正巧望向我。

「這是長期抗戰。」我輕聲說。

「我明白。」他口氣很輕鬆，伸手順了順我的瀏海，「一直忘了說，這個髮型很適合妳。」

我摸摸臉，低下頭笑了下，跑到前頭去攬住了一個勁往前走的鄧季維，沒幾秒，程譽軒也追了上來，走在鄧季維身側的另外一邊。

我可能不會知道我們之間緣分的長短，不過我想程譽軒說得對，如果那個人值得，即便要歷經千山萬水我們也會走到一起，不會輕易分開。

全文完

後記

願我們都能溫柔地對待這個世界

鄧季維好帥啊！

在我心裡他才是這個故事的男主角啊！（發花癡）

寫完《微光北極星》時，我就一直想要寫個歡樂向的故事，恰好當時剛看完《霍爾的移動城堡》，突然覺得像霍爾一樣那麼愛漂亮的男人眞是太有戲了，所以程譽軒最初的設定其實和霍爾一樣，是一個非常注重自身外表的男人，而林軍綺則是一個女漢子，結果跟編輯討論著討論著，不知道爲什麼，最後寫完就變成這樣了……（抹臉）

而且還出現了一個超級帥的鄧季維。

在我最早的構想裡，鄧季維戲份超級少……結果他一出場就帥得天怒人怨，連我也被他帥得一臉鼻血，下意識地加了很多很多戲份給他。（容我賣個關子，但是他戲份眞的超級超級多！）

當初想寫這故事，只是單純想寫一個關於腐女的故事，一個腐女跟攻搶受的故事，當然最後又跟我開始所想得不太一樣，哈哈哈。不過我更喜歡現在這個版本，其實我通常不會特別喜歡過於善良的角色，總覺得大部分善良的角色都很容易把事情弄得更糟糕。（對不起，我偏激又厭世orz）

可是我意外地很喜歡林軍綺，這個被鄧季維說是有著無用而愚蠢的善良的女孩。

事實上，我們每個人可能都曾接受過旁人給予你不經意的善意幫助，也許是失戀的時候旁邊的人遞過來的衛生紙；或是坐公車的時候發現悠遊卡裡沒錢了，後面的人幫你刷了一下；或者是買便當的時候少了五塊錢，老闆很大方地說那就便宜五塊吧。

長大之後，我期許自己也能變成那樣溫柔而善良的人。

因為我也接受過很多這種無名的溫暖，所以希望自己也能把這些善意轉送給別人。因此我將林軍綺設定成這種個性，讓她可以在最關鍵的時刻，用她傻氣的善良幫了鄧季維一把。

然後最可憐的就是程譽軒了。

明明是男主角，沒有鄧季維帥，戲份還沒有鄧季維多，儘管是個大暖男，卻不得不狠心離開，還沒選上國手……從程譽軒的角度來看，我眞是個大後媽。（被巴飛）

不過好在程譽軒是個性格很好的男生，想必不會跟我計較這些小事的！（？）反正他最後還是有追到林軍綺就好了。（鄧季維表示：哼！）

不知道大家喜不喜歡這個故事呢？

可能你是腐女派的，覺得鄧季維跟程譽軒根本應該在一起才對；也有可能你是鄧季維派的，認為林軍綺應該和鄧季維在一起才對。

這些我覺得都沒關係，反正在我心裡，鄧季維已經是我的了。（不對啦！）

我要感謝我周圍所有的人，謝謝我的編輯女神兒，也謝謝我的腐女閨蜜讓我取材，順帶一提，雖然她可能不會看見，但還是要謝謝朵朵——瑪琪朵，每當我想不出腐女會是什麼反應時，都會偷偷跑去看妳的粉絲頁，祝福《學長》的電影票房大賣！

最後，依然謝謝你們閱讀、購買這本書。

如果沒有你們，就沒有我，我是眞心這麼想的。

期待我們都能成爲生命富裕，可以對這個世界溫柔而善良的人。

那就下個故事再見啦！

煙波 寫於府城家中 七月十三日

城邦原創 長期徵稿

POPO城邦原創 www.popo.tw

題材

(1) 愛情：校園愛情、都會愛情、古代言情等，非羅曼史，八萬字以上，需完結。
(2) 奇幻／玄幻：八萬字以上，單本或系列作皆可；若是系列作，請至少完稿一集以上，並附上分集大綱。

如何投稿

電子檔格式投稿（請盡量選擇此形式投稿）

(1) 請寄至客服信箱service@popo.tw，信件標題寫明：【投稿城邦原創實體書出版／作品名稱／真實姓名】（例：投稿城邦原創實體書出版／愛情這件事／徐大仁）
(2) 稿件存成word檔，其他格式（網址連結、PDF檔、txt檔、直接貼文於信件中等）恕不受理；並請使用正確全形標點符號。
(3) 請附上真實姓名、性別、聯絡電話、email、POPO原創網會員帳號、作者簡介與出版經歷。
(4) 請加入POPO原創市集（www.popo.tw/index）申請成為作家會員，並將投稿作品公開放上該網站至少4萬字，若想全文公開也可以。

紙本投稿

(1) 投稿地址：10483台北市民生東路二段141號6樓
城邦原創實體出版部收
(2) 請以A4紙列印稿件，不收手寫稿件。
(3) 請附上真實姓名、性別、聯絡電話、email、POPO原創網會員帳號、作者簡介與出版經歷。
(4) 請自行留存底稿，恕不退稿。
(5) 請加入POPO原創市集（www.popo.tw/index）申請成為作家會員，並將投稿作品公開放上該網站至少4萬字，若想全文公開也可以。

審稿與回覆

(1) 收到稿件後，約需2-3個月審稿時間，請耐心等候通知。若通過審稿，編輯部將以email回覆並洽談合作事宜，如未過稿，恕不另行通知。
(2) 由於來稿衆多，若投稿未過，請恕無法一一說明原因或給予寫作建議。
(3) 若欲詢問審稿進度，請來信至投稿信箱，請勿透過電話、客服信箱、部落格、粉絲團詢問。

其他注意事項

(1) 請勿抄襲他人作品。
(2) 請確認投稿作品的實體與電子版權都在您的手上。
(3) 如果您的作品在敝公司的徵稿類型之外，仍然可以投稿，只是過稿機率相對較低。

國家圖書館出版品預行編目資料

薄霧後的月亮／煙波著．-- 初版．-- 臺北市；城邦原創，民 106.08
面；公分．--（戀小說；81）

ISBN 978-986-94706-8-1（平裝）

857.7　　106013654

薄霧後的月亮

作者／煙波
企畫選書／楊馥蔓
責任編輯／楊馥蔓、邱鈺惠

行銷業務／林政杰
總編輯／楊馥蔓
總經理／伍文翠
發行人／何飛鵬
法律顧問／元禾法律事務所　王子文律師
出版／城邦原創股份有限公司
台北市中山區民生東路二段 141 號 6 樓
電話：(02) 2509-5506　傳眞：(02) 2500-1933
E-mail：service@popo.tw
發行／英屬蓋曼群島商家庭傳媒股份有限公司城邦分公司
聯絡地址：台北市中山區民生東路二段 141 號 11 樓
書虫客服服務專線：(02) 25007718・(02) 25007719
24 小時傳眞服務：(02) 25001990・(02) 25001991
服務時間：週一至週五 09:30-12:00・13:30-17:00
郵撥帳號：19863813　戶名：書虫股份有限公司
讀者服務信箱 email：service@readingclub.com.tw
城邦讀書花園網址：www.cite.com.tw
香港發行所／城邦（香港）出版集團有限公司
地址：香港灣仔駱克道 193 號東超商業中心 1 樓
email：hkcite@biznetvigator.com
電話：(852) 25086231　傳眞：(852) 25789337
馬新發行所／城邦（馬新）出版集團 Cité(M)Sdn. Bhd.
41, Jalan Radin Anum, Bandar Baru Sri Petaling,
57000 Kuala Lumpur, Malaysia.
電話：(603) 90578822　傳眞：(603) 90576622
email:cite@cite.com.my

封面設計／黃聖文
印刷／漾格科技股份有限公司
電腦排版／陳瑜安
經銷商／聯合發行股份有限公司
電話：(02)2917-8022　傳眞：(02)2911-0053

■ 2017 年（民 106）8 月初版
■ 2020 年（民 109）8 月初版 7 刷
Printed in Taiwan

定價／250 元

ISBN　978-986-94706-8-1

本書如有缺頁、倒裝，請來信至 service@popo.tw，會有專人協助換書事宜，謝謝！

POPO 城邦原創 www.popo.tw　城邦讀書花園 www.cite.com.tw